झुके हुए लोग

(उपन्यास)

रामानुज 'अनुज'

दिल्ली-110089, (भारत)

संस्करण : 2020
ISBN : 9789389984156

प्रखर गूँज पब्लिकेशन
एच-3/2, सेक्टर-18, रोहिणी, दिल्ली-110089
दूरभाष : **7982710571, 7838505899, 011-27851059**

प्रथम संस्करण : 2020

आवरण : दुर्गाप्रसाद

झुके हुए लोग (उपन्यास)

रामानुज 'अनुज'

Jhuke Hua Log (Upanyas)

***By* : Ramanuj 'Anuj'**

Published by
PRAKHAR GOONJ PUBLICATION
Delhi - 110089
E-mail : prakhargoonj@gmail.com
sinha.neelu123@gmail.com
011-27851059, 7982710571, 7838505899

गुणी-जनों, गुरुओं और माँ-बाप के

श्री चरणों में

अनुज साहित्य समर्पित

सामाजिक प्रसंस्करण की त्रिपथगा और प्रसाद का गंगा सागर

'यो मां पश्यति सर्वत्र, सर्व च मयि पश्यति...' जो मुझे सबमें और सबको मुझमें देखता है, वास्तव में वही देखता है, गीता में कृष्ण का यह कथन 'झुके हुए लोग' में रामानुज 'अनुज' का कथन कल्पित कर लिया जाय तो अत्युक्ति नहीं होगी, क्योंकि लता की भांति अपने ही अंदर से सम्पूर्ण कथावस्तु निःसृत करते हुए वे उसी के बीच विद्यमान भी हैं।

'झुके हुए लोग' में झुके हुए लोग हैं, झुकाने वाले लोग हैं और झुकाने वाले लोगों को भी अपनी सत्यनिष्ठा, सत्कर्म, देशभक्ति की उदात्त शक्ति से झुकाने वाले लोग हैं, जो जन-सामान्य को क्षत-विक्षत करने वाले तीक्ष्ण प्रस्तर खण्डों को तराश कर शिवत्व प्रदान करते हैं और जन-जन के लिए पूजास्पद बनाकर समाज में मंगल की त्रिवेणी प्रवाहित कर देते हैं।

'झुके हुए लोग' सामाजिक उपन्यास का श्रीगणेश ही जन-शिवत्य-चिंतन और 'शिवेतरक्षतये' अर्थात अशिव के विनाश की भावना से होता है। जयंत सिन्हा बदसुलूकी की शिकार हुई शिक्षिका के आँसुओं का स्मरण करते हुए क्रौंची-रुदन से अभिभूत वाल्मीकि की भांति ही लानत भेजते हैं।

'न जाने आज नींद क्यूँ नहीं आ रही थी जयंत सिन्हा को। दिमाग में गोल-गोल आकार लिए न जाने क्या-क्या घूम रहा था। दिन में घटित तमाम घटनाओं के तार कभी आपस में जुड़ते कभी टूट जाते। कभी वो अंग्रेजी पढ़ाने वाली टीचर के साथ स्टाफ के एक सदस्य द्वारा की गई बदसलूकी, कभी उस नई टीचर की आंखों से निकले गर्म आँसू, जो गालों के रास्ते मिट्टी को नम कर गए थे, कभी वो चुप्पी जो महाभारत-काल की याद दिलाती है बड़े-बड़े शूरवीरों की आँख के सामने नग्न की जाती पांचाली...उफ्फ!! कोई कुछ नहीं बोला था, यहाँ तक कि प्रिंसिपल साहब भी नहीं, उल्टे सब उस पर मुआफी कर देने का दवाब बनाते हुए... ओह! कितना कलंकित हुआ

शिक्षा का मंदिर। लानत है, सब पर।'

यही बीज है, इस उपन्यास का। यहीं पीड़िता रामकली खड़ी है, यहीं शोषक ज्वाला ठाकुर खड़ा है और यहीं पतितोद्धारक गौरव सिंह खड़ा है। यहीं अंकुरित-पोषित, परिवर्धित होकर बन जाता है, उपन्यास का विशाल विटप जो अंततः सरस फलदाता हो जाता है।

अनुज 'झुके हुए लोग' का आरंभ यथा तथ्य चित्रण से ही करते हैं। समाज के सभी वर्ग के लोग ज्वाला सिंह से दबे हुए हैं, लोग उनके कारिंदे बनकर आम जनता को चूस रहे हैं, पुलिस वाले उत्कोच-भोगी किंवा ज्वाला ठाकुर के दलाल हैं। ज्वाला ठाकुर कभी नहीं चाहते हैं कि गाँव का बौद्धिक-विकास हो...

'आपने कब चाहा कि इस गाँव में कोई पढ़े-लिखे, कब चाहा कि यहाँ के लोग भूत-प्रेत के अंधविश्वास से मुक्त होकर डॉक्टर से दवा-इलाज कराएं, आपको अपनी हुकूमत कम होने का खतरा जो है।'

ज्वाला ठाकुर, हरदयाल का घर जलवा देते हैं, रंजन की माँ को जमुना में फिंकवा देते हैं, तरह-तरह के काले धंधे करते हैं, तहसील और जिला के अधिकारियों को अपनी मुट्ठी में रखते हैं, नेता-मंत्रियों को मिलाकर रखते हैं और अपने इलाके की छाती पर निरन्तर मूंग दलते हैं। यह उपन्यास का तत्कालीन सामाजिक स्वरूप है, जो अनुज ने देखा है और जिससे मुक्त करने के लिए उन्होंने निष्ठावान, समाजसेवी, राष्ट्रप्रेमी पात्रों का योजन किया है।

इस उपन्यास में नारी पात्रों की अहम भूमिका है, ज्वाला ठाकुर की ठकुराइन तो जीवन भर उसे सही मार्ग पर लाने का प्रयत्न करती रहती हैं और अंततः दिवंगत होकर उसकी अंतश्चेतना को झकझोरती हैं, रामकली की कथा तो सम्पूर्ण उपन्यास में संघर्ष की कथा है। सुमन तो आईपीएस गौरव के साथ मिलकर परिस्थितियों को सही दिशा में मोड़ने के लिए कटिबद्ध ही है...

'मुझे अपने मुल्क से बहुत प्यार है, चंद मुट्ठी भर लोग देश को अपनी

संपत्ति मान बैठे हैं। अपने तरीकों से मुल्क के खजानों को लूट रहे हैं। हर कमजोर और गरीब को अपनी रियाया कहते हैं, लेकिन सबसे ज्यादा शोषण इसी तबके का हो रहा है। ऐसे लोगों के प्रति मेरे दिल में जबरदस्त गुस्सा है। मैं चुप बैठने वालों में से नहीं हूँ।'

और यही नारी शक्ति गौरव का प्राण-प्रण से साथ देकर ज्वाला सिंह का प्रसंस्करण करती है।

'झुके हुए लोग' में साम्प्रदायिक सौहार्द को विशेष रूप से रेखांकित किया गया है। आयपीएस गौरव सिंह, आसिफ़ अली और जोसेफ के प्रति गहरा अपनापन रखते हैं। वे पुलिस को भी सन्मार्ग पर लाते हैं और ज्वाला ठाकुर को भी। उनकी सोच सकारात्मक है। वे नौकरी को दाँव पर लगाकर ज्वाला ठाकुर का प्रकरण अनूठे ढंग से हल करते हैं और जहां लोग आततायी ज्वाला सिंह के अत्याचारों से झुके हुए थे वहीं क्षमा-रूपा रामकली से क्षमा दान कराकर और ज्वाला को सन्मार्ग में लाकर सुकृत की घोषणा करबाकर उसके व्यक्तित्व को पूज्य बना देते हैं, लोग ज्वाला की उदारता, सदाशयता, जन-प्रेम, वत्स-लता से द्रवित होकर पूज्य-भाव से झुक जाते हैं।

'झुके हुए लोग' का शोषण भाव, पूजा-भाव में पर्यवसित होता है। वस्तुतः यह सामाजिक प्रसंस्करण की त्रिपथगा और प्रसाद का गंगा सागर है। उपन्यास के अंत में सब उत्साहित, प्रसन्न, शांत एवं स्निग्ध होकर ज्वाला ठाकुर की जय-जयकार करते हैं। पूर्व में साहित्य या समाज में ऐसे अत्याचारियों को मृत्युदंड या कठोर कारावास की ही व्यवस्था रही है, किन्तु अनुज (लेखक) ने बाबा भारती द्वारा खड़गसिंह के हृदय परिवर्तन की भांति ज्वाला सिंह के अंतश्चेतन-मंथन कर उसके चिंतन एवं कर्म को नवनीत-वत करके 'सहितस्य भावम साहित्यम' को पूर्णतया चरितार्थ कर दिया है।

'झुके हुये लोग' नारी-शक्ति के उद्‌घोष, साम्प्रदायिक सद्‌भाव के परिमल सुरसरि के शिवत्व मय प्रवाह, समाज सेवा के लिए कृत सत्प्रयत्न का मन्दराचल, असत्य पर सत्य की विजय का उद्‌घोष, एक मूल कथा को पुष्ट करती हुई अनेक अनुषांगिक कथाओं का सुंदर वन और अंततः, प्रेम सौहार्द,

सौमनस्य, शांति और आनन्द का गंगासागर है। रामानुज 'अनुज' ने अपनी सकारात्मक सोच से, सामाजिक सुधार की सरणि से, स्पस्ट कथन एवं चित्रण से स्वयं को मुंशी प्रेमचंद के पार्श्व में प्रतिष्ठापित कर लिया है। मेरा शुभाशीष है कि वे ऐसे ही सकारात्मक चिंतन वाले, लोक मंगलकारी साहित्य का सतत सर्जन करते रहें। सक्रिय रहें, दीर्घायु एवं यशस्वी होवें। अस्तु।।

डॉ. अमोल बटरोही

वरिष्ठ साहित्यकार, (हिंदी, अंग्रेजी, संस्कृत, बघेली)

सुफलायनम, रतहरा रीवा (मध्यप्रदेश)

मात्र उपन्यास नहीं, जीवन-दर्शन और जिंदगीनामा 'झुके हुए लोग'

हरफनमौला वरिष्ठ साहित्यकार रामानुज 'अनुज' लिखित 'झुके हुए लोग' की पांडुलिपि का मैंने आद्योपांत अध्ययन किया, चिंतन-मनन किया, तदनु इस उपन्यास पर हृदय निःसृत भावों के शब्दांकन करने से स्वयं को रोक नहीं पाई। मेरे लिए अत्यंत हर्ष और गौरव का विषय है कि उपन्यास पर ब-कलम-व्यक्त मेरी अन्तस् भावनाएं पुस्तक का हिस्सा बनेंगी।

इस उपन्यास में हिंदी साहित्य के विविध रंग लेखक ने बड़ी कुशलता से भरे हैं। उल्लेखनीय रूप मे गौरव और सुमन के दिलों के दरम्यां मर्यादित एवं सामाजिक मूल्यों को महत्व देता, महकता हुआ धनक वर्णी मुहब्बत का पवित्र रंग, निःसन्देह लेखक की सोच और उसकी चारित्रिक शालीनता को बयान करता है। इस पर प्रेमी युगलों की आदर्शवादी सोच 'प्रथम कर्तव्य फिर प्यार' पात्रों के चरित्र को बहुत ऊँचाई प्रदान करता है।

शक्ति के दुरुपयोग के पर्याय ज्वाला ठाकुर के अत्याचारों की कहानी उपन्यास का प्राण तत्व है। जो सीख देती है कि अपनी शक्तियों का प्रयोग किसी कमजोर के दमन के लिए कदापि नहीं करना चाहिए, अन्यथा कुदरत कभी माफ नहीं करेगी, एक न एक दिन वह जरूर सजा देगी, उसकी सजा से कोई बचा नहीं सकता है। कुदरत, उस व्यक्ति को भीतर से इतना तोड़कर रख देती है कि वह जीवन से मायूस होकर जीवन को समाप्त करने की सोचने लगता है। इन सबके बावजूद गौरव सिंह जैसे पुलिस ऑफिसर की परिकल्पना लेखक ने की है, जो ज्वाला सिंह जैसे मरणासन्न लोगों को सम्बल प्रदान कर, उसका हृदय परिवर्तन कर, उसके मृत प्राय जीवन में पुनः प्राण फूँककर पुनः उसे समाज की मुख्यधारा से जोड़ता है। उपन्यास का समापन सुखद ढंग से किया गया है।

यह उपन्यास जिंदगी का खुला दस्तावेज है, भाषा-शैली ऐसी सरल-सीधी है कि वगैर अवरोध के पढ़ते चले जाओ। धर्म, दर्शन, वेद-वेदांतो का समयोचित उद्धरण लेखक को परिपक्व अध्येता, दार्शनिक और सहृदय सोच का निरूपित करता है। साहित्य का लालित्य, अधोसंरचित पंक्तियों में कितना मोहक, सुंदर और हृदय स्पर्शी है...

'सुमन से लिपट गयी थी, किरण, कमरा सुवासित हो गया था, प्रीति के आलिंगनबद्ध सुगन्ध से। दूसरे कमरे से भी रंजन और सुनीता की हँसी वातायन में घुल रही थी, आँगन में लगे बीही के पेड़ में अपनी मां के साथ बैठी नन्ही चिड़िया चीं..चीं.. कर उठी थी। सड़क पर आइसक्रीम बेचने वाले ठेले से आ रही घण्टियों की टुन्न, टन्न घर के नजदीक आती प्रतीत हो रही थी, किरण दौड़ गई थी, आइसक्रीम के ठेले की तरफ। सुमन झटके से उठ गयी थी पलंग से, चौकोर कमरे के कोने में लगे दर्पण के सामने खड़ी होकर मुस्कुराने लगी थी। उसके मुँह से अनायास शब्द निकल गए थे...'धन्यवाद दाता! तू हर समय सबके लिए खुशियों की बरसात करता है, ये अलग बात है, कौन उस बरसात में भीगता है और कौन अभागा सूखा रह जाता है।' साहित्य जगत को अनोखी और अद्‌भुत कृति 'झुके हुए लोग' उपलब्ध कराने के लिए मैं लेखक रामानुज 'अनुज' को सहृदय बधाई, शुभकामनाएं और साधुवाद देती हूँ।

पूजा दुबे (कवियित्री)

सागर, (मध्यप्रदेश)

आत्मस्वीकारोक्ति

मैं कोई खरा या पूर्ण शुद्ध इंसान नहीं हूँ, ना ही बड़ी-बड़ी बातें करने की मुझमें काबिलियत है। हाँ! यह जरूर चाहता हूँ, इस दुनिया से खौफ की सल्तनत खत्म हो, प्रेम मुहब्बत का साम्राज्य कायम हो, भाई-भाई में मुहब्बत हो, आस-पास-पड़ोस में मुहब्बत हो, मुल्क-मुल्क के बीच मुहब्बत हो, आखिर झगड़ा किस बात का है, सब अपनी भूख अनुसार खाते-पीते हैं, जरूरत मुताबिक अलग-अलग पैरहन इस्तेमाल करते हैं, फिर खींचातानी, छीनाझपटी किस बात की?

यह मेरी निजी फ़िक्र है, उपन्यास के किरदारों के फ़िक्र की थाह तभी मिलेगी जब पाठक उपन्यास के पात्रों से रूबरू संवाद करेंगे, वे स्वयं भी हर पाठक से अपनी बोली-भाषा मे अपनी समझ और क़ाबिलियत अनुसार बोलने को लालायित हैं। हर सहृदय पाठक से मेरा अनुरोध यही है... 'बिना पक्षपात किए उनके अच्छे कार्यो की दिल खोलकर तारीफ़ करें, उनके गलत, अनैतिक और समाज विरोधी कृत्यों की निंदा करें। भागमभाग की जिंदगी से थोड़ा ठहर कर उनसे बातचीत जरूर करें, कुछ उनकी सुने, कुछ अपनी कहें, यकीनन जिंदगी के पेचो-खम कम हो जाएंगे और मुझे भी लगेगा मेरा श्रम सार्थक हुआ।

अन्तः मैं चीन्हे-अनचीन्हे उन सह-पथिकों को कोटिशः धन्यवाद देता हूँ,

जो मेरी इस साहित्यिक यात्रा के चश्दीद गवाह रहे हैं। चलते-चलते जब भी कदम लड़खड़ाए, मिट्टी-गोबर सने हाथों से सम्बल देकर मुझे सीधा खड़ा कर दोबारा से चलने लायक बनाया, उन्हें साष्टांग प्रणाम करता हूँ। कुछ ऐसे भी पहचाने हुये चेहरे हैं, जो स्थूल रूप से दूर है, लेकिन दिल के करीब और अज़ीज़ हैं, उनका आत्मिक सानिध्य मुझे हर पल नसीब होता रहता है, उनके लिए धन्यवाद के काबिल मेरे पास शब्द नहीं हैं, बस उनके अमूर्त प्यार के खूबसूरत एहसासात को महसूसता हुआ कर्तव्य पथ पर चल रहा हूँ।

'जय हिंद, जय भारत'
रामानुज 'अनुज'
हनुमाननगर, रीवा मध्यप्रदेश

(एक)

जयंत सिन्हा, लाख प्रयास के बावजूद भी सो नहीं पा रहे थे। दिमाग में गोल-गोल आकार लिये हुये न जाने क्या-क्या घूम रहा था। दिन में घटित तमाम घटनाओं के तार आपस में कभी जुड़ जाते, कभी टूट जाते। कभी अंग्रेजी पढ़ाने वाली टीचर के साथ स्टाफ के एक सदस्य द्वारा की गई बदसुलूकी, कभी उस नई टीचर के आंखों से निकले गर्म आँसू जो गालों के रास्ते मिट्टी को नम कर गए थे, कभी वो चुप्पी जो महाभारत काल की याद दिलाती है। बड़े-बड़े शूरवीरों के आंखों के सामने नग्न होती पांचाली. ...उफ्फ!

कोई कुछ नहीं बोला था। यहाँ तक कि प्रिंसिपल साहब भी नहीं, उल्टे सब उस पर 'किसी से कुछ न कहने' का दबाव बनाते हुए...ओह, कितना कलंकित हुआ शिक्षा का मंदिर.....लानत है, सब पर।

तभी उन्हें एक विचार आया कि स्वयं को सोने के लिये कड़े से बोला जाये, शायद आँख लग जाये। लेकिन कितना कठिन है, खुद को आदेश देकर अंतर्मन से पालन करवा लेना। फिर भी वे कोशिश बतौर आँखे बंद कर मन ही मन राम नाम का जाप करते हुये शांत पड़े रहे। बीच-बीच मे वे आधी आँखे खोलकर बेखबर सोयी पत्नी को भी निहार लेते थे।

विचारों का सिलसिला अचानक टूट गया। मध्य रात्रि में डोर बेल चीख उठी। वे उठकर बैठ गये थे।

"कौन?" उन्होंने पूछा।

"भाई साहब--भाई साहब! जरा बाहर निकलियेगा।"

बाहर से किसी नारी की घबराई हुयी आवाज सुनकर वे चौकन्ने हो गये, इस बार वे कुछ तेज आवाज में बोले।

"पहचान नहीं पा रहा हूँ।"

"द्वार खोलिए भाई साहब, मैं सुनीता हूँ।"

सिन्हा जी अब पहचान गये थे। वे मन-ही-मन विचार करने लगे...

इसे इतनी रात गये मेरे घर में दस्तक देने का क्या मतलब है? जरूर कोई बड़ी बात होगी। चलो, पूछते हैं। आगे बढ़कर उन्होंने द्वार खोल दिया। वह द्वार से कुछ दूरी पर रात्रि से सामंजस्य बनाये रखने वाले ढीले-ढाले परिधान में बगैर स्लीपर के घबराई सी खड़ी थी। उलझे-उलझे, काले से सफेद होते सर के केश उसकी प्रौढ़ उम्र की गिनती गिन रहे थे। वय में शायद कम की होगी।

"भाई सा गजब हो गया।" वह उन्हें देखते ही बोली।

"क्या हुआ?" सिन्हा जी ने पूछा।

"सब कुछ बता देंगे, पहले घर तक आइये।" इतना कहकर वह वापस जाने को मुड़ गई।"

तब तक सिन्हा जी पत्नी उर्मिला और उनके बच्चे भी जाग कर बाहर निकल आये थे। सभी के सामने एक साथ अनेक सवाल थे......

"इतनी रात गये सुनीता क्यों आई?"

"क्या उसके घर में किसी की तबियत बिगड़ गई?"

"क्या पति के झगड़ा हुआ?"

"क्या बच्चों ने कुछ कर लिया?"

"क्या उसकी बूढ़ी सास को कुछ हो गया?"

और भी न जाने क्या-क्या प्रश्न? मानव मन बहुत अजब-गजब है। जब सत्य पर्दे की ओट में हो या नेपथ्य में हो, तब वह अनेकानेक सवाल स्वयं गढ़ लेता है और जबाब भी दे लेता है।

उसके और सिन्हा के घर की दूरी कुछ ज्यादा तो नहीं लेकिन नजदीक भी नहीं कही जा सकती है। वैसे भी घर भले आमने-सामने, आगे-पीछे

हों, निकट तभी माना जाता है, जब आदमियों के बीच भी निकटता हो, तीज त्यौहार में आना-जाना हो, सुख-दुख में शामिल-शरीक होने के परस्पर कायदे हों।

केवल चेहरा पहचानने भर से अंदरूनी निकटता नहीं आती है।

बहरहाल पिछली होली में बच्चों के बीच खेल-खेल की लड़ाई में उसके द्वारा कहे यह शब्द......

"भाई साहब, जाने दीजिए, बच्चे हैं, गलती हो गई होगी, बच्चों की तरफ से मैं आप लोगों से हाथ जोड़कर माफी मागँती हूँ।" उसके कहे ये शब्द इतने निकट तो ले ही आये थे कि उसका नाम और घर मालूम हो जाये। इसी उधेड़ बुन में पता नहीं चला कब सिन्हा और उनकी पत्नी उसके घर तक आ गये थे।

"भाई साहब, सासु माँ घर में नहीं हैं।"

"क्या??" उर्मिला की आधी आवाज हलक में रह गई।

"हाँ! अम्मा कहीं चली गयी।" सुनीता के पति रंजन बोले।

"आपको कब मालूम हुआ?" सिन्हा ने पूछा।

"कुछ देर पहले मेरी नींद खुली तो देखा मुख्य द्वार आधा खुला है, साथ ही माँ के शयन कक्ष का भी। अनहोनी की आशंका लिए मैं माँ के कमरे को झाँक कर देखा माँ कमरे में नहीं थी।" रंजन ने विस्तार से बताया।

"इतनी रात कहाँ जा सकती हैं?"

"क्या किसी से कहा-सुनी हुई थी?"

"आप लोगो में से किसी ने कुछ कहा तो नहीं?"

"पकी उमर के लोग जल्दी बुरा मान जाते हैं।" उर्मिला ने इतने सवाल एक साथ कर दिये कि किसी को उत्तर देने का मौका ही नहीं मिला।

"नहीं-नहीं, ऐसा कुछ नहीं हुआ।" रंजन ने स्थिति साफ की।

"अब क्या किया जाये।" सिन्हा ने पूछा।

"हमारी मदद कीजिए, भाई साहब मुहल्ले में अभी हमारी ज्यादा जान-पहिचान नहीं है। हम लोग अभी नये आये हुये हैं। आपके घर को छोड़कर किसी अन्य से अभी परिचय नहीं हैं। कोई ऐसा नहीं हैं, जो इस मुश्किल की घड़ी में हमारा साथ दे सके।" सिन्हा की तरफ आशा भरी निगाह डालकर सुनीता बोली।

"हाँ! सर सुनीता ठीक कह रही है।" साधारण कद काठी और अप्रभावी व्यक्तित्व वाले रंजन, पत्नी के समर्थन में बस इतना बोल पाये।

"हमारी इधर कोई बड़ी जान पहचान नहीं है, माँ कैसे भी हो मिलनी चाहिए, अन्यथा कल को हम मुँह दिखाने के काबिल नहीं रहेंगे। हजार-हजार बातें उठेंगी। लोग हमें ही दोष देंगे, कहाँ-कहाँ सफाई देते हुये फिरेंगे। किससे क्या कहेगें ? कुछ कीजिये, भाई साहब...।" सुनीता की आवाज ठहर-सी गयी, और आँख से आँसू छलक कर मलिन मुख को स्पर्श करते हुये भूमि पर टपकने लगे।

"अभी रात का वक्त है, लगभग तीन बजे होंगे, बाहर अँधेरा भी है, शहर का माहौल भी ठीक नहीं है, आप लोग अंदर जाकर आराम करें। सुबह देखते हैं।" सिन्हा ने कहा।

"सब लोग अंदर जाइये, हम लोग चलते है। धैर्य रखो, भगवान सब ठीक करेंगे।" उर्मिला ने भी सांत्वना दी।

यकीनन ऐसी तसल्ली ऐसे मौकों पर बड़े काम की होती है, धैर्य देती है, परिस्थितियों से जूझने का जज्बा देती है। अन्यथा अकेला आदमी किरचा-किरचा टूट कर विखर सकता है। सिन्हा घर लौट आये थे। घर पहुँच कर देखा कि उनके दोनों बेटे इंतजार में बैठे हुये हैं। उन्हें देखते ही बड़ा लड़का सुमित बोला...

"पापा! क्या हुआ है?"

"कुछ नहीं, रंजन अंकल की माँ कहीं चली गईं हैं।"

"तुम लोग सो जाओ, सुबह की स्कूल है।" उर्मिला बोली।

"जी!"

दोनों लड़के कमरे में सोने चले गए थे। अक्सर हम बड़े लोग बच्चों से बहुत कुछ छिपा लेते है। दुःख तकलीफ के अहसासात से बच्चों को दूर ही रखते है, और पूरा बोझ अकेले ही उठाने की कोशिश करते हैं। जबकि अज्ञात भय से स्वयं भयभीत रहते हैं, कितनी विचित्र बात है, एक डरा हुआ आदमी यह कहे...कुछ नहीं...मैं हूँ न, सब ठीक हो जायेगा। एक कमजोर एहसास देकर स्वयं को संतुष्ट करना भी सहज काम नहीं है।

सिन्हा अपने शयनकक्ष में आ चुके थे, बिस्तर पर नजर पड़ी, उन्हें ऐसा लगा, जैसे वे भी जागे हुये हैं, किसी के इंतजार में, कुछ सवाल उनके भी है, पर बेजुबान क्या बोलें? वे पलंग में लेट गये, किन्तु नींद आँखों से बहुत दूर थी।

आखिर रहा नहीं गया, उन्होंने पत्नी से धीरे से पूछा...

"सो गई?"

"नहीं।"

"सुनीता और उसके घर परिवार वालों के बारे में कुछ जानती हो?"

"कुछ ज्यादा नहीं, आते-जाते कभी-कभार गली-बीच हाय-हलो हो जाता है, वैसे सुना है, वे किसी गांव से लड़कियों को पढ़ाने शहर आयी है। सीधी-सादी महिला लगती है, बातचीत और पहनावे से।"

"उनके पति रंजन क्या करते हैं?"

"वे किसी प्राइवेट स्कूल में टीचर हैं।"

"मकान उनका खुद का है या......सिन्हा का प्रश्न अधूरा रह गया, उर्मिला पहले ही बोल उठी......

"मुझे उनके बारे में अधिक मालूम नहीं है। और आप सोने की कोशिश

कीजिये, भावनाओं में बहकर नींद खराब करना सेहत के लिहाज से ठीक नहीं होता। मानती हूँ आप कवि हैं, जरूरत से ज्यादा संवेदनशील हैं, पर इतना बड़ा संसार है, सब के साथ परेशानियां हैं, बड़े-बड़े दुःख हैं, लेकिन सबकी अपनी दुनिया है, कोई किसी का दुःख बाँट नहीं सकता, सबको अपना-अपना हिस्सा भोगना होता है। आप अपने दायरे में रहकर सोचिये, ज्यादा परेशान न हों, हम उनकी मदद करेंगे जो भी बन पड़ेगा, लेकिन दुःख तो उन्हीं के हिस्से में आया है।"

"लेकिन.......।"

सिन्हा कुछ कहना चाहते थे। लेकिन उर्मिला ने उन्हें बोलने नहीं दिया।

"मन शांत करिये, थोड़ी सी रात और शेष है, सोने की कोशिश कीजिये।"

उर्मिला ने करवट बदल ली। पर कवि हृदय सिन्हा को नींद कहाँ? कैसे सो जाएं? कुछ ऐसा करना चाहिए कि रंजन की माता जी मिल जायें। किन्तु ऐसा क्या किया जाए? अल-सुबह से ही उन्हें तलाशना चाहिए, वे निश्चित मिल जाएंगी। एक गांव की बूढ़ी औरत वैसे भी कितनी दूर जा सकती है?

इसी विचार प्रवाह में डूबते-उतराते न जाने कब उनकी आँखें लग गईं?

डोर बेल की आवाज सुनकर वे पुनः जाग गये, वैसे भी वे नींद की गहराई में उतरे भी नहीं थे। कमरे में जल रहे नाइट बल्ब के नीले प्रकाश में देखा कि सुबह के साढ़े पांच बज रहे हैं।

वे उर्मिला को बिना जगाये ही द्वार की तरफ बढ़ गये। द्वार खोलकर बाहर देखा...स्ट्रीट लाइट की दूधिया रौशनी में रंजन और सुनीता खड़े थे।

सुबह का आगाज हो गया था, लेकिन बड़े घरों के द्वार अभी खुले नहीं थे, शाम से जल रहा बल्ब थका-थका सा अब भी रौशनी फेंक रहा था। उन दोनो को देखते ही उन्हें अपराध बोध हुआ......

"मैं भी कितना स्वार्थी ठहरा, रात में इन्हें अकेला छोड़कर सोने

चला आया।"

रंजन के हाथ में टार्च और रात के पहने कपड़े बता रहे थे, वे घर पर नहीं थे, रात भर माँ की खोज में भटके हैं। आदमी के हृदय से जब सुकून चला जाये, तब बाहरी दुनिया का भय खत्म हो जाता है। उसे अपनी सुध नहीं रहती, शरीर नियंत्रण में नहीं रहता, पांव अपनी मर्जी से पूरे शरीर को संचालित करते हुये जिधर चाहतें हैं, उधर ले जाते हैं।

वे आगे बढ़कर आदर के साथ हाथ जोड़ दिये, प्रत्युत्तर में उन दोनों ने भी वैसा ही किया... "मूक अभिवादन।"

"आप लोग अंदर आकर बैठिये, बीस पच्चीस मिनट से फ्रेस होकर माँ की तलाश में निकलते हैं।" सिन्हा ने कहा।

"भाई साहब, शहर का हर कोना छान मारा, बस स्टैंड, टैक्सी स्टैंड, अनाथालय, हस्पताल, हर जगह, लेकिन कहीं से भी माँ का पता नहीं लगा। अब पुलिस में रिपोर्ट कराना जरूरी है, आप से निवेदन है मेरे साथ पुलिस स्टेशन तक चलें। मैं कभी थाने नहीं गया। इसलिए डर लगता है।

सुना है पुलिस वाले बहुत उल्टे-सीधे सवाल करते हैं।" दयनीय स्वर में रंजन ने अनुरोध किया।

"आप लोग घर जायें, मैं मुश्किल से पंद्रह मिनट में स्कूटर लेकर

आता हूँ।"

सिन्हा जी का साथ चलने का आश्वासन पाकर वे दोनों घर तरफ चल पड़े।

घर से निकलते-निकलते आधे घण्टे और लग गये, तब तक भगवान भास्कर अपनी लालिमा धरती में विखेर चुके थे। उर्मिला भी उठकर सड़क में टहलने लगी थी। घोंसले में सोये हुये परिन्दे पंख फड़फड़ाते हुये भोजन की तलाश में दिशाओं की तरफ उड़ चुके थे। कुछ शौकीन टाइप के बड़े लोग कुत्ते के गले से बंधी चैन को हाथ से सम्हाले, घुटने तक हॉफ पैंट और

टी-शर्ट पहने मॉर्निंग वॉक को निकल चुके थे।

“देखना, मैं रंजन के घर जा रहा हूँ।” पत्नी को सुनाकर सिन्हा बोले।

“ठीक है, जल्दी लौटने की कोशिश करेंगें।” टहलती हुयी उर्मिला बोली।

मुश्किल से दो मिनट में स्कूटर लेकर रंजन के घर सिन्हा पहुँच गये। रंजन घर के बाहर ही उनके इंतजार में खड़े मिल गये। बिना किसी औपचारिकता के वे स्कूटर में पीछे बैठ गये। मुश्किल से वे बीस मिनट में पुलिस थाना पहुच गये थे, गेट के बाहर ही स्कूटर खड़ा कर, थाने के भीतर गये। चार कमरे और एक बरामदा तक थाने का विस्तार था। बरामदे से होकर कमरों के प्रवेश द्वार थे। बरामदे का द्वार मेहराव दार था, उस पर बड़े अक्षरों से लिखा था......‘थाना खिरहनी’......ठीक उसके नीचे...... “देश भक्ति जन सेवा” मोटे अक्षरों में लिखा था।

थाने के ग्राउंड में पकड़ी गई मोटर साइकलें, जीप, एक्सीडेंटल कारें, जिनमें जंग लग गया था, पहिये से हवा नदारत थी, बड़ी चैन में बंधी हुई एक दूसरे से टिकी हुयी थीं। थोड़ी दूर में एक जीप खड़ी थी, जिसकी माली हालत दुरुस्त लग रही थी, सम्भवतः हाल ही के दिनों में जप्त की गई होगी। बाहर बरामदे में ही एक मूँछ धारी हवलदार, एक लकड़ी की कुर्सी में बैठा हुआ रजिस्टर के पन्ने उलट-पलट रहा था। वे लोग उसी के पास पहुँचे।

“नमस्कार साहेब जी।” सिन्हा ने उसका अभिवादन किया।

“हूँ......बोलिये।” उसने हुंकार भरी।

“इनकी माँ कल रात घर से अचानक कहीं चली गईं हैं। रंजन की तरफ संकेत करते हुये सिन्हा बोले।

“कहाँ रहते हो?”

“चौक बाजार की गली नम्बर तीन में हनुमान मंदिर के पास मेरा घर है।”

रंजन ने बताया।

"कहीं खोजा?" हवलदार ने पूछा।

"साहब! रात भर तलाश किया, हर सम्भावित जगह में गया लेकिन कहीं से पता नहीं चला।"

"फोटो लाये हैं?"

रंजन हर जेब को उलट-पलट कर देख रहे थे, लेकिन फोटो लाएं हों तो मिले, वे फोटो लाये ही नहीं थे। वे कुछ बता नहीं पा रहे थे।

"शायद फोटो हड़बड़ी में कहीं गिरा दिये हैं।" सिन्हा ने बात सम्हाली।

"अरे भई! बिना फोटो कैसे काम चलेगा? सोचो।" हवलदार थोड़ा हँसकर बोला।

उसकी हँसी अच्छी लगी, सिन्हा की हिम्मत बढ़ गई, और मांगे बिना अपना परिचय दे डाला...... "सर मैं जयंत सिन्हा, इनका पड़ोसी हूँ, गवर्मेन्ट हायर सेकेंडरी स्कूल में हिंदी का लेक्चरर हूँ।"

"ठीक है , लेकिन तफसीस के लिये फोटो तो चाहिए, सिन्हा जी!"

कुछ देर तक चुप रहने के बाद हवलदार बोला...... रिपोर्ट लिखा दो, अभी कोई स्टाफ नहीं आया, बड़े साहब काम से बाहर है, उनकी गैर हाजिरी में पूरा काम मैं ही देखता हूँ। जैसे ही कोई स्टाफ आता है, उसको साथ लेकर घर आता हूँ, घर के सभी लोगों का बयान भी चाहिए।"

"ठीक है श्रीमान जी! मैं घर में रहूँगा।" रंजन हाथ जोड़कर बोले।

रिपोर्ट दर्ज करवा कर वापसी के लिये वे स्कूटर तक आ गये थे, वे चलने वाले ही थे कि दो अपरिचित लोग खादी का कुर्ता पाजामा और नेहरू जा-कट पहने हुये आ गये। शक्ल-सूरत से वे छुटभैये नेता लग रहे थे, आते ही हाथ उठाकर जोर से बोले.... "जय हिंद।"

"जय हिंद।" सिन्हा ने भी जयहिंद कहा।

"इधर कैसे आना हुआ?" बाबू जी।

"क्यों?" सिन्हा ने पूछा।

"वे तनिक झल्लाते हुये बोले... "अरे बाबू जी! इधर कोई सुक्खे नहीं आबत, हम सामाजिक कार्यकर्ता हैं, हर किसी के दुक्ख में काम आबे हैं। आप हमें बतामय, का मदद चाही? अपन के पास हर परकार के केस खातिर तुरन्तवा है। दरोगा और बड़े मुंशी जी से अपन केर अच्छी जान-पहचान है। उनके साथ रोजय के बैठव-उठव है, बाबू जी। ऊ देखी न साहब, लोग साथय मा चाय पीबे हैं।" उंगली के इशारे से उसने दिखाया, जहाँ दो वर्दी धारी मुफ्त की चाय सुरक रहे थे।"

"नहीं, ऐसी कोई जरूरत नहीं है, हम लोग भी सरकारी काम से आये थे।" सिन्हा जी भी उसी की टोन में बोल गये।

"अरे! आप लोग भी सरकारी लोग हैं...बहुतै नीक लगा सुनके। आओ साहब एक-एक कट्टी साथ में चाय हो जाये। आप से चिन्हारी भी बन जायगी।" मुँह से गुटके की पीक सड़क में विसर्जित करता हुआ उसका दूसरा साथी बोला।

"जी नहीं, आप लोगों का धन्यवाद। आज जल्दी में हैं, फिर कभी।"

इतना बोल कर सिन्हा ने स्कूटर को गियर में डाल दिया।

★★★

(दो)

"सीधे घर चलेंगे न सर?" स्कूटर में बैठते हुये रंजन ने पूछा।

"हाँ।" संक्षिप्त उत्तर के साथ स्कूटर को वे सड़क पर ले आये।

पीठ पर बस्ते लादे हुये, ऑटो-रिक्सा और साइकल से स्कूल जाते बच्चों को देखने में जयंत सिन्हा की आँखे मश्गूल हो गईं। गोल मटोल मासूम चेहरे लिये, नैन मटक्का मारते, यूनिफॉर्म में स्कूल जाते बच्चे कितने प्यारे लगते हैं। मन मोह लेते हैं। सड़क किनारे प्रहरी बने हरे-भरे पेड़ कर्मशील सैनिक की तरह तनकर खड़े हैं, शायद कह रहें हों, डरो नहीं, जीवन के हर झंझावात में मेरी तरह तनकर खड़े रहो, हवाओं के साथ हिलते-डुलते हुये जिंदगी से जंग करते रहो, अंतिम दम तक पंजे लड़ाते रहो।

अचानक विचारों का तार टूट गया, एक साइकल चालक स्कूटर के बिलकुल सामने आ गया था, उसे बचाने के लिये जोर का ब्रेक मारना पड़ा। पीछे बैठे रंजन संतुलन ठीक करते हुए पूछ बैठे...... "सर, क्या हुआ?"

"अरे!! कुछ नहीं, साइकल वाला सामने आ गया था।"

फिर थोड़ा सम्हल कर स्कूटर को गति में ले आये और एक खण्डहरनुमा भवन को देखते ही उनका मन अनायास उन्हें कई साल पीछे खींच ले गया। ये भवन हमारे कालेज समय का इकलौता सिनेमा घर था। आज कितना बूढ़ा हो गया है, जगह-जगह की दीवार चिटकी, उधड़ी, खिड़की दरवाजे सब गायब और ये क्या?.......उफ! कचरे का ढेर और उस पर भिनभिनाती मख्खियां और व्यायाम करते सपरिवार सुअर......ओ फ!

सिनेमा घर की दुर्दशा देखकर उनका मन बहुत दुखी हुआ, ये कभी वो इकलौती जगह थी, जहाँ रातें बूढ़ी नहीं होती थीं। हर जवां दिल अपनी धड़कने बटोरे हुये इसी जगह में धड़कने आते थे। कालेज के दौर का वह देर रात का शो कभी नहीं भूला जा सकता है। सप्ताह भर पहले स्कीम

बनती थी, कौन-कौन जायेगा यह भी पहले से तय होता था। अकस्मात कुछ भी नहीं होता था।

जब पिता जी सरकारी टूर से बाहर होते तब प्रोग्रामिंग करना बहुत आसान होता था। मुझे तो इसी जगह ने जिंदगी का मकसद दिया है, मेरी यादें आज भी ताजी हैं। यहीं तो प्यार परवान चढ़ा था, इसी जगह तो "उर्मिला" से पहली मुलाकात हुई थी। इसी जगह पर हमारे दिलों पर प्यार का प्रथम बीज बोया था, ईश्वर ने। आज वही बीज दरख़्त की शक्ल में मुझे सम्पूर्णता दे रहा है। मेरी हर सांस को स्थायित्व दे रहा है। उस बड़े और विशाल दरख़्त का नाम है......उर्मिला।"

कोई घटना अकस्मात घटित नहीं होती। जग-चितेरा बहुत पहले ही चित्र का रफ ताना-बाना बुन लेता है। उर्मिला सहेलियों के साथ पिक्चर देखने आयी हुई थी, और मैं भी आया हुआ था, दोस्तों के साथ। लेकिन ये क्या? फिल्म देखने के बजाय एक दूसरे को देखे......नजर से नजर की मुलाकात ऐसी हुई कि दिलों में जाकर बैठ गई। न उसने कुछ कहा, न मैंने कुछ कहा, न मेरे दोस्तों को कुछ पता चला न उसकी सहेलियों को कुछ पता चला। जमीन पर पर्स ही तो गिरा था उर्मिला का, जिसे उठाकर उसके हाथ में देते हुये उंगलियाँ ने मधुर छुअन का आदान-प्रदान किया था। निगाहें चार हुई थीं बस।

वो प्रथम मुलाकात की प्रथम छुअन आज भी जेहन में महफूज है। फिर एक दिन अचानक बस स्टाप में उर्मिला से मुलाकात हुई.......

"आपका नाम जान सकता हूँ?" मैंने डरते हुये पूछा था।

"उर्मिला" गर्ल्स कॉलेज में पढ़ती हूँ। वो निडर होकर बोली थी।

"और आप?"

"आर्ट कालेज में हिंदी साहित्य से एम.ए. कर रहा हूँ।" मैंने जवाब दिया था।

जयंत सिन्हा मूलतः पूर्णिया जिला बिहार के रहने वाले थे, उनके पिता मुंशी जगवीर सिन्हा नौकरी के सिलसिले में इधर आये हुए थे। वे राजस्व निरीक्षक थे, बाद में खिरहनी में सस्ती जमीन देखकर यहीं घर बना लिए। खिरहनी बुंदेलखंड क्षेत्र का पौराणिक कस्बा है। शिक्षा के क्षेत्र में यह अग्रणी शुरू से रहा है। अब इसे तहसील का दर्जा मिला हुआ है। सिन्हा को शुरू से ही साहित्य में रुचि रही है। आर्ट कालेज और गर्ल्र्स डिग्री कॉलेज दोनों आस-पास ही थे।

अपनी पढ़ाई भी चलती रही और उर्मिला से मिलना-जुलना भी चलता रहा। हम दोनों एक ही विरादरी से थे अतः विवाह में दोनो परिवारों की तरफ से सहमति रही। एक दिन नियति ने अग्नि के समक्ष पवित्र फेरों की कसम देकर एक मजबूत डोर में बाँध दिया। ये सिनेमा घर मेरी यादों से जुड़ा है, अपना कोई रोल नहीं, नियति ने जैसा चाहा वैसा हुआ, हम तो निमित्त मात्र रहे।

“घर आ गया सर! स्कूटर रोक लें।”

रंजन की इस आवाज ने सिन्हा जी को पुनः वर्तमान में ला दिया। ब्रेक मारते ही स्कूटर रुक गया।

रंजन के घर में मुहल्ले के बहुत से लोग पहुँचे थे, आये भी क्यों न, रंजन की माँ घर से गायब थी, भाई-चारा भी तो कोई चीज होती है, इसे निभाना आदमी की आज मजबूरी हो गयी है। यही सोचकर जिसने जैसे ही सुना, पहुँचने लगा था। आने वालों में उनके घर गांव के लोग, रिस्तेदारी

और टोला मोहल्ले के लोग अधिक थे। घर के बाहर ट्रैक्टर खड़ा था, जाहिर है, गांव से भी कुछ लोग आये थे। कुल मिलाकर घर के भीतर-बाहर भीड़-सी जमा हो गयी थी। सभी इधर-उधर गोल में खड़े हुये आपस में खुसर-पुसर कर रहे थे।

“मैं चलता हूँ, जब जरूरत समझो बुला लेना।” स्क्रूटर मोड़ते हुये सिन्हा जी ने कहा।

"जी।" रंजन संक्षिप्त में बोले।

जयंत सिन्हा घर पहुँच गये थे, उर्मिला खाना तैयार कर चुकी थी।

हल्का-फुल्का खाना लिया, नींद से आँखे जल रही थी, वे सोना चाहती थीं लेकिन अभी सोने का वक्त नहीं था। अभी पांच मिनट पहले उनकी बड़ी बेटी सुमन घर में पुलिस आने की सूचना दे गई थी।

वे जाने की सोच ही रहे थे, कि उर्मिला आ गई।

"तुम भी उधर चलोगी?" सिन्हा जी ने पूछा।

"नहीं जी! आप हो आइये, रात सो नहीं पाई हूँ, सर फट रहा है, आराम करना चाहती हूँ।"

"ठीक है, बाहर का दरवाजा भीतर से बंद कर लो, मैं जा रहा हूँ।"

तहकीकात में वही मुंशी (हवलदार) जी आये थे, जिनसे सुबह के वक्त थाने में मुलाकात हुई थी। साथ में एक और सिपाही था।

पहुँचते ही सिन्हा ने उसे नमस्कार किया, जवाब में उसने भी थोड़ा-सा सर हिलाया, तथा सामने खाली पड़ी कुर्सी की तरफ बैठने का हाथ से संकेत कर दिया।

"चलिये इनकी माँ के कमरे का मुआयना कर लिया जाये, फिर बयान दर्ज करते है।" सिन्हा की तरफ देखकर मुंशी बोला।

माँ के कमरे तक रंजन ले गये, एक अत्यंत साधारण कमरा था जिसकी पुताई लगता है, कई सालों से नहीं हुई थी। प्लास्टर से पुताई का सम्पर्क छूटने लगा था। अलबत्ता कमरे का सादा फर्स ठीक-ठाक तथा साफ-सुथरा था। एक तरफ खाट बिछी थी, उस पर मैरून कलर की एक मैली चादर बिछी थी जो देखने में बहुत पुरानी तो नहीं, लेकिन बहुत दिनों से वह धोयी नहीं गई प्रतीत हो रही थी। एक नया झोला सिरहाने रखा था, जिसमे दो- चार नग पुरानी साड़ियां तहकर रखी थीं। एक नयी भी थी, रंजन ने बताया कि माँ अलग से तकिया नहीं रखती थी, झोला ही तकिया का काम

करता था। कोने में एक लकड़ी की आलमारी, जिस पर एक टूटा हुआ, पुराना लकड़ी का सन्दूक रखा था।

"सन्दूक खोलो।" सन्दूक को देखकर मुंशी बोला।

संदूक खोला गया तो देखा, लाल कपड़े से बंधी कोई किताब जैसी चीज रखी थी, कपड़े की परत हटाते ही राम चरित मानस की किताब निकली।

"ओह!! बुढ़िया पढ़ी-लिखी और धार्मिक स्वभाव की लगती है।" मुंशी ने साश्चर्य कहा।

"नहीं, ये किताब बाबू जी पढ़ते थे, माँ गांव से साथ लायी थी।" रंजन ने स्थिति साफ की।

"ठीक है।"

"चलो रामसिपाही जरूरी बयान दर्ज कर लें, मैं पूछता जाऊँगा तुम नोट करते चलना।" साथ में आये पुलिस वाले से मुंशी बोला।

"जी मुंशी जी।" सिपाही बोला।

"हाँ, क्या नाम बताया था तुमने?" रंजन की ओर मुखातिब होकर मुंशी बोला।

"रंजन राय।"

"पिता का नाम।"

"राधेश्याम।"

"माँ का नाम यानी बुढ़िया का नाम जो गुम गयी है।"

"रामकली।"

"उमर।"

"तकरीबन ६५ साल।" रंजन ने बताया।

"उसकी साफ-सुथरी फोटो और एक कागज में घर का पता, कांटेक्ट

नम्बर और माँ का पूरा हुलिया लिखकर दो। साथ में जो गहना-गुरिया पहने रही हो, उसकी जानकारी, माँ के शरीर के शिनाख्ती वाले कोई चोट-चपेट वाले निशान हों तो लिखकर दे दो।" मुंशी ने कहा।

रंजन ने छोटी बेटी किरण को आवाज दी......"बेटी! वो लिफाफा ला दो।"

कुछ देर में छोटी बेटी एक लिफाफा जो गहरे भूरे रंग का था, सम्भवतः पहले से तैयार था, ले आई थी और सिपाही के हाथ में दे दी।

"ठीक है। मुझे यह भी बताया जाये कि सास-बहू या अन्य किसी के बीच कल या उससे पहले कोई झगड़ा टाइप का बातचीत हुआ, खुलकर बताओ, यह बात रपट में लिखा नहीं जाना है, केवल तककीकात के लिहाज से है। डरने की कतई जरूरत नहीं।" मुंशी बोला।

"ऐसी कोई बात कभी नहीं आयी, वैसे चार वर्तन जहाँ होंगे तो आवाज आएगी ही, लेकिन कभी मनमुटाव वाली बात मेरे और सासु माँ के बीच नहीं आयी। वे नाराज होकर कुछ कड़ा बोल भी जाती थीं, किंतु मैंने कभी भी, पलट कर जबाब नहीं दिया। ये मकान भी अभी ३ महीने पहले खरीदा है, माँ ने अपनी खेती की जमीन बेचकर ६ लाख में खरीदवाया है। वो मेरी सास नहीं, माँ ही थीं। भले ही उनके कोख से मैं पैदा नहीं हुई।" इतना बताकर सुनीता फफककर रो पड़ी।

"क्या बीमार रहती रही बुढ़िया?" मुंशी ने रंजन से पूछा।

"कुछ खास नहीं, वैसे इस उमर में कुछ-न-कुछ तो लगा ही रहता है।" रंजन ने जानकारी दी।

"किसी से दुश्मनी वगैरा?"

"नाहीं, माई-बाप, पंडिताइन काकी देवी हैं। उनका किसी से आजु तक कौनो बातचीत तक नाहीं हुई।"

"ये कौन है जी....बीच में टपक पड़ा?" उस व्यक्ति को देखकर मुंशी

ने पूछा।

“मेरे गांव से आया है, यही गाँव की खेती-बाड़ी देखता है।” रंजन ने बताया।

“क्या नाम तेरा?”

“जोखन!”

“किस गाँव में तुम्हारी जमीन?” रंजन से मुंशी ने पूछा।

“सूरजपुर में सर।”

सूरजपुर का नाम सुनते ही यक-ब-यक मुंशी जी कहीं खो गये, उनके चेहरे पर अजीबो-गरीब उतार-चढ़ाव आने-जाने लगे, फिर स्वयं को संयत करते हुये बोले......

“ठीक है, हम चलते हैं। पुलिस अपना काम करेगी, आप लोग भी अपने स्तर से खोजबीन करना। कोई सुराग-रसी मिलने पर थाने में आकर इत्तला कर देना।”

मुंशी जी कारवाही पूर्ण करके जा चुके थे। सिन्हा जी को अब ठरहना उचित नहीं लगा और वे भी रंजन को बताकर घर लौट आये। बच्चे स्कूल से घर आ गये थे, बड़ा बेटा सुमित बरामदे में चेयर में बैठा कोई किताब पढ़ रहा था। बात शुरू करने के बहाने सिन्हा जी ने पूछ लिया....

“कैसी पढ़ाई चल रही है?”

“ठीक चल रही पापा।”

“छोटू नहीं दिख रहा?”

घर में छोटे बेटे अंकित को सब छोटू बोलते हैं।

“खेलने गया है।” कमरे से बाहर आती हुई उर्मिला ने बताया।

“आप हाँथ मुँह धो लो।” चाय बनायी हूँ।

"पापा !! मैं थोड़ा टहल आऊं?" सुमित ने पूछा।

"बिलकुल जाओ, ये भी कोई पूछने की बात है, "सुबह शाम की हवा, सौ रोगों की एक दवा" ये तो बड़े-बड़े डॉक्टर बोलते है।"

"लेकिन खुद तो कभी अमल करते नहीं।" उर्मिला टेबल में चाय रखते हुई बोली।"

"कौन, डॉक्टर या मैं?"

"दोनो।"

"हा हा हा!" हल्की सी हंसी ने वातावरण को खुशनुमा बना दिया, सुमित भी मुस्कुराते हुये घर से बाहर निकल गया।

"देखो आज का दिन बहुत भारी गुजरा, अब हम घर में ऐसी कोई चर्चा नहीं करेंगे, जो बच्चों के मन को प्रभावित करे।" चाय का कप हाथ में देती हुई उर्मिला बोली।

"जी मोहतरमा, जो हुक्म आपका, वही होगा।" सिन्हा जी मजाक करने के अंदाज में बोल गये।

पुनः दोनो के दरम्यान हल्की सी हँसी।

"वैसे बाहरी वातावरण के प्रभाव से हम बच्चों को बचा नहीं सकते। लेकिन यदि घर का माहौल शिष्ट और विशिष्ट है, तब फिक्र की कोई बात भी नहीं। बच्चे बाह्य वातावरण से उतना ही ग्राह्य करेंगे, जो ठीक लगेगा। अच्छे और बुरे की समझ पैदा करने का दायित्व हमारा है।" सिन्हा ने कहा।

"पुलिस आयी थी?" उर्मिला विषय बदलते हुई बोली।

"हाँ !! थाने से हवलदार आया था। गुमशुदगी की रिपोर्ट दर्ज कर चला गया है।" चाय सिप करते हुये सिन्हा जी बोले।

"उनकी माली हालत ठीक नहीं दिखती, फिर भी आपस में ऐसी समझ दिखी जो हर घर परिवार के लिये बहुत जरूरी है। किसी का अकस्मात घर

से चले जाना, घर की बुनियाद तक को हिलाकर रख देता है, लेकिन इस मुश्किल घड़ी में एक दूसरे पर दोषारोपण करने की बजाय सभी एक साथ खड़े हैं। घर परिवार में खुशी लाने में धन उतना ही जरूरी है, जितना दाल में स्वाद के लिये नमक। यदि घर परिवार में आपसी तालमेल हो, विचारों में मतभेद होते हुये भी विचारों का आपसी टकराव न हो, तो हम कम पैसों में भी खुश रह सकते हैं। जहां खुशी और आनन्द का निवास है, वहीं, दूसरे अर्थों में कहें तो उन घरों में भगवान का निवास होता है। भगवान को सहृदय व्यक्ति बहुत पसंद है।" उर्मिला दार्शनिक अंदाज में बोले जा रही थी।

"निर्मल मति सोई मम पावा।

मोंहि कपट छल छिद्र न भावा।"

"उर्मिला! तुम इतनी पढ़ी लिखी हो, दर्शन शास्त्र और अंग्रेजी में एम.ए. और पी एच.डी.हो। तुम चाहती तो किसी न किसी कालेज में कम से कम लेक्चरर तो बन ही सकती थी। आज प्रमोट होकर प्रिंसिपल से कम न होती। लेकिन तुमने घर-परिवार के लिये अपना कैरियर ठुकरा दिया। तुम्हारा भरपूर सहयोग न मिलता तो, जानती हो मेरे पास आज कुछ न होता, निपट अकेला होता। तुम महान हो उर्मिला, तुम्हारे इस त्याग को मैं सलाम करता हूँ।"

सिन्हा जी, बोलते-बोलते भावुक हो गये थे। आगे और न जाने वे क्या-क्या कहते लेकिन उर्मिला ने उन्हें बोलने का मौका नहीं दिया, वह उनके इतनी सन्निकट आ गई थी, जहाँ मुँह से शब्द नहीं बोलते, सिर्फ सांसों की गर्माहट के साथ भावनाएं और हृदय की धड़कनें मुखर होती हैं। यही वो स्थिति है जब आँखों और दिलों के बीच शब्दों के दायरे से परे अनकहे संवाद होते हैं। नामालुम वे कब तक ऐसे बैठे रहे, अबोले, एक दूसरे को एकटक निहारते हुये।

सांध्य-सुंदरी दबे पांव नीलाम्बर से धरती पर धीरे-धीरे पंख पसार रही थी, परिन्दे अपने जोड़े के साथ अपने नीड़ों को लौटने लगे थे। सरकारी-गैर सरकारी दफ्तरों में काम करने वाले कामगार दिन भर की ड्यूटी बजाकर घर

की ओर आने लगे थे, मैदानों से क्रिकेट खेलकर कंधे पर गदा जैसे बल्ले को लादे, किशोर वय के लड़के घर की ओर मुँह कर चुके थे, बाहर सड़क में बेतरतीव चलते, मटकते, एक दूसरे को धक्कियाते हुये छोटे बच्चे भी खेल से रुखसत होकर अलमस्त घर की तरफ कदम बढ़ा चुके थे।

तभी एक जोर का धमाका हुआ लगा जैसे नजदीक की बम ब्लास्ट हुआ हो। आवाज सुनकर सिन्हा जी चौंक उठे, वे तुरंत उर्मिला से विलग होकर घर की लाइट ऑन कर दिए और मुख्य द्वार खोलकर बाहर झांकने लगे। लेकिन उनकी समझ में कुछ नहीं आया। उन्होंने उर्मिला से पूछा......

"ये कैसी आवाज थी?"

"मुझे लगता है, किसी ने पटाखा फोड़ा है। दिवाली नजदीक आ रही है।" उर्मिला ने कहा।

तभी सुमित और छोटू दोनों को घर की तरफ आते हुये देखकर सिन्हा जी को चैन आया। आज का दिन समाप्त होकर अपना नाम इतिहास के पन्नो में दर्ज करा चुका था। दिन भर जो भी घटित हुआ था, सबका लेखा-जोखा समय ने अपने अंतहीन पन्नो में दर्ज कर लिया था।

★★★

(तीन)

उत्तर-पश्चिमी बुंदेलखंड का राजनगर जिला, जिसे अभी पिछले साल जिला बनाया गया है, क्षेत्रफल के लिहाज से बड़ा लेकिन आबादी के हिसाब से कुछ ज्यादा बड़ा नहीं कहा जा सकता है। इस जिले में प्राकृतिक संपदा बहुतायत में हैं, पहाड़ हैं, नदियाँ हैं, सरोवर हैं और जंगलात हैं, लेकिन आपराधिक घटनाओं की वजह से समूचा जिला प्रदेश और केंद्र में चर्चा का विषय होता है। इस जिले के अंतर्गत बीस थाने और लगभग इतनी ही पुलिस चौकियाँ है, इसके बावजूद भी चोरी, डकैती, बलात्कार और हत्या के सौ से ऊपर मामले लंबित हैं। किसी की जांच नहीं हो पाई है, किसी की विवेचना नहीं हुयी है। इन सभी चिंताओं को लेकर पुलिस अधीक्षक सभागार में थाना प्रभारियों की विशेष मीटिंग बुलाई गयी थी। अतः सभी थाना के इंचार्ज पहले से आकर अपनी-अपनी कुर्सी में डरे-सहमे एक दूसरे से अपनी-अपनी राम कहानी सुनते-सुनाते हुये बैठे थे।

सभागार में पुलिस अधीक्षक के आते ही, सभी यथा स्थान खड़े होकर उनका सम्मान किये, उनके हाथ का इशारा पाकर सभी बैठ गये। फिर कुछ पलों की खामोशी के बाद कक्ष का मौन पुलिस अधीक्षक के बोलने से टूटा पुलिस कप्तान अशोक मित्तल ने बोलना शुरू किया....

“साथियों, आप सब उम्र दराज और अनुभवी पुलिस अफसर हैं, बहुत यकीन के साथ आपको थाना इंचार्ज बनाया गया है। लेकिन ऐसा क्या है, कि अपराध बढ़ ही रहे हैं? अपराधों के रोक थाम में पुलिस नाकामयाब रही है? यही नहीं, विगत दो सालों से कई वारदात तो ऐसे हुये जिनका सुराग आज तक नहीं लग पाया, आखिर बात क्या है? पुलिस आखिर किसलिए है?

एक का खुलासा नहीं हो पाता, और दूसरी घटना घटित हो जाती है। जानते हैं......केन्द्रीय नेतृत्व ने इसे गम्भीरता से संज्ञान में लिया है, इसी विचार विमर्श के लिए यहाँ पर आप सबको तलब किया गया है।”

कुछ पल खामोशी में गुजरे, कोई कुछ नहीं बोला, फिर से पुलिस अधीक्षक की आवाज हाल में गूँजी......

"मैं चाहता हूँ, आप लोग भी खुलकर बोलें, कोई डर या झिझक की जरूरत नहीं है, हम दोस्ताना मशवरे के लिए इकट्ठे हुये हैं, सब अपनी-अपनी बात कहें, सबको बराबर से तरजीह दी जायेगी।"

पुलिस कप्तान का समर्थन पाकर कुछ थाना प्रभारी खुलकर बोले...जिनमें से कुछ महत्वपूर्ण तथ्य सामने निकल कर आये। सबसे अहम बात पर्याप्त स्टाफ का न होना बताया गया। थाना शिवपुर के प्रभारी आशुतोश मोगले जो सिपाही की नौकरी से प्रमोट होते-होते थानेदार हुये थे, जिनकी गिनती हमेशा दबंग थानेदार और खरी-खरी कहने वालों में होती थी, ने अपनी बात सब के सामने कुछ यूं रखी......

"सर, मुआफी चाहता हूँ, अगर मुँह से कुछ गलत निकल जाये, आदरणीय! आप पहले अफसर हैं, जो हम जैसे छोटे सिपाहियों को बुलाकर अपने दिल की बात कहने का मौका दिये हैं, मैं आपकी सहृदय सोच को सलाम करते हुये कहना चाहता हूँ, कि आज की तारीख में वो पुलिस नहीं है, जो होनी चाहिए। आदमी ने अपनी जरूरतें इतनी बढ़ा ली है, या स्वतः ही बढ़ गई हैं कि सीमित आय से काम नहीं चल पाता है, अलग हटकर कुछ करने की सोच हर दिमाग में पनप रही है। आज व्यक्ति में सब कुछ है बजाय संतोष के, असंतोष ही सारी समस्याओं की जड़ है। किसान ज्यादा उत्पादन की सोचता है, मजदूर ज्यादा मजदूरी की चाह रखता है, व्यापारी कम पूंजी से ज्यादा कमाना चाहता है, सरकारी मुलाजिम तनखाह के अलावा की सोचता है, ऐसे हालात में नाजायज काम होना स्वाभाविक है, सर। इस नाजायज की रोकथाम के लिए जो विभाग बनाये गये, वे भी उसी नाजायज के हिस्से बन गये हैं।"

"जंगल विभाग कहता है, जंगल में आग लगा दो, लेकिन मुझे इतना चाहिए, पुलिस महकमा कहता है, खूब लड़ो-भिड़ों, चोरी-चकारी, छीना-झपटी करो, बस पुलिस की सेहत का ध्यान रखना। ये छोटी-मोटी कमाई के जरिये

हैं, इन पर बोलना बेमतलब है। सबको पता है। सर, यदि पुलिस का आदमी ईमानदार और ड्यूटी के प्रति चुस्त और कठोर हो जाये, तो कई छोटे-मोटे अपराध स्वतः बन्द हो सकते हैं। कुछ हमारी विवशताएं हैं, जानते और देखते हुए भी हम बड़े अपराधियों पर हाथ नहीं डाल सकते, यदि कहीं गलती से हाथ पड़ ही गया तो अपने ही हाथ अपनों के ही द्वारा जला दिए जाने के चांस है, उनका कुछ नहीं बिगड़ने वाला है, किसी मंत्री जी का फोन आप तक आ जायेगा और आप बजाय अपराधी के हमें ही सरेंडर करने का, फरमान जारी कर देंगे। ऐसे में सर, बस यही बचता है, जैसा चल रहा है, चलने दिया जाय। तुम्हारी भी जय-जय, हमारी भी जय-जय। लेकिन मुझसे यह सब नहीं हो सकता, जो अपराधी होगा, उसे छोडूँगा नहीं, निर्दोष पर हाथ डालूँगा नहीं, ईमानदारी और मेहनत मेरी आत्मा के अंश है, इन्हें छोड़कर मैं जी नहीं पाऊँगा सर।"

थाना प्रभारी मोगले अपनी बात समाप्त कर अपनी जगह में स्थापित हो गये थे, मीटिंग हाल में कुछ देर तक सन्नाटा रहा। इस सन्नाटे को पुनः खत्म किया, पुलिस कप्तान अशोक मित्तल ने......

"मोगले ने सत्य कहा है, मैं उनकी हिम्मत की दाद देता हूँ, वे जैसा बोलते है, वैसे हैं भी, हमें पता है, उनके गांव में खेती न हो तो उनकी हालत पतली हो सकती थी, आज मोगले जैसे पुलिस अधिकारियों की जरूरत है, मेरा वायदा है, आप खुलकर निष्ठा से काम करें, जहाँ मेरी जरूरत पड़े बताइये, यकीन दिलाता हूँ, सबसे आगे मुझे खड़ा पाएंगे। हर सत्य का साथ दूँगा, झूठ का हरगिज नहीं दूँगा। एक विशेष बात......मैंने दो-एक तबादले किये हैं, लेकिन इस चेंज को जरूरत और व्यवस्था के मद्देनजर देखा जाये, पनिशमेंट जैसा नहीं है। देखिये मैं किसी थाना विशेष का नाम नहीं लूँगा, किसी को भी कम समझना मेरी आदत में नहीं है। अपनी अंदरूनी स्थित से आप सभी अवगत हैं, मोहकमे के पास क्या समस्याएँ हैं? अलग से बताने की जरूरत नहीं है। आप सब जानते हैं, जो हमारे पास संसाधन हैं, उन्हीं के बलबूते कानून व्यवस्था को चुस्त-दुरुस्त करना होगा। दो जगह ट्रेनीज

आईपीएस अधिकारियों की तैनाती की गई है। वे सब सम्बंधित थानो में आज आमद दे चुके होंगें। वहाँ के थाना प्रभारियों को नवीन पदस्थगी दी गई है। आप लोग स्थापना कक्ष से नयी तैनाती लेकर निर्देशों का पालन करें।"

इसके साथ ही मीटिंग समाप्त हो गई, सभी स्थापना कक्ष की ओर दौड़ गये, सिर्फ दो थानों में चेंज हुआ था, उनमें पहला नाम थाना "खिरहनी' का था, जिसका लिफाफा थाना प्रभारी राम सरोज तिवारी को सुपुर्द कर दिया गया। अंदर मिले पत्र के अनुसार थाने का प्रभार श्री गौरव सिंह आईपीएस को तुरन्त सौंपकर पुलिस अधीक्षक कार्यालय में आमद देने का निर्देश था। थाना प्रभारी तुरन्त अपनी मोटर साइकिल को थाने की दिशा में दौड़ा दिये, लगभग एक घण्टे के बाद वे थाने पहुँच गये थे। उन्होंने आते ही एएसआई. आसिफ अली से पूछा....

"कोई आया था? मेरा मतलब एसपी ऑफिस से कोई आया रहा?"

"जी नहीं, कोई नहीं आया।"

"पर बात क्या है सर?" आसिफ अली ने पूछा।

वे बिना कुछ बोले आसिफ अली की ओर लिफाफा बढ़ा दिये।

"ओह! ये बात है।" एक लंबी सांस खींचकर आसिफ अली बोले।

"राम सिपाही इधर आना।" उन्होंने कांस्टेबल को आवाज दी।

"कोई एसपी ऑफिस से आज दिन में आया था?" उसके आते ही पूछा।

"नहीं साब, कोई नहीं...लेकिन (कुछ सोचते हुये) तकरीबन दुपहर १२ बजे कोनो चौबीस-पच्चीस साल का दुबला पतला सुंदर नाक-नक्श को एक नौजवान आया था। वो साब को पूछ रओ था। साथ मा दू सुटकेश लय था, जीखो मुंशी जी ने कमरे में रखवा दओ है।"

"मर गये! अरे मुंशी जी, इधर आइये।" वहीं बैठे-बैठे थाना इंचार्ज रामसरोज तिवारी जोर से बोले।

"जी सर!"

"मुंशी जी! किसका सुटकेश कमरे में रखवाये हैं?"

"वे नये थाना इंचार्ज हैं। वे दोपहर को आये थे, आते ही आपको पूछा, मैंने बताया कि शाम तक भेंट होगी, साब मीटिंग में गये हुये हैं।"

"फिर?"

"मैंने उन्हें अदब से बैठाया, चाय पानी को पूछा, लेकिन वे मना कर दिये, और बोले थोड़ा घूम-फिर कर आते हैं।" मुंशी जी ने जानकारी दी।

ये बातें चल ही रही थी कि वही नवयुवक थाने में प्रवेश करता हुआ दिखा। उसे देखते ही थाना प्रभारी रामसरोज तिवारी और सहायक आसिफ अली दोनों मुख्य द्वार की ओर लपके और सामने से जोरदार सैल्यूट मारा, जवाब में उस नवयुवक ने दोनों हाथ जोड़ दिये और बोला...... "मेरा नाम गौरव सिंह है, मेरी पहली पोस्टिंग आपके यहाँ हुई है।" और जेब से एक खाकी रंग का लिफाफा तिवारी के हाथ में पकड़ा दिया। जाहिर है, उसमें पद स्थापना आदेश था।

"सर! आज मैं सुबह आसिफ अली को चार्ज देकर मीटिंग में गया था, मुझे वहीं सब जानकारी मिली है। मुझे आज ही रिलीव्ह होकर कल एसपी ऑफिस में रिपोर्ट करना होगा। आप मुझसे चार्ज ले लें सर।"

"ठीक है, आप जाइये, लेकिन चार्ज आसिफ भाई के पास ही अभी रहने दें, जरूरत पड़ने पर ओवर हैंड कर लूँगा। मैं ट्रेनिंग में इधर आप लोगों से सीखने आया हूँ, मुझे एसपी समझकर व्यवहार न किया जाए, मुझे जैसा कहा जायेगा, करता जाऊंगा, ये समझिये कि पहली कक्षा में दाखिला लिया हूँ। बाकी का स्टाफ कहाँ है? सभी से मिलना चाहता हूँ।" गौरव सिंह बोले।

आसिफ अली ने पूरे स्टाफ को बुला लिया था। मुंशी जी, और वहाँ पदस्थ सभी कांस्टेबल आ गये थे, दो अवकाश में थे। कुल बारह का स्टाफ था।

"आप सबसे मैं एक निवेदन करना चाहता हूँ, वो ये कि आप सब मुझसे उम्र में बड़े हैं, तजुर्बेकार हैं, इस लिहाज से मुझे अफसर न माने, हम लोग टीम भावना से काम करेंगे, एक दूसरे को सहयोग देते हुये आगे चलेंगे। यहाँ

से आने के पहले एसपी साहब ने बताया है कि कोई सुमन राय नाम की लड़की ने उन्हें चिट्ठी भेजकर अपनी दादी का पता लगाने का निवेदन किया है। उसकी फाइल तो होगी यहाँ? वह मुझे दे दी जाए, रात में पढ़कर सुबह से काम शुरू कर दूँगा। बाकी के पेंडिंग केसेस आसिफ अली और मुंशी जी मिलकर हैंडिल कर लेंगे।"

"जी !"

मुंशी जी ने वो फाइल गौरव को सौंप दी थी।

"आइये साब, रूम में चलिये। वही आप आराम कीजिएगा।"

"नहीं....नहीं तिवारी जी, अभी आराम नहीं करना है। जिन्हें जाना हो जा सकते हैं। मैं अभी फाइल से केस स्टडी करूँगा और आज के लिए मेरे पास टिफिन है, माँ के हाथ की बनाई रोटी-सब्जी है, खाकर, यही कहीं सो जाऊंगा। मेरी फिक्र छोड़कर आप सभी जायें, कल देखा जाएगा।" गौरव बोले।

"लेकिन सर....।" तिवारी बोले।

"बेफिक्र जाइये।" .... "शुभ रात्रि।"

मुंशी जी और राम सिपाही को छोड़कर सभी स्टाफ कैम्पस में बने अपने-अपने कमरों में जा चुके थे। थाने के रिक्त कमरे में पड़े तख्ते पर उनका बिस्तर लगा दिया गया था। रात्रि के दस बज रहे थे। नवंबर माह की शुरुआत हो गयी थी, लेकिन अभी तक ठंड ने अपनी आमद नहीं दी थी, हल्की गर्मी का अहसास होने पर उन्होंने सीलिंग फैन की स्विच ऑन कर दी, लेकिन पंखा अपनी जगह से टस से मस नहीं हुआ। उनके दिमाक में एक तरकीब सूझी, कोने में पड़ा डंडा उठाया और पंखी में धक्का दिया, पंखा घर्र-घर्र करता हुआ चल पड़ा। इस कामयाबी पर उनके अधरों में मुस्कान तैर गई। उन्होंने बैग खोला और एक मोटी बैठकीनुमा चादर निकाला, उसे पंखे के नीचे बिछाकर, खाना खाने लगे।

"अहा! कितना स्वादिष्ट भोजन......पूड़ी, और आलू की सूखी सब्जी।

हो क्यों न? माँ के हाथ का जो बना है।"

भरपेट खाने के बाद बोतल से पानी पिये और तख्त में बैठकर फाइल का अध्ययन करने लगे।

"अरे गुमशुदगी रिपोर्ट के बीस दिन गुजर गए, पुलिस का फॉलोअप तक नहीं है। अगले पेज में मुंशी जी की के दस्तखत से एक रिपोर्ट लगी थी। जिसके अनुसार...... फरियादी की खेती-बाड़ी की जमीन ग्राम सूरजपुर में है। गुम हुई बुढ़िया पहले वहीं रहती थी। तीन माह पहले सूरजपुर से खिरहनी आ गयी थी, बेटे-बहू के पास। अब फरियादी 'रंजन' की जमीन की देखरेख जोखन नाम का आदमी करता है।'

"ओह! इसी में तो पुलिस का महकमा बदनाम है, प्राथमिकी तक शालीन भाषा मे दर्ज करना नहीं आता है।" आईपीएस गौरव सिंह मन ही मन कह उठे।

फिर कुछ सोचते हुये......"मुझे तत्काल कुछ करना चाहिए।"

फाइल में सिर्फ दो कागज लगे थे। वे बाहर निकल कर टहलने लगे। मुंशी जी अभी बैठे हुये थे, लेकिन अन्य किसी स्टाफ को न देखकर उन्होंने पूछा...... "आप अकेले हैं मुंशी जी?"

"सर! राम सिपाही है, रोड तरफ चेकिंग में है।"

"कोई काम सर?"

"कुछ खास नहीं, उससे कहिएगा, सुबह सात बजे सूरजपुर चलना है।"

"जी।"

"कितनी दूर होगा यहाँ से सूरजपुर ?"

"कोई दस किलोमीटर।" मुंशी जी ने बताया।

"रामसिपाही को रास्ता मालूम होगा?"

"जी सर! मोस्ट सीनियर स्टाफ है, एक-एक गाँव जानता है।" मुंशी जी

ने बताया।

वे कमरे में लौट आये थे और लाइट ऑफ कर तख्त में लेट गए थे, लेकिन नयी जगह थी, इसलिए नींद नहीं आ रही थी। घर से चलते वक्त माँ की दी हुई नसीहतें उन्हें याद आने लगीं थी, माँ ने कहा था......बेटा! असल में आज से तेरे जिंदगी की नयी पारी शुरू हो रही है, दो बातें याद रखना,

पहली......"कैसी भी परिस्थितियां आएं, सच का दामन पकड़कर चलना' और दूसरी......" जब कभी हिम्मत टूटने लगे, निराशा के बादल मन में डेरा जमाने लगें, माँ अष्टभुजी दुर्गा का ध्यान करना, जगत जननी माँ दुर्गा, चुटकी बजाते ही सब ठीक कर देंगी।"

हाँ, कैसा अद्‌भुत संयोग है, माँ की ममता, माँ का आसरा और माँ की तलाश। आखिर वो भी किसी की माँ होगी, उसे तलाशना होगा, जैसे भी हो। इस वर्दी में किसी भी हालत में दाग नहीं लगने दूँगा। इन्हीं ख्यालों में डुबकी मारते हुये न जाने कब उनकी आँख लग गई।

★★★

(चार)

भोर में उठने की आदत के मुताबिक लगभग पांच बजे ही गौरव सिंह की आँख खुल गई, खिड़की से झाँका तो बाहर अभी अँधेरा पसरा था, बिजली के पोल में जल रहा इकलौता मरकरी बल्ब दूर-दूर तक पूरी ताकत से पीली रंग की रौशनी फेंक रहा था। थाना परिसर में कुछ आवारा कुत्ते चुस्त-दुरुस्त सिपाही की तरह गश्त मार रहे थे। उन्होंने सोचा अभी काफी समय है, आराम से सुबह की दिनचर्या से फारिग हो लिया जाय, यह सोचकर वे कमरे से अटैच बाथरूम में प्रवेश कर गये।

लगभग आधे घण्टे बाद वे तरोताजा होकर थाना परिसर में चलकदमी कर ही रहे थे कि मुंशी जी आकर सलाम किये और पूछे......

"कोई परेशानी तो नहीं साब?"

"कोई परेशानी नहीं, दिन भर चलते रहे थे, शरीर थका था, इसलिए रोटी खाते ही नींद आ गयी।"

"आज आपका रूम दुरुस्त हो जाएगा सर।"

"आप ज्यादा फिक्र न करें, सिर्फ सीलिंग फैन चेक करवा दीजियेगा बाकी सब ठीक है, तीन माह की तो बात है।" गौरव सिंह बोले।

"जी सर।"

तभी सामने से राम सिपाही आता हुआ दिखा, आते ही उसने मोटर साइकिल निकाली, कपड़ा मार कर सीट से धूल हटाई और दोनों चल पड़े सूरजपुर की ओर......दो-तीन किलोमीटर दूरी तय करने के बाद हरे-भरे खेत और सड़क किनारे बने कच्चे-पक्के मकान नजर आने लगे। थोड़ा और चलने के बाद एक तिराहा दूर से दिखने लगा था। बायीं ओर एक पतली सड़क गई थी, तीर के निशान से सूरजपुर की दूरी सात किलोमीटर सड़क किनारे लगे बोर्ड में लिखी हुयी थी। वे बायीं तरफ प्रधान मंत्री योजना से

निर्मित सड़क पर मुड़ गये। सड़क के दोनों तरफ अधिकतर कच्चे मकान बने थे। कुछ लोगों ने अपने पशु सड़क से सटाकर बांध रखे थे, जिससे सड़क और संकरी हो गई थी। थोड़ा और आगे बढ़े तो देखा दो तीन लोग आपस में बात करते हुये सड़क किनारे खड़े थे, एकाध लोग मुँह में दातून चबाते हुये इधर-उधर पिच्च-पिच्च थूक रहे थे।

"तुम नहीं कबऊं सुधरन वारे।" रामसिपाही उनको देखकर धीरे से भुनभुनाया था। और आगे बढ़ने पर सड़क किनारे लगे हैण्डपम्प के पास मिट्टी से लोटा साफ करते दो लोग दिखे। गौरव सिंह गांव से ताल्लुकात रखते थे, इसलिए पूरे माहौल को समझ रहे थे, उनकी जगह कोई निहायत शहरी बाबू होता तो सारे सीन उसे किसी अजूबा से कम न लगते।

"राम सिपाही।" बातचीत के इरादे से वे बोले।

"जी साब।" मोटरसाइकिल में पीछे बैठा हुआ रामसिपाही बोला।

"सरकार ने घर-घर में शौचालय बनवा दिया है, फिर ये इस्तेमाल क्यों नहीं करते?"

"अरे साब, का बतायें कगजा में सब कछू बन जात है पर मौका पर नहीं दिखत, सब घरन में बनो भी नहीं, सबहीं के पास पट्टे की जमीन नहीं है, और जिनको बनो भी है, लगत है, साल भर भी न चले।"

"क्यों??"

"साब! बड़े-बड़े लोगन का कमीशन तय रहत है, कैसे सई काम होई। अब जेई सड़क देख लो साब, साल भर पैले बनो है, जगन-तगन उधड़ गई है। बड़े-बड़े गड्ढे बनो है।"

"हाँ।" एक लंबी सांस खींचकर श्री सिंह ने सहमति जताई।

"आप कहाँ के हैं, रामसिपाही?'

"हम तो छतरपुर जिले से लगो भयो एक मड़फा गांव है, उतई के रहबे बारे हैं साब।"

"बहुत प्यारी बोली है आपकी।" गौरव सिंह बोले।

"बुन्देली है साब।"

"बहुत कर्णप्रिय बोली है आपकी। और उधर देखो! सड़क के दायीं तरफ बड़ी बस्ती दिख रही है, शायद यही सूरजपुर हो, मुख्य सड़क से सात किलोमीटर अंदर आना था, तो आ भी गये। जोखन का घर पूछो किसी से।" उन्होंने मोटरसाइकिल रोक दी थी।

"सूरजपुर तो जेई है साब!'

"किसी से जोखन का घर मालूम करो।"

तभी सामने से एक आदमी कमर में सिर्फ मैली और गीली तौलिया लपेटे नंग-धड़ंग आता हुआ दिखाई दिया, जैसे किसी पोखर में लोटकर आ रहा हो, उसके नजदीक आने पर रामसिपाही ने उससे पूछा......

"ई कौन गाँव हतो?"

"सूरजपुर।"

"जोखन किते रैत है?"

"जोखन कोल।"

"हाँ...हाँ ....वई वई।"

"ऊ पीपर के झाड़ देखबे है?" उस व्यक्ति ने हाथ के इशारे से पूछा।

"हाँ, दिख रओ।"

"उहाँ से सिरमिंट के सड़किया मा मुड़ जाबे है, फेर सीधे भगे चलो, आगे बायें तरफ एक पक्की गढ़ी मिली, ठाकुर जोला सींग के पक्की गढ़ी, ओहिन के बाजू मा रंजन बाबू केर घरबा है, उतै जोखन रहत है।"

"ठीक है, बैठो।" रामसिपाही को इशारा करते हुये गौरव बोले।

बताये रास्ते अनुसार वे रंजन के घर के सामने आ खड़े हो गये। एक दस बारह साल का काला कलूटा लड़का चड्डी पहने द्वार पर खड़ा दिखा,

उससे रामसिपाही ने पूछा...... "जोखन का घर जेई है?"

"हओ।" वह लड़का बोला।

"भेजो उसे, उससे बोलो थाने वाले साहब आये हैं।" रामसिपाही ने कहा।

वह लड़का भीतर चला गया था। कुछ ही क्षण में जोखन अंदर से निकला, आते ही वह हाथ जोड़कर बोला......

"माई बाप! भितरे बिराजी।"

जोखन के पीछे चलकर गौरव सिंह सामने के कमरे में रखी चारपाई पर बैठ गये। नजदीक ही लकड़ी की टूटी हुई स्टूल पर रामसिपाही बैठ गया। उस कमरे से बाहर और आँगन में देखा जा सकता था। लगभग तीन कमरों का कच्चा मकान था, एक कमरा बाहर की ओर तथा दूसरा आँगन की तरफ खुलता था, एक में ताला लगा था।

"इसमें ताला क्यों बन्द है?" गौरव सिंह ने पूछा।

"ईमा रंजन भइया, जब आबत है, रुकत है, एहिन मा पंडिताइन काकी पहिले रहत रही।" जोखन बोला।

"ये पक्की हवेली किसकी है?"

"इया ज्वाला ठाकुर केर हवेली आय, साब।"

"क्या करते हैं, ज्वाला ठाकुर??"

"अरे साहब, बड़े मनइन केर बड़ी बात, का नहीं करत आहीं, गांव के परधानी से लइके टरक, लारी डम्फर सब उनके पास हां। उनके लघे दस बीस अदमी हरदम बने रहत हां, बड़े-बड़े साहब-सुब्बा लोग शहर से मिलय-जुलय को आवत हां।" जोखन ने बताया।

"कितनी जमीन है गांव में उनके पास?'

"अरे हजूर! पूरा मेड़ा मा उनखर जोत है, चार-चार टेक्टर दउड़त हैं।

इया सामने जो बगिया देखात है, रंजन भैया केर जमीन आय। इहे जमीन बेचकर ऊ शहर में घर खरीदे हैं।'

"किसने खरीदी, जमीन?"

"ठाकुर दादू ने।"

"और यह घर और सामने का खेत?"

"पता नहीं साहेब, सुनबे में एही आउत है कि ये भी बिक गयी है।" जोखन बोला।

"तुम किसकी जमीन-घर मानकर यहाँ खेती कर रहे हो?" तेज स्वर में गौरव बोले।

"बड़ी आफत है, साहेब, पंडिताइन काकी कहि के गयीं...... खेतन केर उपज मोखे घर पहुँचाना और ठाकुर दादू कहबे...... ई जमीन-घर अब हमरे पट्टे में है। का करी, का न करी साहेब, बड़े सकबन्धन मा जी डूबत-उतरात है।"

"अब क्या करोगे?"

"का करेंगे साहब, जौन ठाकुर दादू के हुकम होई, बोई करब।" उदास मन से जोखन बोला।

"तुम डरते हो, ज्वाला ठाकुर से?" गौरव ने पूछा।

इस सवाल से अचानक जोखन घबरा गया। उसे कोई जवाब सूझ नहीं रहा था, फिर कुछ सँभलते हुये, नीचे निगाह किये हुये बोला......

"हजूर, केखर मजाल जो उनखर हुकम न मानय।"

कुछ देर खामोशी में गुजरे, फिर लड़के को आवाज देकर जोखन बोला. .....अरे! दारा, जा तो कहारिन दाई के हियां बोल के आ पानी ले आबय, साहब लोगन का।" जोखन उसी लड़के से बोला था, जो घर के बाहर मिला था।

"नहीं-नहीं, तुम अपने घर से पानी दो।" गौरव सिंह जल्दी से बोले।

"माई बाप! हम कोल आदिवासी हैं, हमार छुआ पानी गांव मा कोऊ नहीं पीबे। आप कइसे पी सकत हैं?"

"हम छुआछूत नहीं मानते, पानी अपने घर से पिलाओ।" गौरव बोले।

लम्बा घूघट ताने एक औरत आँगन तरफ से लोटे में पानी ले आयी।

"जोखन! ये तुम्हारी घर वाली है?" पानी भरा लोटा उसके हाथ से लेते हुए गौरव ने पूछा।"

"जी सरकार।"

"जोखन तुम्हारी उम्र कितनी है?"

"मालूम नहीं सरकार। पय अंदाजन चालीस के होई।"

"लेकिन तुम तो बहुत सयाने दिखते हो, साठ के आस-पास।"

"अरे सरकार! गंवई-गांवन के लोग जल्दी बूढ़े होत हैं, हियां केर माटी जल्दी से सयान कई देत है।" जोखन सर के पके बालों में हाथ फेरता हुआ बोला।

बातचीत चल ही रही थी कि एक काले रंग का लगभग दस साल का लड़का घर में घुसते ही जोखन की ओर मुँह करके बोला...... "दददू ! ठाकुर दादू के हियां तोहार बोलाव है, जल्दी जा।"

"ये लड़का कौन है?"

"छोटा वाला आय सरकार।'

ठाकुर के यहाँ से बुलावा मिलते ही जोखन के चेहरे का रंग अकस्मात बदल गया। भय की रेखाएं उसके चेहरे पर साफ दिखाई देने लगी थी, जैसे ज्वाला ठाकुर के रूप में मौत का बुलावा आ गया हो। वह पुलिस स्टाफ की मौजूदगी की वजह से अनिर्णय की स्थिति में खुद को पा रहा था। वह बहुत डरा हुआ लग रहा था। उनकी मनस्थिति को भाँपकर गौरव बोले......

"ठीक है, अभी तुम ठाकुर के यहाँ जाओ, हम लोग भी जा रहें हैं। कल सुबह तुम आठ बजे थाना पहुँचो, अभी तुमसे और पूछ-ताछ करनी है।"

कुछ ही पलो में गौरव सिंह की मोटर साइकिल खिरहनी थाना की तरफ वापसी के लिए दौड़ पड़ी थी।

★★★

(पाँच)

गौरव सिंह और रामसिपाही दोनों वापस आ गये थे। आज थाना परिसर कुछ बदला-बदला-सा लग रहा था। कोने में लगा कूड़े का ढेर नदारत था। जहाँ कल तक सुअर लोटते थे, आवारा कुत्ते आराम फरमाते थे, वहाँ पर नहाई-धोई थाने की सरकारी जीप खड़ी थी। जप्तशुदा और जंग खाये वाहनों को कुछ और दूर ले जाकर खड़ा कर दिया गया था। मुंशी जी अपनी सीट के पास खड़े-खड़े अखबार पढ़ रहे थे। पहुँचते ही श्री सिंह ने पूछा......

"मुंशी जी, सब खैरियत है, न।"

"जि....जी सर! गले में आयी रुकावट को पानी की घूँट से दूर करते हुये मुन्शी जी बोले।

ऐसा अक्सर हो जाता है, जब आदमी कुछ समय से चुप रहे और अचानक बोलना पड़े तब। गौरव सिंह अपने कमरे की तरफ बढ़ गये थे। वे कमरे को देखते ही चौक गये, कमरा बढ़िया से सजा दिया गया था। तख्त में मोटा गद्दा डालकर सफेद फक्क चादर बिछा दी गयी थी। उसी से मैच करता हुआ तकिया कव्हर, और ओढ़ने का चादर, सब मैचिंग के। कोने में पुराना लेकिन अच्छी कंडीशन का एक मेज और कुर्सी रख दी गई थी। तभी किसी की आने की आहट पाकर वे पीछे मुड़े, देखा एएसआई आसिफ अली चले आ रहे थे।

"सर! गुस्ताखी मुआफ हो, वगैर आपकी इजाजत के हमने कमरे में बिस्तर लगवा दिया है। और आपने सुबह कुछ खाया नहीं है, इसलिए निवेदन है कि मेरे कमरे में चलकर नास्ता कर लें।" आसिफ नजदीक आकर बोले।

"अरे! आप लोग मेरे को लेकर परेशान न हों, कैम्पस के बाहर ही तो चाय-नास्ते की दूकान है, खाना भी वे बनाते होंगे, वहीं से टिफिन आ जाया करेगा।"

"जैसा हुक्म होगा, वैसा हो जाएगा, लेकिन आज का नास्ता मेरे यहाँ... बेगम ने कहा है।"

"चलिये।" कुछ सोचते हुये गौरव सिंह बोले।

आसिफ अली का सरकारी निवास ठीक थाना के बाजू में था उसके ठीक आगे पूर्व थाना इंचार्ज, तिवारी रहते थे। नास्ता पहले से ही टेबल में रखा था। आसिफ अली की पत्नी जुवेदा पानी रखती हुई बोली....

"आप कितने बड़े अधिकारी अफसर हैं, मैं नहीं जानती, मै ज्यादा पढ़ी-लिखी भी नहीं हूँ, लेकिन इतना समझ लें, जब तक आप यहाँ है, इसी घर में आपका खाना और नास्ता होगा।"

"अरे! ये क्या कह रही हैं, वैसे भी मैं सार्ट टाइम के लिए इधर हूँ, अधिक से अधिक तीन माह, मै किसी को तकलीफ नहीं देना चाहता।"

"इसमें तकलीफ देने जैसी बात नहीं है, देखिये मै आपसे उम्र में बड़ी हूँ, उम्र का लिहाज करते हुए मेरी बात न टालें। मेरी आपसे गुजारिश है कि खाना मेरे हाथ का बनाया खायें, हमे बेहद खुशी होगी। हम लोग आपकी तरह ही शाकाहारी खाना लेते हैं। भले ही हम मुसलमान हैं। अल्लाहताला को मांसाहार पसन्द नहीं है।" जुबेदा बोली।

"ठीक है भाभी।" अरे, बिना सोचे-विचारे मैं क्या बोल गया? सॉरी।"

"कुछ गलत नहीं बोले आप, भाभी बोले हैं न, मुझे यकीनन बेहद अच्छा लगा। रिस्तों की पाकीजगी को बरकरार रखना, इज्जत देना बड़ों से सीखी हूँ। आपको कोई शिकायत का मौका नहीं मिलेगा।" जुबेदा ने फिर कहा।

"ये हुई न बात। यही बात अगर मैं बोलता, साहब कभी मानने वाले नहीं थे। मेरे दिल में यही बात थी, लेकिन कहने की मेरी हिम्मत नहीं हुई।" आशिफ अली मुस्कुराते हुये बोले।

"आप पुलिस वालों को प्यार से बोलना कहाँ आता है।" जुवेदा मजाक के अंदाज में बोली। जुबैदा की बात पर दोनों मुस्कुरा दिये।

नास्ते के बाद पुनः श्री सिंह कमरे में आ गये, लकड़ी के आलमारी में रखे अपने सुटकेश से दो तस्वीरें निकाली, एक स्वामी विवेकानन्द की थी और दूसरी एक प्रौढ़ महिला की सम्भवतः उनके माँ की तस्वीर होगी। दोनों को दीवाल में टांग दिया। फिर कुछ सोचते हुये...... "जोखन को कल आने को कहा है, आज क्यों न रंजन के घर ही हो आएं? वैसे भी इस तरह के केसेस में देरी गुनाह जैसी है। पहले भी बहुत देर हो गयी है।"

केस फाइल सिरहाने रखी थी, फाइल से नाम पता नोट किया और बिना किसी को बताये पैदल ही निकल पड़े, वही सादे कपड़ों में। थोड़ी दूर जाने पर एक ऑटो चालक से चौक बाजार में बड़े हनुमान मंदिर के पास छोड़ने को कहा। लगभग आधे घण्टे के बाद वे हनुमान मंदिर के गेट के सामने थे। ऑटो चालक को किराया देकर वही उतर गये। आज मंदिर में बहुत भीड़ थी, मंगलवार जो था। वही मंदिर आते एक भले से दिखने वाले आदमी को रोककर पूछा....

"रंजन राय का घर बता सकते हैं, वे गली नम्बर तीन में रहते हैं।"

"नहीं मालूम।" उन्होंने बेरुखी से जबाब दिया।

शायद मंदिर जा रहे महाशय को ये टोका-टाकी अच्छी नहीं लगी। गौरव सिंह सामने प्रसाद और फूल माला बेचनेवाले दूकानदार के पास

जाकर पूछे...... "भई, कोई रंजन राय, गली नम्बर तीन में रहते हैं?"

"नहीं पता......पर गली नम्बर तीन आगे है, मंदिर से सीधे चले जाओ वहीं से गली शुरू होगी..एक..दो फिर तीन।" दुकानदार ने इशारे से बताया।

वे बताये अनुसार गली में प्रवेश कर गये, कंक्रीट की सँकरी सड़क थी। दोनों तरफ पक्के मकान बने थे, घर के निस्तार का पानी सड़क में जगह-जगह भरा था। नालियां ओवर फ्लो में थीं। वे एक हाथ से पैंट को ऊपर किये हुये हर किसी से रंजन का घर पूछते-पूछते हुये आगे को बढ़ रहे थे। आश्चर्य की बात है...रंजन का घर किसी को मालूम नहीं था। कैसे-कैसे

लोग शहर में होते हैं, किसी को अपने घर के अलावा दूसरे का घर मालूम नहीं। गाँव में तो ऐसा नहीं है, किसी से भी किसी का घर पूछ लो......दो चार कोस तक के घर बता देगा। पर यहाँ पर तो सब अपने-अपने में ही उलझे दिखते हैं।

गौरव सिंह मन ही मन सोचते हुये चले जा रहे थे, तभी एक दस साल का लड़का पीछे से साइकल से आया, उसे रोककर उन्होंने पूछा......"रंजन अंकल को जानते हो??"

"कौन ट्यूशन वाले मास्टर जी।"

"हाँ--हाँ वही।" चलो देखा जायेगा, यह सोचकर वे उस लड़के के साथ चल दिये दो चार घर आगे जाकर वह लड़का एक घर की तरफ हाथ से संकेत करते हुये बोला...... "यही है।" और साइकल में चढ़कर आगे निकल गया। सड़क से सटाकर बनाया गया दो तीन कमरों का पुराना मकान जिसे वो लड़का रंजन राय का मकान बता कर गया था, श्री सिंह सोचते हुए खड़े थे, कैसे आवाज दें, डोर बेल भी नहीं दिखती, फिर हिम्मत बटोर कर उन्होंने दरवाजा खटखटाया।

"जी, अभी आयी।" अंदर से एक सुरीली आवाज गूंजी, जैसे किसी ने सितार के तार छेड़ दिए हों।

थोड़े पल में कोई बीस-इक्कीस साल की गोरी, स्लिम, तीखे नाक-नक्श की युवती ने द्वार खोला। लेकिन यह क्या? कोई कुछ बोला नहीं। बस एकटक एक दूसरे को निहारते भर रह गये।

"जी, बताइए?" हिम्मत जुटाकर वह लड़की बोली।

"रंजन राय का घर यही है?"

"जी, किन्तु आप?"

"मेरा नाम गौरव सिंह है, मैं थाने के आया हूँ।"

"आप अंदर चलकर बैठिये, माँ अभी मंदिर से आती होगीं, पापा भी

ट्यूशन से आते होंगे, उनके आने का टाइम हो गया है।"

"नहीं...नहीं, मैं बाहर ही वेट कर लूँगा।"

"वह देखिए, माँ मंदिर से आ रही हैं, आप अंदर चलकर बैठ लीजिए।" सामने से आती हुयी एक प्रौढ़ महिला की ओर इशारा करते हुये वो बोली।

उसके शब्दों में जैसे जादू हो, वे उसको बोलते हुए सुनना चाह रहे थे। तभी वो महिला भी पहुँच गई थी, जिसे उसने माँ बताया था।

"ममा!! आप थाने से आये हैं, दादी के विषय में बात करना चाहते हैं।" उसने बताया।

"अंदर चलकर बैठिये साब!" ......आइये, सुनीता ने आग्रह किया।

वे गौरव सिंह को कमरे में लें गईं, और लकड़ी की कुर्सी को आगे खिसकाते हुई बोलीं.... "बैठिये साब।"

"जी धन्यवाद।" वे कुर्सी पर बैठते हुये बोले।

"ये मेरी बड़ी बेटी" सुमन' है, छोटी "किरण" स्कूल गई है, और हम दोनों है, कुल चार लोगों का छोटा सा ये परिवार सास की छत्र छाया में बड़ा हो रहा था, न जाने साब! किसकी नजर लग गई, माँ जी हम सबको छोड़कर चली गईं। आज से महीने भर हो गए, उनका कुछ पता नहीं है। अपनी समझ अनुसार हर सम्भावित जगहों में इसके पापा गये......लेकिन, सुनीता का गला रुंध सा गया था, फिर वह स्वयं को सँभालकर बोली...... "आज हनुमान जी के पास फरियाद लेकर गईं थी।"

"बेफिक्र रहिए, ये केस मै खुद देख रहा हूँ। मैं उन्हें ढूंढ निकालूंगा।"

"साब, मैं ज्यादा नहीं जानती, लेकिन मुझे बजरंगवली पर पूरा भरोसा है, जब वे सीता मइया की खोज समुद्र पार जाकर लगा आये, तब यह काम तो बहुत छोटा है, महाबली बजरंगी के लिये।" सुनीता के चेहरे पर दृढ़ यकीन के भाव साफ दिख रहे थे।

"माँ, मुझे लगता है महाबली ने ही इन साहब को यहाँ भेजा है।" इस

बार सुमन बोली।

उसके कहने का लहजा कुछ इस तरह था कि हर लबों में मुस्कुराहट आ गयी।

"मै अभी चलता हूँ, रंजन जी घर आएं तो उन्हें थाने भेज दीजियेगा। उनसे कुछ गाँव से सम्बंधित जानकारी चाहिए।" गौरव सिंह कुर्सी से उठते हुये बोले।

"अरे! कैसे चले जायेंगे, बिना चाय पिये हुये?" वह उत्तर की प्रतीक्षा किये बगैर चाय बनाने के लिए बगल के कमरे में चली गई।

गौरव सिंह सम्मोहित से पुनः बैठ गये। वे इस प्यार भरे आग्रह को टाल नहीं सके थे। बा-मुश्किल पांच मिनट गुजरे होंगे की रंजन भी आ गये। सुनीता ने अपने पति का उनसे परिचय करवाया। तभी उनकी बेटी तीन कप चाय रख गई थी।

"रंजन जी! मुझे अफसोस है कि अभी तक पुलिस आपकी माँ का पता नहीं लगा पायी। मैं इस केस को स्वयं देख रहा हूँ, मुझे पूरा भरोसा है कि बहुत जल्द मैं पता लगा लूँगा। मुझे आपका सहयोग चाहिए।" गौरव सिंह चाय का घूंट हलक में उतारते हुये बोले।

"जी आदेश करें।" रंजन बोले।

"सबसे पहले मैं आपको बता दूँ कि मैं भारतीय पुलिस प्रसासनिक सेवा से हूँ, बतौर फील्ड की ट्रैनिंग मुझे थाने में नियुक्ति दी गई है, अभी कल ही ज्वाइन किया हूँ, यहाँ के दरोगा जी का ट्रांसफर हो गया है। मैं आज सुबह आपके गांव से होकर लौटा हूँ।

मुझे बताइये कि गांव में आपके पास कितनी जमीन है? क्या- क्या फसल होती है?"

गौरव का परिचय जानकर सभी आश्चर्य से भर गए, जिसे अब तक सिपाही समझ रहे थे, वह एस.पी है।

"क्या कहें, साब, कुछ कहते नहीं बनता, कहने को कुछ बचा ही नहीं है। हमारी पुस्तैनी जमीन छल-बल से ज्वाला ठाकुर ने छीन लिया।" रंजन की आँखों में पीड़ा की झलक साफ दिख रही थी।

"मुझे अपने गांव के बारे में विस्तार से बताइये, संकोच, डर की बात नहीं, माँ की तहकीकात में आपके गांव के विषय में जानना बेहद जरूरी है। हमारे बीच की बातचीत गुप्त रहेगी।" चाय का कप मेज में रखते हुये गौरव सिंह ने उन्हें समझाया।

"हाँ पापा! सर से खुलकर सब बता दें, आखिर हम लोग कब तक रोज मर-मर कर जियेंगे।"

खाली कप मेज से हटाते हुई सुमन बोली थी।

"जी, मैं सब कुछ बताऊंगी, ये कम बोलते है, इनकी इसी आदत के चलते हमारी जमीन गई।" सुनीता जमीन में बिछी दरी में बैठती हुई बोली।

"आज से पच्चीस साल पहले जब मैं ससुराल आई, तो सास-ससुर और पति का प्यार-दुलार पाकर मैं स्वयं को बहुत भाग्यशाली मानी। माँ-बाप की देहरी छोड़ने की तकलीफ, जो हर किसी नारी को होती है, मुझे भी हुई, पर इन सबके प्यार के आगे वह तकलीफ भूल-सी गई।

मेरे श्वसुर को ठाकुर घराने से बहुत सम्मान मिलता था, वे उनके यहाँ दीवान थे और पूरे गांव में हम ही अकेले ब्राह्मण थे।"

"और कौन-कौन जाति के लोग गांव में हैं?" बात काटकर गौरव ने पूछा।

"कहार, ढीमर, तेली, कुम्हार बढ़ई, धोबी नाई, चमार सभी है, एक घर कायस्थों का था, वो भी अब वहाँ से चले गये है। ये सभी ज्वाला ठाकुर के पिता द्वारा गांव में बसाये गये थे।" सुनीता इतना कहकर थोड़ा रुकी और ... पानी का घूंट पीकर आगे बोली......फिर साब! अचानक समय ने करवट बदला, ज्वाला ठाकुर के पिता का स्वर्गवास हो गया, फिर क्या था? पूरा मालिकाना ज्वाला ठाकुर के हाथ आ गया, ये तो पहले से बिगड़े

ठाकुर थे, अब तो कोई रोकने वाला नहीं रहा। मेरे श्वसुर पर चोरी का आरोप लगाकर दीवानी से हटा दिया गया। उनका गुनाह ये रहा कि उनके रहते ज्वाला ठाकुर मनमानी नहीं कर पाते थे। देवता जैसे श्वसुर जी इतना बड़ा लांक्षन सह नहीं पाये। वे हर समय गुमसुम बैठे रहते थे, अचानक एक दिन उन्हें तेज बुखार आया जो जान लेकर गया। इतना कहकर सुनीता सुबक पड़ी।"

"बात को जारी रखते हुये रंजन ने आगे बताया...... सर, पिता की मौत के बाद मैं भी शहर से नौकरी छोड़कर गांव आ गया, गांव में मुझे छोड़कर कोई पढ़ा लिखा नहीं है। अन्धविश्वास के असर से हर आदमी ग्रस्त है, भूत प्रेत, जादू टोना, छुआछूत पर लोगो को बहुत यकीन है, इसलिए सोचा की घर में ही स्कूल खोलकर सब को पढ़ाएंगे, जिसकी जो मर्जी होगी दे देगा या न भी देगा, कोई हर्ज नहीं। बाकी का गुजर खेती-बाड़ी से हो जाएगा। यह सोचकर मैंने स्कूल का रजिस्ट्रेशन कराने की सोची, और जोखन को खेती किसानी का काम देखने को कह दिया।"

"न जाने ज्वाला ठाकुर को इस बात की भनक कैसे लग गई, सो एक दिन चार पांच लोगो को साथ लेकर घर आ धमका, बाहर से ही जोर से चिल्लाया......"पंडिताइन--ओ पंडिताइन, बाहर निकरा।"

"का है ठाकुर दादू, आज सबेरे-सबेरे?" अम्मा बाहर निकल कर बोली थी।"

"अरे, इया आय के पंडित बाबा अब रहें नहीं, जिनहीं इया जमीन दीन्ह गई रही। अब इया जमीन-जाघा वापिस करो।" ज्वाला ठाकुर बोला था।

"अइसे कइसे जमीन तुमही देई, हमरे पास ठाकुर दादा के हाथ का लिख्खा कागज है, के इया जमीन पंडित का दीन गई। हम कइसे सब छोड़ के गांव से निकर जई।" अम्मा ने जबाब दिया था।

"मालूम है, पंडिताइन, हम तोहार घर नहीं छुड़ाइत, जब तक मन होय, घर मा रहा। पय जमीन देय का परी।" ठाकुर इस बार जरा तेज आवाज

में बोला था।

“पय कागद लिख्खा है मोरे पास......हम जमीन न देबय।” अम्मा भी जोर से बोली थी।

“मालूम हय, कागज के कीमत छः लाख रूपिया नक्की। एक हाथ से रूपिया गिना दुसरे हाथ से कागद फारा पंडिताइन।” ठाकुर कुटिल मुस्कान के साथ बोला था।”

“न--न जमीन न बिकनव ठाकुर दादू! चाहे जौन होइ जाय, इया जमीन मा तोहरे पंडित बाबा केर हाड़ा गड़ा है। रंजनमा इहै धरती मा लोट-पाट के बड़ा भा, इहै घर मा मोर बहू दुलहिन बनके पहिल पांव धरिस है। ब्रह्मा के कहे पर भी जमीन-घर के सौदा न करब।” अम्मा भी तमतमा कर गुस्से से बोली थी।

“कुल कितनी जमीन थी ??”

“घर मिलाकर पूरे पांच एकड़।”

“फिर आगे क्या हुआ ?”

“सर! मैं भी कुछ बोलना चाहता था कि ठाकुर ने मुझे चुप रहने का संकेत देते हुये चिल्लाकर बोला......

“अरे मास्टर, अपने महतारी का समझाय दे।” हम आठ दिन का टाइम देइत है, खूब सोच विचार के बतावा, हमही बेकार केर खून खराबा पसंद नहीं आय।”

“धमकी न दे ठाकुर दादू, कान खोल के सुने जा , न हम जमीन बेचव न इहाँ से जाब। जैसन चार जन से उठी डोली मा चढिके हियां आयेन हैं ओइसय चार जन केर उठाई डोली से इआ डेहरी से जाब। जिअत अब इआ डेहरी न छोडव।” अम्मा ने भी चिल्लाकर जबाब दिया था।

“ठाकुर बिना कुछ कहे, दांत पीसता हुआ वहाँ से चला गया था।”

“फिर क्या हुआ।” गौरव सिंह ने पूछा।

"हम लोगों ने आपस में सलाह मशविरा किया और तय किया कि छः लाख रुपये लेकर ठाकुर को जमीन लौटा दी जाये। और गांव छोड़कर 'खिरहनी' आ जायें, यहीं मेरी दोनों लड़कियां भी पढ़ती थीं।"

"अरे! इतनी सहजता से कैसे मान गये आप लोग, पचास लाख की जमीन छै लाख में दे आये??"

"सर, वो जमीन आज के मूल्य पर करोड़ से ऊपर की है। हम लोगों ने

सहजता से जमीन-घर नहीं छोड़े हैं, बहुत आगे तक की सोचकर गाँव छोड़कर यहाँ आये हैं। कोई अपना घर ऐसे नहीं छोड़ता है। मेरी दोनों बेटियां ऑटो रिक्सा से पढ़ने स्कूल-कालेज जाती थीं, ये अकेली घर मे रहती थी और मैं कभी गांव भगता था, कभी इधर। हमें लगा कि ठाकुर की बात न मानने पर वह कुछ भी करा सकता है।"

"और ये भी (पति की ओर इशारा कर सुनीता बोली) इधर-उधर आते-जाते रहते हैं, कहीं कुछ ठाकुर ने करा दिया तो हम जीते जी मर गये साब।"

"ममा, अपनी बेटी को इतना कमजोर न आंके, दो चार की हड्डी-पसली अकेले दम तोड़ सकती हूँ, मुझे जूडो-कराते आता है।" सुमन मुट्ठी तान कर बोली।

"आपकी बेटी सही कह रही है, इतना डरने की जरूरत नहीं थी, फिर कानून है, पुलिस है, सब सुरक्षा के लिये ही हैं।" गौरव सिंह बोले।

"सर, आप बहुत नेक दिल पुलिस ऑफिसर हैं, इसीलिए इस तरह से सोचते हैं। आपको शायद पता नहीं, खिरहनी तहसील के सरकार वही हैं, उन्हीं के घर से नियम-कायदे बनते हैं। बड़े-बड़े अफसर उसके यहां हाजिरी लगाते है। नामी-गिरामी चोर-बदमाश, उचक्के ठाकुर के शागिर्द हैं। दिल्ली तक उनकी पहुँच है। सूरजपुर के अलावा भी कई गाँवो में उनकी हुकूमत चलती है। वे जिस पार्टी को चाहें वोट करा सकते हैं। बताइये, हम जैसे मामूली लोग उनसे मुकाबला कैसे कर सकते हैं?" मायूस होकर रंजन बोले।

"वो जमीन के कागज ठाकुर को दे दिये थे?"

"नहीं सर, कागज नहीं मिला, घर में बहुत ढूँढा गया, ठाकुर ने भी तलाशी करवाई।"

"अम्मा से पूछा था?"

हाँ, पूछा था, किंतु अम्मा ने बताया था कि वह कागज खुद नहीं देखी है। पंडित जी यानी मेरे पिता जी ने अम्मा को बताया था कि ये जमीन उन्हें ठाकुर दादू के पिता की तरफ से दान में दी गई है, जिसका कागज उन्होंने लिख दिया है। इससे ज्यादा अम्मा कुछ नहीं बताई।"

"अभी गांव जाते हैं ??"

"नहीं सर, क्या रक्खा है अब वहाँ? हमारा वाला घर जोखन को दे रखा है, ठाकुर ने।" रंजन ने बताया।

"यहां आने से पहले मैं आपके गांव होकर आया हूँ, घर में जोखन मिला था। एक कमरे में ताला लटका है, मैंने कमरे के बाबत जोखन से पूछा था, तो उसने बताया कि आपका निजी कमरा है, आप जब गाँव जाते हैं तब उसी कमरे में रुकते हैं।"

"वह आपसे झूठ बोला है, जब से अम्मा को गांव से लाया हूँ, उधर जाने का कोई सवाल नहीं है।"

"कोई और जानकारी मिली सर?" रंजन ने पूछा।

"नहीं, जोखन को जल्दी ही ठाकुर ने बुलवा लिया था।"

"ठीक है, चलता हूँ, लेकिन एक वायदा आप सबसे जरूर करता हूँ......
"आपकी दादी का पता लगाऊंगा और आपका पूरा हक ठाकुर से छीन कर आपको सुपुर्द करूँगा।" सुमन की तरफ देखकर गौरव बोले थे।

इतना कहकर वे बिना किसी औपचारिकता के तेज कदमो से रंजन के

घर से चले गये।

"पापा, ये पुलिस वाला अलग टाइप का दिखता है, देखो न, कितने सम्मान से बातें कर रहा था। चेहरे में कितना विश्वास झलक रहा था। ये जो कह गया है, जरूर पूरा करेगा, पापा, आप टेंशन न लें।" सुमन पिता को तसल्ली देते हुए बोली।

"काश! तेरा कहना सच निकले, बेटा!" लम्बी साँस खींचकर रंजन बोले।

★ ★ ★

(छै)

थाने में लगी दीवाल घड़ी दोपहर के एक बजा चुकी थी, रूम से दो बार लंच के लिये जुबेदा का सन्देशा आ चुका है, लेकिन साहब अभी तक नहीं पहुँचे, पता नहीं, वे पैदल-पैदल कहाँ घूम रहे हैं? क्या फोन करके पूछ लिया जाये?

एएसआई आसिफ यह सोच विचार कर ही रहे थे कि सामने से नव-पदस्थ एसपी गौरव सिंह आते हुये दिख गये।

वे थोड़ा आगे बढ़कर बोले......" सर, लंच के लिये कई मेसेज आ चुके है, चलकर लंच कर लीजिए।"

"आप चलो, मै चेंज होकर आता हूँ।"

गौरव सिंह इतना बोलकर अपने कमरे में आ गये और हाथ मुँह धोकर वह सीधे आसिफ अली के कमरे में पहुँच गये।

खाना टेबल में लगा दिया गया था। दोनों बैठकर चुपचाप खाने लगे। कोई कुछ बोल नहीं रहा था, सिर्फ चम्मच के थाली से टकराने की आवाजें यदा कदा आ रही थीं।

"ये क्या? ऐसा तो कभी तय नहीं हुआ था कि भोजन के दौरान कोई नहीं बोलेगा।" जुबेदा बोली।

"सॉरी भाभी सा. हमे बोल-बोल कर खाना चाहिए, पर क्या करें, कम्बख्त भूख सारे मैनर्स भुला देती है।" गौरव सिंह के कहने का लहजा कुछ ऐसा रहा कि जुबेदा हँस पड़ी।

एक बात बतायें भाभी सा...... "यदि कोई इमेज बार बार दिमाग के पटल में उभरे, हजार कोशिश के बाद भी हटने का नाम न ले, तब क्या मानना चाहिए?"

"पहेलियां मत बुझाइये, साफ-साफ बताइये, किसकी इमेज आपको परेशान कर रही है? तभी कुछ बता सकती हूँ।"

"एक्चुअली जिस केस को हम हैंडिल कर रहे है, इसी में तहकीकात के दौरान आज एक लड़की से मुलाकात हुई है, उसका बोलना, चलना-फिरना, चेहरे के हाव-भाव, शक्ल-सूरत, सब मेरे दिलो-दिमाक में घुसकर बैठ गये हैं, निकलने का नाम ही नहीं लेते, क्या करूँ?"

"महबूब की हर अदा होती है, महबूब।"

"क्या-क्या? क्या बोली आप।" गौरव सिंह हड़बड़ाकर बोले।

"कुछ नहीं, बस यूँ समझिये खुदा ने आपके दिल में इश्क का बीज बो दिया हैं। ये धीरे-धीरे बढ़ेगा, आपको कुछ अलग से नहीं करना है, बस अपनी ड्यूटी के साथ-साथ इस पौधे की देखभाल करनी होगी, एक दिन ये दरख़्त बनेगा, फूलेगा-फलेगा और महकेगा।" दार्शनिक अंदाज में जुबेदा बोली।

"नामालूम आप लोग क्या बोलते रहते हैं...... बीज, पेड़, फूल, फल? मेरी समझ में तो कुछ नहीं आता।" आसिफ अली बोले।

"आप यह कोर्स कर चुके हैं, मुहब्बत का पेड़ जवां हो गया है, रब की नेअमत से फूल-फल भी लगेंगे।" जुबैदा आकाश की ओर ऊगली उठाकर बड़े यकीन के साथ बोली।

आसिफ अली और जुबैदा का निकाह हुये पांच साल से ज्यादा वक्त गुजर गये थे लेकिन उन्हें कोई संतान नहीं थी। ये कसक उन्हें जरूर है, तभी वो रब की बात कर रहीं हैं, आदमी को जब लगता है कि अपने प्रयास की सीमाएं खत्म हो गई हैं, सारी कोशिशें नाकामयाब हो गईं हैं, तब उसे उस अदृश्य सर्वशक्तिमान की याद आती है।

गौरव सिंह बहुत ही तेज दिमाग के ऑफिसर थे, वे जुबैदा भाभी की बात का मतलब बखूबी समझ गये थे, वे लंच समाप्त कर बेसिन में हाथ धोते हुये बोले...... "थैंक यू भाभी, आज खाने में मजा आ गया, गजब

टेस्टी बनाया था आपने।"

"शुक्रिया।" जुबेदा खुश होकर बोली।

भोजन के तुरंत बाद वे थाने लौट आये, और मुंशी जी को जरूरी निर्देश देकर कमरे में आकर बिस्तर में लेट गये। एकांत पाकर विचारों ने हमला बोल दिया। रंजन का गांव सूरजपुर, गड्ड-मड्ड सड़कें, (कहते है पिछले साल बनी है) काले-कलूटे, मरियल-कुपोशित, भूखे बच्चे, नंगे बदन चलते फिरते। समय से पहले बूढ़े होते हुए लोग, धड़ से जुड़े, उदास लटके हुए चेहरे, जैसे किसी ने जबरदस्ती उनके धड़ से मुँह जोड़कर लटकाया हो, कोई हाव भाव नहीं, भीतर को धँसी हुयी आँखें, निर्विकार-सपाट चेहरे, जिन्हें अपनी सही-सही उमर तक पता नहीं, ज्वाला ठाकुर जैसे अमीरजादों के अत्याचार और सरकारी तंत्र की विफलता को चीख-चीख कर कह रहे थे। लेकिन कोई सुनने वाला नहीं, आदमी-आदमी को खा रहा है, मोटा-पतला को अपना ग्रास बना कर पेट की साइज बढ़ाने में लगा है। आजादी के इतने दिनों बाद भी गाँवों की यह डरावनी तस्वीर...उफ्फ! क्या यही है, गांधी के सपनों का भारतीय गांव?

गौरव सिंह विचारों की दरिया में डूबते-उतराते हुये करवट बदलने की कोशिश करते हैं, कि सामने आ जाता है, सुमन का सुर्ख लाल गुलाब की मानिंद खिला हुआ मासूम चेहरा, जिससे निगाहें हटने का नाम नहीं ले रहीं हैं। वाह क्या जोश और जज्बा है? जो कठिन से कठिन परिस्थितियों को भी ललकार दे। आमंत्रण देती झील सी गहरी आँखे, कौन, कब तक, होश को सँभालकर रखे?

"अरे-अरे! ये सब उचित नहीं। अभी मुझे सिर्फ और सिर्फ रंजन की माँ का पता लगाना हैं, रास्ते में आयी हर रुकावट का फन कुचलते हुये आगे बढ़ना है। इसलिए दिल और दिमाग के साथ शरीर को थोड़ा आराम चाहिए, और गौरव सिंह की आँखे भारी होने लगीं थीं।

(सात)

दो मंजिला पक्का मकान, मेहरावदार बड़ा सा प्रवेश द्वार, मकान के बाहर खड़ी क्रीम कलर की दो महंगी विदेशी कार और एक अधखुली जीप, नक्काशीदार बनाई गई रंगीन बाउंड्रीवाल, जिसके किनारे गगन से बात करते हुये खड़े अशोक के पेड़, और एक किनारे खरनाक नस्ल के जंजीर से बंधे, जीभ लपलपाते दो काले-कलूटे स्वान। दुनाली बंदूक लिए टहलते दैत्य जैसी कद काठी, शक्ल वाले ज्वाला ठाकुर से दो मुस्टंडे बॉडीगार्ड मिलकर हवेली के हर हिस्से में उसके मालिक की हैसियत और पहुँच को हरफ-ब-हरफ बयाँ कर रहे थे।

घर का बाहरी हिस्सा बिना दीवाल का खुला-खुला था। छत का बोझ बे-जुबान खम्भो के सर में लदा हुआ था। वहीं पर रंगीन प्लास्टिक की रखी हुई बीस पच्चीस की तादाद में आराम देह कुर्सियां जिन पर कढ़ाईदार लिहाफ चढ़े थे। सामने छः फुटा तख्त जिसके ऊपर मोटा गद्दा डालकर रंगीन मखमली चादर बिछा हुआ था उसी में लगभग पचास साल की उम्र के ज्वाला ठाकुर मसनद से पीठ टिकाकर वरदान देने की मुद्रा में विराजमान थे। गोरे चेहरे पर चील के डैनों जैसी मूँछें, बड़ी-बड़ी शराबी आँखें और सर के खिचड़ी होते हुये बाल उनके व्यक्तित्व को सहज ही डरावना और प्रभावी बना रहे थे। सामने चार पांच की तादाद में शहर से आये हुये अफसरनुमा लोग कुर्सियों में अटेंशन की मुद्रा में बैठे हुये थे।

"ठाकुर साब! आपने गांव में बहुत काम करा दिया, सड़क, नाली, बिजली सब तो गांव में है, ऐसी सुविधा अभी तक किसी गाँव में मैंने नहीं देखी।"

किसी बड़े अधिकारी जैसे पहनावे और शक्लोसूरत वाले आदमी ने कहा।

जवाला ठाकुर जवाब में हल्के से मुस्कुरा दिए थे। जैसे उसकी चापलूसी को समझ रहें हों, समझ रहें हों कि यह कोई बड़ा काम लेकर आया है, लेकिन इस खुशामद के बदले कुछ नहीं होने वाला है। जब तक काम के

वज़्न के बराबर रोकड़े का वज़्न नहीं होगा। यह मुस्कुराहट सिर्फ इस बात का सिग्नल है कि उसका काम हो जायेगा।

"आपकी पूरे जिले में मान प्रतिष्ठा है, आपकी इच्छा से ही यहाँ विधायक और सांसद बनते है। लेकिन एक बात मेरी समझ में नहीं आती कि आप खुद चुनाव क्यों नहीं लड़ते है?" दूसरे भद्र-पुरुष ने पूछा।

"डिप्टी साहब! जो मजा लड़ाने में है, लड़ने में कहाँ है? जीत भी अपनी हार भी अपनी, जनता भी अपनी।" हो...हो.हो...हो ज्वाला ठाकुर आधे मुँह से हँसते हुए बोले।

"मान गये ठाकुर साहब...मान गये, आपका कोई जवाब नहीं।" वहाँ बैठे हुये सभी ने एक स्वर में कहा।

अचानक ठाकुर की नजर दीवाल का कोना पकड़कर उकड़ूँ बैठे हुये जोखन पर पड़ी, वे उसे घूरकर बोले......

"अरे! जोखना तू कब आया, भोसड़ी के......पता नहीं चला। ठाकुर ज्वाला सिंह तख्त पर सीधे होते हुये बोले। इसी तरह की प्यार भरी गाली से वे अक्सर गाँव के लोगों का सत्कार किया करते थे।

"सरकार हम आय के आप के पैर पड़े, पै सरकार ध्यान नहीं किहिन।" जोखन हाथ जोड़कर बोला।

"तोरे घरबा पुलिसिया कइसे आयी?"

"सरकार! पंडिताइन काकी, शहर वाले घर से निकर गई हबै, इतै मोसे पूछताछ करन निता पुलिस घर आयी रही सरकार।"

"अरे हमहीं कुच्छ पता नहीं चला, पय एक गलती भय तोसे, पूछ का?"

"हुकम, मालिक।" गिड़गिड़ाकर जोखन बोला, जैसे उससे कोई बड़ा जुर्म हो गया हो और अब उसकी सजा मिलने वाली हो।

"पुलिस के आबय के इत्तिला हमहीं काहे नहीं दिहे बे?" ज्वाला ठाकुर तेज स्वर में बोले।

जोखन भय से कांपने लगा था। अच्छा रहा ठाकुर इतना ही पूछकर रह गये, अन्यथा धोती खराब होने के पक्के चांस थे।

"अरे बोल न।"

"ठाकुर द दादू--हूहू।"

"डर के असर से वह बोल नहीं पा रहा था। तभी किसी भले आदमी ने यह कहकर उसके प्राण बचाये......" छोड़िये ठाकुर साहब, इससे गलती हो गयी, माफ कर दीजिए, है तो आपका ही सेवक।"

"ठीक है, माने लेते हैं...... परन्तु देख रहे हैं आप! साले, आजकल अपने मन से निर्णय लेय लगे हैं, सबके सब ठाकुर हो गए, भोसड़ी के। खैर! आगे बोल को आबा रहा?"

"एक सिपाही, अउर साथ मा एक लड़िका अस रहा, ओखा सिपाही "सर..बोलत रहा दुई जने रहें।"

"का पूछत रहा?"

"उआ पूछय वाला रहा, पय उत्तेन मा सरकार के हुकुम पायेन, जेखा सुनके ऊ बोला के काल आठ बजे थाने आओ, पूछताछ वहीं होगी।"

"सुन, तू कहीं नहीं जायेगा, हम सब देख लेबे।"

"जी हुकम।"

"अउर सुन!"

"जी हुकम।"

"खेत-पात, घर सब पंडिताइन बेंच गई है, ओकर मालिक अब हम हैं, समझे। सब देख-रेख के जिम्मा तोरे ऊपर है, खेती-पाती कर, भाजी तरकारी लगाव औ जैसन हिस्सा पंडिताइन से तय रहा, उआ अब इहाँ देत रहे। ओसे ज्यादा न चाही, हम कोहू का तकलीफ नहीं देई, आखिर सब कोऊ अपनय परजा आहे न, जा मौज कर।"

"जान बची तो लाखन पाए", ठाकुर का पैर छूकर जोखन जल्दी से चला गया।

"सुना है ठाकुर साहब, कोई नवजवान लड़का आईपीएस थाना में आया है, शहर में उसके नाम की बड़ी चर्चा है।" ठेकेदार सा दिखने वाला आदमी बोला।

"अपना-अपना काम बोलो, इधर-उधर की मत हाँको। मुझे भी काम से निकलना है।" ज्वाला ठाकुर उस आदमी की बात को तरजीह न देते हुये बोले।

"मेरा ट्रांसफर हो गया है।"

"क्या चाहते हो?"

"कैंसिल करा दीजिए।"

"करवा लो।" मुस्कुराते हुये वे बोले।

"जी ठाकुर साहब मेहरवानी।" वह अफसर ज्वाला ठाकुर के पैर पकड़ कर बोला।

"हाँ भई, ऐसे मजे राजनगर छोड़कर और कहाँ?" ज्वाला ठाकुर हँसते हुए बोले।

"ठीक है, हो जायेगा, एप्लिकेशन लिए हैं न?"

"जी! उसने एक मोटा लिफाफा ज्वाला ठाकुर के हाथ में पकड़ा दिया था।

"ठीक है, डिप्टी बेफिकर रहो, काम हो जायेगा, मंत्री जी से बात कर लूँगा।"

"और किसी का कोई काम?" ज्वाला ठाकुर उठते हुए बोले।

"नहीं ठाकुर साहब, हम बाकी के दर्शन के लिहाज से चले आये।" अन्य सभी एक साथ बोल उठे।

"ठीक है।" इतना कह कर ज्वाला ठाकुर घर के अंदर चले गये।

इधर जैसे ही जोखन, ज्वाला ठाकुर के यहां से अपने घर पहुँचा कि, देखते ही उसकी पत्नी जोखन पर बरस पड़ी, जैसे वह इंतजार में रही हो कि कब जोखन दिखे और......

"कहाँ मांग पटियाये, मुँह मा सुरतिया भरे कूकुर अस पूँछ डोलावत बगते हय, रत्ती भर फिकिर नै आय......चाह कोऊ मरै, चाहे जिअय।"

"का होइगा?"

"हें दाँत निपोर दिहे ता सब होइगा। दारा का फेर से बोखार चढ़ आयी है। दोइ रोज से लड़िका बोखार मा छटपटाय रहा है, को-जानी का बड़बड़ात है। कित्ते बेर कहेन की झराय-फुकाय दे, चौरा-देबाल करबाय दे, पय तुमही जब छैल फकीरी से फुर्सत होय तब न।"

"अरे लपटा वाली धीरे बोल (लपटा गांव में उसका मायका था इसलिये सब उसे इसी नाम से पुकारते थे) ज्वाला ठाकुर बोलबाइन रहा, घर मा पुलिस आयी रही न, उहै पूछत रहें, कि काहे आयी।"

इतना बताकर जोखन भीतर चला गया और लड़के के सर में हाथ रखते ही चौंककर बोला... "तेज बोखार है।"

"लड़िका केर ध्यान रक्खे, हम अबहिंन कोहू का बोलाय के झरबाये देइत हैं, सब ठीक होइ जाबे।" जोखन पत्नी से कहकर किसी झाड़-फूंक वाले गुनिया ओझा को बुलाने गाँव तरफ चला गया।

थोड़ी देर में गांव से किसी झाड़-फूँक वाले आदमी को साथ लेकर जोखन घर आ गया। वह आदमी अपने घर से ही एक लोटा पानी लेकर आया था। बीमार लड़के के पास जाकर वह लड़के के मुँह में पानी के छीटे मारता हुआ अस्पष्ट शब्दों में मंत्र बुदबुदाने लगा। जैसे ही पानी के छीटे लड़के के मुँह में पड़ते थे, वह जोर से चिल्ला उठता था। यह क्रिया दस मिनट चलाने के बाद झाड़-फूँक करने वाला बोला......येही अब आराम से पड़े रहै दिहो, सबेरे तक ठीक होइ जाएगा।"

झाड़-फूँक कर वह आदमी चला गया था। रात में लड़के की तबियत

ज्यादा बिगड़ गई, उल्टी सांस चलने लगी थी, वह बेहोश हो गया था, आँख नहीं खुल रही थी। यह खबर ज्वाला ठाकुर को लगी, तो वे दो चार आदमियन के साथ जोखन के घर पहुँच गये।

लड़के को देखते ही वे नाराज होते हुए बोले... "जोखना, लड़िका जब अत्ता बेमार रहा ता बताये काहे नहीं, भोसड़ी के।" फिर वे साथ आये आदमी की तरफ घूमकर बोले...... "डाइवर से बोलो, जल्दी जीप से 'खिरहनी' अस्पताल इसको ले जाये, हम डॉक्टर का फोन किये देते हैं।"

आनन फानन में जीप से जोखन बीमार लड़के को लेकर जिला अस्पताल 'खिरहनी' के लिए रवाना हो गया। लगभग आधे घण्टे में वे अस्पताल पहुँच गये। डॉक्टर इंतजार कर रहा था, ज्वाला ठाकुर का फोन उसे मिल गया था। लड़के को फौरन जांच कक्ष में ले जाया गया। थोड़ी देर में डॉक्टर बाहर निकलकर बोला...... "इसकी साँस तो लगता है रास्ते में ही टूट गई थी। अब यह जीवित नहीं है। मैं सर्टिफिकेट बनाये देता हूँ, तुम लोग बॉडी ले जाने की तैयारी करो।"

डॉक्टर ने फोन से सारी कैफियत ज्वाला ठाकुर को दे दी थी।

वे पुनः जोखन के घर आ गये थे। थोड़ी देर में बॉडी भी आ गई। जोखन के घर पूरा गांव इकट्ठा हो गया था। यही तो गांव की खासियत है, सुख में भले न आयें, लेकिन दुःख की घड़ी में सब आते हैं, शायद ऐसी रिवाजें शहर में नहीं हैं। इधर जोखन और उसकी पत्नी का रो-रोकर बुरा हाल था। दोनों बार-बार बेहोश हो जाते, होश में आने पर वे एक ही बात रटते......

"पण्डित बाबा, मोर लड़िका लै गें, इआ घर भुतहा है, अब हम इआ घर मा न रहब।"

"रोबा न करेजा कड़ा करा, आगे के सोचा, भगमान से बड़ा कोऊ नहीं आय, जौंन चाहय उआ करै, मनई त हाथन केर कठपुतली आय, उआ जइसन चाहय नचाय लेय।" कुछ समझदार-सयाने गांव के लोग जोखन को इस तरह की समझाइस दे रहे थे।

ठाकुर साहब अलग खड़े गुस्सा दिखा रहे थे......" इआ गांव मा स्कूल, अस्पताल, पानी, बिजली, सड़क का नहीं किहेन, पै का कही, न ता अस्पताल मा डॉक्टर रहैं, न स्कूल मा मास्टर...हरामखोर।"

अब उनसे कौन कहे, बंदा परवर सब आपकी मेहरवानी है, चिट भी आपकी और पट भी आपकी। आपने कब चाहा, इस गांव में कोई पढ़े लिखे, कब चाहा की यहां के लोग भूत-प्रेत के अंधविश्वास से मुक्त होकर डॉक्टर से दवा इलाज कराएं, आपको अपनी हुकूमत में कमी होने का खतरा जो है।

★★★

(आठ)

"सुनीता, जल्दी से तैयार हो जाओ, सिन्हा जी के घर हो आयें।" पत्नी को आवाज देकर रंजन ने कहा।

"सुमन-किरण भी तैयार हो जायें, अभी सात ही तो बजा है। आठ तक चलते हैं।" सुनीता नजदीक आकर बोली।

"सभी का जाना क्या ठीक रहेगा?" रंजन ने पूछा।

"क्यों नहीं?"

"उर्मिला भाभी, बोल के गईं हैं कि सब को आना है। फिर भी मुझे ठीक नहीं लगता है।" संकोची स्वभाव के रंजन बोले।

"इधर का रिवाज तो यही देखा है कि एक कार्ड पर पूरा घर चला जाता है।" सुनीता ने कहा।

"जाने क्यों सुनीता, अब कहीं आने-जाने का मन नहीं होता। जिस दिन से अम्मा घर छोड़कर गई है, उस दिन से लगता है, निपट अकेला हो गया हूँ। लगता है, अब कभी नहीं लौटेगी अम्मा।"

"आप महाबली हनुमान पर भरोसा रखिये, वे सब ठीक करेंगे। अच्छे और खराब, दोनो समय के रूप हैं, ये मेहमान की तरह आदमी की जिंदगी में आते हैं और चले जाते हैं। इनका आना जरूरी भी है। बुरे वक्त में कई चीजों की परख होती है, नये-नये अनुभव मिलते हैं, जो जिंदगी की सुचारुता के लिए बहुत जरूरी हैं।" सुनीता नजदीक आकर पति के चेहरे को अपने कोमल हथेलियों से स्पर्श करती हुई बोली।"

आदमी चाहे कितना मजबूत हो, ताकत वाला हो, किंतु जब भीतर से टूट जाता है, तब उससे कमजोर शायद कोई नहीं होता। तब उसके भीतर के आदमी को कोई न कोई नारी ही सहेजती-समेटती है, हौसला देती है। अन्यथा उसे विखरते देर नहीं लगती। सुनीता की बातों से रंजन का हौसला

फिर से जाग उठा और अशांत मन शांत हो गया।

"चलिये पापा!" किरण बोली।

सुमन और किरण दोनों चलने को तैयार होकर आ गईं थीं। दोनो ने जीन्स के पैंट ऊपर क्रीम कलर की टी-शर्ट पहन रखा था, जहां सुमन ने बाल खुले रखे थे, वहीं किरण ने स्टाइलिश जूड़ा बांध रखा था। दोनो सौंदर्य की प्रतिमूर्ति लग रही थीं।

जयंत सिन्हा का मकान गली नम्बर चार में था, इधर की सड़कें चौड़ी और साफ-सुथरी थीं, अपेक्षाकृत अन्य गलियों की सड़कों के। यहाँ से चौक बाजार नजदीक था, यही एक मात्र ऐसा मार्किट था, जहां जरूरत की हर चीजें मिलती थीं। आज सिन्हा जी के छोटे लड़के अंकित, जिसे सब घर में छोटू कहते हैं, उसका जन्म दिन था। घर को तेज लाइटिंग के साथ सजाया गया था। बाहर खाली मैदान में लगे शामियाने के नीचे लगभग सैकड़ा भर लोग बेतरतीब कुर्सियों में इधर-उधर बैठे हुये चर्चाओं में मश्गूल थे। रंजन मोहल्ले के दो चार लोगो को छोड़कर किसी से परिचित नहीं थे।

कुछ लड़के-लड़कियां नये परिधान से सजे-धजे डीजे की बजती फिल्मी धुनों पर थिरक रहे थे, शायद वे सिन्हा जी के लड़को के दोस्त होंगे या मोहल्ले से आये लड़के-लड़कियाँ होंगे। भीड़ कुछ ज्यादा नहीं, पर कम भी नहीं कही जा सकती है।

"आइये...आइये! रंजन बाबू, सुनीता जी, सुमन, किरण......बहुत अच्छा किया कि आप सब लोग आये हैं।" सिन्हा जी ने गर्मजोशी से स्वागत किया। रंजन वहीं पंडाल के नीचे एक कुर्सी में बैठ गये। सुनीता और दोनों दोनों बेटियों को उर्मिला घर के अंदर लिबा ले गई थी।

पंडाल में पीछे बैठे कुछ भद्र जन आपस में बातें कर रहे थे, जिसे रंजन ठीक से सुन समझ तो नहीं पा रहे थे लेकिन उन्हें लग रहा था कि बातों के केंद्र विंदु आज हम ही हैं। सारी चर्चायें हमारे परिवार को लेकर ही चल रहीं हैं।

आदमी ने अपनी अक्ल अनुसार अपने दायरे बना रखे हैं, उसी के भीतर वह सही गलत का मूल्यांकन करता है, आगे तक देखने की उसकी क्षमता नहीं होती है, वह उतना ही जानता समझता है, जितना उसने पहले से सुन समझ रखा है। इस नजरिये से माँ के घर छोड़ जाने की घटना में वे भले ही निर्दोष हों, पर इन लोगो की तरफ से उन्हें और उनकी पत्नी को दोष मुक्त होने का प्रमाणपत्र नहीं मिल सकता है।

"अरे आज के जमाने में कौन ओल्ड एज लोगो को लाइक करता है, इनकी देख-रेख, सेवा-सम्मान करना नये दौर के बेटा-बहुओं के बस का काम नहीं रहा। ये आजादी का जुग है, सबकी अपनी-अपनी जीने की स्टाइल है, कोई भी नई पीढ़ी पुरानी पीढ़ी का बोझ उठाने को तैयार नहीं है। ऐसे में कोई बूढ़ा अपमान सहकर कब तक घर में रहे? वह या तो जहर खाकर जान दे देगा, या घर छोड़कर और कहीं मरने को चला जायेगा।" एक बुजुर्ग व्यक्ति ने कहा।

"आपका कहना सही है, दादा जी, लेकिन हर संतान ऐसी नहीं होती, मैं ऐसे कई परिवारों को जानता हूँ, जहाँ आज भी बुजुर्गो की अहमियत है, बिना उनकी सलाहियत के कुछ नहीं होता। हर काम में उनसे मशवरा जरूरी होता है।" किसी ने कहा था।

रंजन जी इस परिचित सी आवाज को सुनकर चौंक गये और पीछे मुड़कर देखे......"अरे ये तो वही एस पी लड़का है, जो कल पूछताछ के लिए मेरे घर आया था। इसके और सिन्हा साहब के बीच इतने जल्दी कैसे सम्बन्ध हो गये?" रंजन सोचते हैं......"चलकर उससे मिलना चाहिए।" किंतु वे उठ नहीं पाए, सोचने के साथ ही गरीब की हैसियत ने लंगड़ी मार दी...... मास्टर तू यही बैठ, तेरे और उसके दरमियां कौड़ी-मोहर का फर्क है। कहाँ राजा भोज कहाँ गंगू तेली? तू अदना सा प्राइवेट स्कूल का मास्टर और वो आयपीएस, चल दुबक कर बैठा रह।

जो लड़के डीजे की फिल्मी धुनों पर बंदरो की तरह उछल-कूद रहे थे, वे भी थककर पसीने से तर-बतर, एक कोने में खड़े हो गये थे, सब इसी

इंतजार में थे कि कब केक कटे और कब डिनर का ऐलान हो।

आखिर वो प्रतीक्षित घड़ी आ ही गई, जब सिन्हा जी ने मेहमानों से

कहा...... "बड़े हाल में प्रोग्राम है, आप सभी का इंतजार हो रहा है। सब चलें प्लीज।"

हाल के बीचोंबीच बड़ी टेबल पर रंग बिरंगा केक रखा गया था, वहाँ पर पहले से ही महिलाओं और जवान लड़के-लड़कियों ने अपने पांव के नीचे की फर्श बुक कर रखी थी। वहाँ कुछ ही लोग खड़े हो पाये, बाकी लोग लौटकर फिर पंडाल में आ गये थे। ताली पीटकर "हैपी बर्थ डे टू यू" के अंग्रेजी गीत और मोबाइल के कैमरे चमकाने, केक खाने-खिलाने की रस्म के साथ जन्म दिन मना लिया गया। सुनीता और उनकी बेटियों ने जन्म दिन मनाने की

बात तो सुन रखी थी, लेकिन कैसे मनाते है? यह पहली बार देख रहीं थी।

वे शहर में तो रहती थीं, लेकिन उन्हें जन्म दिन पर पहली बार किसी ने बुलाया था। वे अभी छः माह पहले ही तो गांव से शहर आयीं थी, गांव में तो किसी को यह भी पता नहीं होता है कि हम इस धरती पर कब अवतरित हुये हैं? जन्म दिन मनाना तो दूर की बात हुयी। वैसे भी गाँव की गरीबी मृत्योपरांत तेरहवीं-बरखी की अनुमति भले ही दे दे, किंतु जीवित रहते जन्म दिन मनाने की अनुमति नहीं देती है।

पंडाल में जहां कुर्सियाँ लगी थी, उसी से सटकर अलग से खाने की टेबल लगाई गई थी...बीच मे पर्दा डालकर उसे बैठक से अलग किया गया था।

केक कटने के फौरन बाद बड़े-छोटे, स्त्री-पुरुष सभी ने खाने पर संयुक्त रूप से हमला बोल दिया। रंजन भीड़ देखकर और यह सोचकर लौट आये थे कि जिन्हें दूर जाना है, वे पहले निबट जायें, फिर खा लेंगे।

"आपने भोजन कर लिया?" पास आकर सुनीता ने पूछा।

"कर लेंगे, कौन हमे दूर जाना है।" रंजन जी बोले।

सुनीता भी वहीं पर एक कुर्सी खींचकर बैठ गई थी।

और उधर सुमन खाली प्लेट लिए लोगो के आगे खिसकने के इंतजार में खड़ी थी।

"ये लीजिये।" प्लेट लगाकर गौरव सिंह सुमन के पास आकर बोले।

उन्हें सामने देखकर सुमन घबरा गयी। कुछ बोली नहीं, सिर्फ एकटक उन्हें देखती भर रह गई, फिर झेंपकर निगाहें झुका ली।

"प्लीज।" गौरव सिंह का आग्रह दोबारा से वह अस्वीकार नहीं कर सकी। और कांपते हाथों से खाने से सजी प्लेट अपने हाथ में ले ली।

प्लेट के लेन-.देन की प्रक्रिया में परस्पर उंगलियों का छुअन, दोनों दिलों को अनजाने में ही अलौकिक स्पर्श का मधुर एहसास करा गया।

सुमन धीरे-धीरे खाने लगी थी, तभी उसे याद आया उसने उनका धन्यवाद तक नहीं किया, क्या सोचेंगे? वह प्लेट हाथ में उठाये उनके नजदीक आकर धीरे से बोली......"थैंक्स।"

"किस चीज का थैंक्स ?" गौरव ने हँसकर पूछा।

सुमन ने जब प्रत्यक्षतः जवाब नहीं दिया, तो लबों में हल्की सी उभर आयी मुस्कुराहट ने उत्तर दे दिया। दोनों ही खाने की प्लेट से थोड़ा-थोड़ा निकाल कर खा रहे थे, चुपचाप......बीच-बीच में चोरी छिपे एक दूसरे को निहार जरूर लेते थे, चारु आँखे चार होते ही, झेंप मिटाने के लिये वे इधर-उधर देखने का विकल्प तलाश लेते थे। शायद प्यार का बीज दोनों दिलों में अंकुरित हो चुका था।

"आपका नाम जान सकती हूँ, सर?" सुमन ने सकुचाते हुये पूछा।"

"क्या बोली मैडम जी?" गौरव सिंह भी उसी अंदाज में पूछ लिये।"

"सॉरी, कुछ नहीं।"

"ये क्या लगा रखा है, पहले थैंक्स, फिर सर, और अब सॉरी। सुमन

देखो! ये शब्द औपचारिकता निभाने के लिए अच्छे हैं, लेकिन दिलों में बीच नजदीकियां नहीं ला सकते हैं। तुमने मेरा नाम पूछा न, तो सुनो, मेरा नाम गौरव सिंह है। किंतु माँ मुझे "गौरव" कहकर बुलाती है। जानती हो, जब मैं दो माह का था तब फौजी पापा ने मुझे सैल्यूट कर माँ से कहा ...... "यह हमारा गौरव है।" तब से मैं गौरव हूँ....आज से मैं तुम्हारे लिये भी गौरव हुआ। सिर्फ गौरव।

"और मैं आपकी सुमन।"

वह जल्दबाजी में बोल तो गई, लेकिन उसे लगा कि ऐसा नहीं कहना चाहिए था, इसलिए अपनी झेंप मिटाने के लिहाज से उसने तत्काल दूसरा सवाल कर दिया......

"इधर कैसे आना हुआ?"

"दरअसल सिन्हा साहब की ससुराल मेरे गांव में ही है, अभी पिछले हफ्ते ये लोग मेरे गांव यानी अपनी ससुराल गये थे, इन्हें मेरी माँ से मालूम हुआ कि इनका बेटा भी खिरहनी में पोस्टेड है। माँ ने मुझे भी सिन्हा जी के बारे में फोन से बताया था और कल सिन्हा जी मेरे पास आये थे।"

"कहाँ गांव है आपका?"

"बिहार राज्य के पूर्णिया जिले से लगभग लगा हुआ गांव है।"

"अच्छा है, हम दोनों गांव वाले है।" सुमन हँसकर बोली।

हँसते हुये उसकी मुक्ताभ दंत-पंक्तियां बाहर हो गयीं थीं, गुलाबी गालों में बन आये क्षणिक गड्ढों के अप्रतिम सौंदर्य को गौरव सिंह मंत्र-मुग्ध हो निहारते रह गये थे।

"मुझे चलना चाहिए, माँ वेट कर रही होगी।"

"बाय, गुडनाइट।"

"गुडनाइट।"

वह डस्टबिन में प्लेट रखकर चली गई थी, लेकिन अभी तक गौरव सिंह सुमन-सौंदर्य के अद्धभुत तिलिस्म से बाहर नहीं निकल पाए थे, वे अब भी उसी जगह पर खड़े हुए उस ओर देख रहे थे, जिधर को सुमन गयी थी।

सिन्हा जी के यहाँ से सभी मेहमान जा चुके थे।

"चलो बढ़िया प्रोग्राम हो गया, सभी लोग पहुँचे थे।" फुर्सत महसूस करती हुई उर्मिला अपने पति के नजदीक बैठती हुई बोली।

"हाँ ! सब इंतजाम तुम्हारा किया हुआ था, कैसे अच्छा न हो।" सिन्हा जी पत्नी को क्रेडिट देते हुए बोले।

"सबसे अच्छी बात ये रही, गौरव से जान-पहचान बन गई।"

"सचमुच इस बार का मायका जाना बड़े लाभ का रहा, अब रंजन की माँ की तलाश में और तेजी आयेगी।" उर्मिला बोली।

"हाँ! बेशक, इस केस को वो स्वयं देख रहा है, नये खून का नया जोश है, बहुत टेलेंटेड लड़का है, वह जरूर ढूँढ़ निकालेगा।" सिन्हा जी पूरे यकीन से बोले।

★★★

(नौ)

सिन्हा जी के घर से निकलते-निकलते गौरव सिंह को रात के लगभग ग्यारह बज गये थे। आज पहली बार वे सरकारी जीप का उपयोग किये थे। आजकल के मध्यमवर्गीय आदमी की तरह जीप बाहर से ठीक-ठाक लग रही थी, लेकिन अंदरूनी कल पुर्जे ठीक से काम नहीं कर पा रहे थे, लिहाजा धीरे- धीरे सम्हलते हुये सड़क में वे आगे बढ़ रहे थे। जितना छोटा शहर होता है, उतना जल्दी बाहर से सो जाता है, लेकिन घर के कमरों में जलते हुये बल्व आदमी के जागे होने का संकेत देते रहते हैं। 'खिरहनी' भले ही तहसील प्लेस है, लेकिन अब भी वह शिशुवत पुराने ढर्रे पर ही है। इसमें उसका कोई दोष भी नहीं है। किसी ने उसे बड़ा करने का ईमानदारी से प्रयास भी नहीं किया। जिसे भी बढ़ाने की जिम्मेदारी मिली, वही अपने हिस्से का मांस नोंचकर चलता बना।

सोचिये, ऐसे में शहर कैसे बड़ा होगा। क्या सिर्फ आबादी और जनसँख्या बढ़ा देने से शहर या गांव या मुल्क बड़ा हो जाता है? शायद नहीं, सोच के दायरे भी बढ़ने चाहिए, उपलब्ध संसाधनों का स्तर सुधरना चाहिए। अंग्रेजों के समय से लेकर अब तक कुछ खास वर्ग के लोगो में अब भी उसी तरह अन्याय और अत्याचार हो रहें हैं, बस फर्क यह आया है, कि आततायी अब अंग्रेज नहीं, सत्ता के बाहुबली नेता और सरकारी तंत्र के लोग हैं।

लोगों को भी चाहिए कि, वे अब स्वयं में आदमी होने का अहसास करें। अपने साथ औरों के लिए भी रात में जागरण करें। किसी चीख-पुकार की दिशा में दो चार-कदम चलने की आदत डालें।

अखबार भी दो चार आवारा कुत्तों के भूँकने और दो चार के गुम हो जाने की खबर, बिना सिर-पैर की कविता और बेहूदे फोटो छापकर पत्रकारिता की इति श्री मानकर चल रहें हैं।

"अरे! ये किस तरह के खयालात कहाँ से घुस आये?" गौरव सिंह सर को जोर से झटका देते हैं। विचारों का कमजोर तार टूट जाता है। वे वर्तमान में लौट आते हैं। उन्हें लगता हैं, गलत दिशा में आ गये हैं। उन्होंने जीप रोक दी और जेब से स्मार्टफोन निकालकर लोकेशन ट्रेस करने की सोची, लेकिन ये क्या? मोबाइल में जान ही नहीं...आज दिन भर घूमते रहे और चार्ज करने का ध्यान ही नहीं रहा। अब किसी से रास्ता पूछकर आगे बढ़ना चाहिए। लेकिन यह क्या? सड़क में वैसे भी इक्का-दुक्का लोग, ऊपर से किसी को रुकने का समय नहीं, फर्राटे भरते हुये सभी दौड़े जा रहे है। आखिर एक मोटर साइकिल चालक को उन पर रहम आ ही गई......

"क्या है?" मोटर साइकिल सवार ने कड़क कर पूछा। जैसे वो ही सिटी का कोतवाल हो और उसे रोकने का जुर्म गौरव से हो गया हो।

"थाना किधर है?" वे भी उसी टोन में पूछ लिये।"

"ज्यादा चढ़ गई क्या?" इतना कहकर वह एक्सीलेटर पर हाथ रखने ही वाला था कि गौरव सिंह ने उसे नीचे खींच लिया, उसके मुँह से देसी ठर्रे की बू आ रही थी। वह मोटर साइकल सहित भरभराकर नीचे आ गया। कमीज का कालर पकड़कर गौरव ने उसे अपने बराबर किया और उसकी आँख के पास अपना आई कार्ड रखते हुये बोले... "अब बता।"

"स...स सर! आपका नाम बहुत सुना है, लेकिन ऐसे मुलाकात होगी, कभी नहीं सोचा था। आप आगे आ गये हैं। बैक होकर एक किलोमीटर जाइये, चौराहे से लेफ्ट लेकर थोड़ा आगे जायेंगे, सर! वह कांपते हुये एक साँस में बोल गया।

"आज के बाद कोई भटका हुआ अगर रास्ता पूछे तो दो मिनट उसे भी देना, समझे।"

"जि--जी, सब समझ गया।"

गौरव सिंह जीप मोड़कर महज दस मिनट में चौराहा आ गये, जहाँ से बायें घूमना था, चौराहा पहुँचकर देखते है कि चार छः की तादाद में

शराबी उत्पात मचाये हुये हैं, वे परस्पर माँ बहन की आबरू नीलाम करने में शाब्दिक होड़ लगाये हुये हैं। वे कुछ दूर जाकर जहाँ देशी शराब की दुकान खुली थी उसी से सटाकर जीप खड़ी कर दी और जीप से नीचे उतर आये। वे बड़ी फुर्ती से उन उत्पाती शराबियों तक पहुँच कर लात घूंसे से उनकी पिटाई करने लगे, दो एक तो जमीन सूंघने लगे, बाकी सर में पैर रख भाग गये।"

"कमीनो, नारी जाति की कद्र करना सीखो, नहीं तो खून पी जाऊँगा और तुम्हारी (दूकान संचालक को सम्बोधित कर बोले) दूकान यदि आठ बजे के बाद खुली मिली तो आग लगा दूँगा।"

गौरव सिंह का रौद्र रूप देखकर, किसी के बोलने की हिम्मत नहीं हुई, मुट्ठियाँ तनी हुई......आँखों में तो जैसे खून उतर आया हो......गुस्से से तमतमाया हुआ परिवर्तित चेहरा, दहशत पैदा कर रहा था। इस समय कोई परिचित भी उन्हें देखता तो शायद पहचान न पाता।

थोड़ी देर में वे थाना पहुँच गये थे।

"मैं चिंता कर रहा था, सर।" आसिफ अली नजदीक होते हुए बोले।

"जानता हूँ, इंस्पेक्टर! परन्तु हम पुलिस वालों को अपने साथ औरों की भी चिंता करनी चाहिए। हम नगर के हिफाजत के लिए ही खाकी वर्दी चुने हैं।"

"आज रात की गश्त में कौन गया है?" वे मुंशी जी से मुखातिब हुये।

"सर चार कांस्टेबल और दो हेड, नाईट वॉच में हैं।"

"जीप लेकर दो-एक राउंड आप भी मार लें, जरूरत अनुसार मुंशी जी को भी साथ ले जा सकते हैं।"

"जी, सर।" आसिफ अली बोले।

"डिनर यहीं भेजवा दें, सर।"

"नहीं जी! खाना हो गया है। मैं एक बर्थ-डे पार्टी से आ रहा हूँ।" गौरव

सिंह ने बताया।

"रामसिपाही, आज आप इधर ही रहकर चौकसी करेंगे।"

"जी सर।" रामसिपाही जम्हाई लेकर बोला।

गौरव तेज कदमों से चलकर अपने कमरे में दाखिल हो गये।

वे दरवाजा अंदर से लॉक कर, कपड़े बदले, पानी से गला तर किया और रूम की बत्ती गुल कर बिस्तर में लेट गये। आज वे थकान महसूस कर रहे थे। सर भारी लग रहा था, इसलिए आँख बंद कर सोने की कोशिश करने लगे।

लेकिन ये क्या?? एकाकी पाकर भीतर के आदमी ने कई सवाल पूछ लिए,

"आज दिन भर तुमने रंजन की माँ की खोज में क्या किया?" बोलो एसपी साब। पूरी शाम और आधी रात मौज-मस्ती और डिनर उड़ाने में खर्च की, हाथ पांव घुमाने को ही ड्यूटी समझ ली। ऐसे काम नहीं चलने वाला। ठीक है, ओहदेदार अफसर हो, कोई सवाल पूछने की जुर्रत नहीं करेगा। लेकिन मैं चुप रहने वाला नहीं हूँ। कल दुगुना काम करके बताओ, वरना सोने नहीं पाओगे, एसपी गौरव सिंह।"

आदमी लाख सही अपने प्रभाव और चतुराई से दुनिया को बेवकूफ बना ले, लेकिन उसकी रूह हर पल का हिसाब उससे माँगेगी और देना पड़ेगा।

किसी भारी वाहन के इंजिन चलने की आवाज से गौरव सिंह की नींद खुल गई, खिड़की से झांककर देखा तो थाने से बाहर गुजरती चौड़ी सड़क पर तीन भार-वाहक खड़े थे, मरकरी की तेज रोशनी में तीनों ट्रकों में बालू लोड होना साफ दिख रहा था। रामसिपाही ड्राइवर से हिसाब-किताब मिलाने में मश्गूल दिखे। वे दोबारा करवट बदल कर सो जाते हैं। सुबह नित्य क्रिया से निबट, तरोताजा हो, परिसर में चहल कदमी करते हुये रामसिपाही को चाय बोलने को कहकर वहीं पड़ी कुर्सी में बैठ जाते हैं।

चाय वाला एक कप चाय देकर चला गया। चाय का घूंट पीते हुये वे रामसिपाही से पूछे...... "रात कोई परेशानी तो नहीं हुई?"

"नहीं साब।" राम सिपाही ने छोटा उत्तर दिया।"

"कितना मिला कल रात को?"

"ज्यादा नहीं साब, साढ़े चार सौ रूपिया मिलो।" रामसिपाही जेब में हाथ डालते हुये बोला।

"क्यों?"

"साब! ज्यादातर ज्वाला सिंह की गाड़ियां निकलत हतो, लकड़ी, पत्थर, पटिया लादे, उन्हें नई रोकते।"

"क्यों ??"

"तेवारी साब का ऑडर रैत तो।"

रामसिपाही की साफगोई उन्हें बहुत पसंद आयी। बातचीत चल ही रही थी कि रात की गश्त में गये हेड कांस्टेबल और सिपाही आते हुये दिखे। नजदीक आते ही सलाम की मुद्रा में एक साथ..." जय हिंद साब।"

"जय हिंद।"

"क्या रिपोर्ट है?"

"कुछ खास नहीं, इधर-उधर घूमे-बागे सब खैरियत दिखी।"

"चौराहों पर गश्त देनी थी। इधर-उधर घूमने की क्या जरूरत?" गौरव बोले, जबकि वे समझ रहे थे......'ये कहीं गये नहीं थे, रात क्वार्टर में सोये-पड़े रहे हैं।'

तभी आसिफ अली और मुंशी जी भी जीप लेकर आ गये।

"क्या बात है मुंशी जी, बड़े खुश लग रहे?" देखते ही गौरव मुस्कुराते हुए पूछे।

"खुश होने वाली बात ही है, लम्बा हाथ मारा है, मुंशी जी ने।" आसिफ

अली ने बताया"

"लम्बा हाथ, वो कैसे?"

"साले, जुआ खेल रहे थे, लम्बा फड़ लगा था, पुलिस को देखते ही सबकी नानी मर गई, सबरे जान बचा के भागे, साब!! सब समेट लाये, चिल्लर तक नहीं छोड़ा।" मुंशी जी ने बताया।

"शाबास! ये हुयी मुंशीगीरी।"

साहब की शाबासी पाकर मुंशी जी खिल उठे।

"ठीक है, अभी आप सभी जायें, आठ बजे तक फिर मिलते हैं, नई प्लानिंग करनी है।"

सब खुशी-खुशी अपने-अपने आवास की तरफ चले गये थे। रामसिपाही थोड़ा ठहर जाता है। "हमसे कौनो गलती भई साब?"

"नहीं, रामसिपाही !! ऐसा क्यों सोचते हो, आओ आप भी फ्रेस होकर आओ। बस एक बात बताते जाओ......" इस ऊपरी कमाई में बड़े साहब का भी हिस्सा बनता था।"

"नहीं साब! वे ईमे ते कछू नहीं लेत ते, उनको अलग ते महीना चलत तो।"

"अच्छा!" गौरव सिंह अंदर की तकलीफ छिपाकर इतना ही बोल पाये।

"साब!"

"अब क्या है जी, जाइये न!" थोड़ा खीझकर वे बोले।

"मोरी आठ महीना की नोकरी बचो है। पैंतिस साल से सिपाही रहो है, हमने बड़े-बड़े हाकिम अफसर देखे पर आप के नईयां वे सबरे नहीं थे, आप अलग तरा के नेक दिल वाले इंसान हो, आज की मोरी गलती माफ कर दो, फिर जैसों आप चाओ, हम वई करेंगे।"

"ठीक है, जाइये अभी।" इतना कहकर गौरव सिंह व्यथित मन से कमरे

में आकर माँ को फोन मिलाने लगे।

"चरनबन्दन माँ।" फोन संयोजित होने पर गौरव बोले।

"हाँ, बेटा खुश रहो। सुबह-सुबह कैसे फोन किया? सब ठीक है न?" खुश लग रही माँ की आवाज सुनाई दी।

"सब ठीक है माँ, पर जी बहुत उदास है।"

"क्या बात है?"

"यहाँ बहुत गंदगी है, घर के अंदर और घर के बाहर भी, हर तरफ... ...मन नहीं लगता है। क्या करूँ? जी होता है, नौकरी छोड़कर अपने गाँव में ही खेती करूँ......कम से कम तुम्हारे पास तो रहूँगा।

"अरे बेटा! गंदगी का आलम हर जगह मिलेगा। कहाँ जाओगे? कौन सी जगह पाक-साफ मिलेगी?? स्कूल, कालेज, दफ्तर, बैंक, बीमा, बिजली-पानी, कोयला-कोषालय, अस्पताल, जिला मुख्यालय-इजलास-कचहरी, यहाँ तक की न्याय देवता के द्वार तक में गंदगी, कूड़ा-करकट मिलेगा, दूषित कचड़ा पानी में घुलकर आदमी के दिल-ओ-दिमाग और धमनियों में लहू की शक्ल में बह रहा है। बेटा शरीर का खून दूषित हो गया है। आदमी मरणासन्न है, रूह कोमा में है और रही मेरे साथ रहने की बात तो मैं हर जगह हर पल तुम्हारे साथ हूँ, दिल छोटा नहीं करने का, हौसले को बलन्दी पर रखने का, समझे।"

"तुम्हें धरती माता की सेवा का मौका मिला है, पीछे मत हटो, गंदगी को साफ करो। कमरे से लेकर बाहर तक जहाँ तक तुम्हारे हाथ पहुँच सकें। आखिर कुछ तो साफ होगा। तुम अकेले नहीं हो और भी बहुत लोग हैं, अच्छी सोच वाले, आज मुल्क को ऐसे ही जज्बे के लोगों की जरूरत है।"

"ठीक है, माँ! आप जैसा चाहतीं है, वैसा ही करूँगा। मेरे लिए तो बस यही एक मंत्र है......"जननी जन्म भूमीश्च स्वर्गादपि गरीयसी।"

"चरण स्पर्श" माँ! "जय हो तेरी।"

★★★

(दस)

थाने का पूरा स्टाफ ग्राउण्ड में इकट्ठा हो गया था, और आईपीएस गौरव सिंह अत्यंत नम्र लेकिन दृढ़ शब्दों में पूरे स्टाफ को संबोधित कर रहे थे......

"आप सब लोग अनुभवी, तजुर्बेकार जांबाज सिपाही है, इस मोहकमे का नारा भी "देश भक्ति जन सेवा है।" मैं आप सबकी तुलना में सबसे कम वय और कम तजुर्बे का सिपाही हूँ। मुझे आप लोगो से बहुत कुछ सीखना है।"

"धीरे-धीरे सब समझ लेगें सर।" पान-सुपारी का अवशेष मुँह से जमीन में गिराते हुये मुंशी जी बोले।

हाँ, मुंशी जी! सीखने की जरूर कोशिश करेंगे, किंतु आज सीखने-सिखाने का वक्त नहीं है, इसलिए सोचा है, आप सब लोगों के तजुर्बे से काम लिया जाये। इसलिए सबके लिए अलग-अलग कार्य योजना बनाई है। गौरव सिंह गम्भीर भाव से बोले जा रहे थे।

पहला काम...... "मुंशी जी और रामसिपाही आज से गुजरने वाले हर वाहन की कड़ी चेकिंग करेगे। दोष मिलने पर कड़ी से कड़ी कार्यवाई करेंगे।"

दूसरा काम...... "जनाब आसिफ अली अन्य पुलिस स्टाफ के साथ नगर की व्यवस्था देखेंगे, सभी तरह की गैर कानूनी आपराधिक गतिविधियों पर कड़ी नजर रखेगे। ये छोटा सा तहसील प्लेस है, उम्मीद है, कोई दिक्कत नहीं होनी चाहिए, और फिर हम सब है, जरूरत पड़ने पर एक साथ हो जाएंगे। मैं समझता हूँ मेरी इस मुहिम से किसी को कोई दिक्कत या असुविधा नहीं होगी। कोई कुछ सलाहियत रखते हो तो खुलकर कहें।"

"साब! ज्वाला ठाकुर की भी गाड़ी पकरने है?" रामसिपाही ने पूछा।

"हाँ जी, ज्वाला ठाकुर की भी, किसी को बख्सा नहीं जाना है। एक और

अहम बात...... "आज जो नमूना पुलिस सेवा का आप लोगो ने सुबह-सुबह दिखाया है, वो मुझे पसंद नहीं आया, इसकी पुनरावृति नहीं देख सकता। सब काम निष्ठा लगन और पूरी ईमानदारी से होना चाहिए। यदि किसी को एतराज हो, अभी जाहिर करें, जहाँ चाहेंगे वहाँ भेज दिया जायेगा। लेकिन किसी भी सूरत में पुलिस की ईमानदारी पर उंगली नहीं उठनी चाहिए।"

"उम्मीद है, आप सब मेरी मंशा को बखूबी समझ गये होंगे। अपना टार्गेट रंजन की गुमशुदा माँ को ढूँढ़ना है, इसके लिये उन तक पहुँचने वाले हर रास्तों की सफाई भी करनी जरूरी है। मैं यह काम अकेले दम नहीं कर सकता, आप सबका साथ चाहिए।"

"सर! कुछ कहने की अनुमति चाहता हूँ। अति उत्साही से दिखने वाले एक सिपाही ने अनुरोध किया।

"अनुमति है, लेकिन पहले अपना परिचय तो दीजिये, मै जब ज्वाइन किया था, तब आप छुट्टी में रहे, आज हम पहली बार मिल रहे हैं।"

"सर !! मेरा नाम ओम वीर सिंह है, मै फर्रुखाबाद जनपद, उत्तर प्रदेश का रहने वाला हूँ।"

"ओके, आगे बोलिये।"

"सर, सड़कों में टैक्सी वाले क्षमता से ज्यादा सवारी भरते हैं, कई तो आजू-बाजू आगे-पीछे झोले की तरह सवारी लटकाये चलते हैं। कल ही एक ओव्हर लोड टैक्सी पलट गई थी। इनके खिलाफ भी कड़ी कारवाई की जाये।"

"जी, बिल्कुल, मैंने कहा न, जो भी गैर कानूनी लगे, कड़ी कार्रवाई कीजिये, किसी को भी छोड़ा न जाये।" गौरव सख्त लहजे में बोले।

"ठीक है, सब लोग अपनी ड्यूटी में लग जाइये, सबको कार्यवाई का विशेष पावर भी दिया जाता है और आप लोगो की ऊपरी इनकम की भी फिक्र मुझे है, इस मुहिम की सफलता के बाद आप सबको मेरी ओर से इनाम दिया जायेगा, जो ऊपरी कमाई से बहुत ज्यादा होगा, ये मेरा वायदा

है। मेरे रहते स्टाफ का कोई भी सदस्य आर्थिक तंगी नहीं झेलेगा, मैं उसे अपनी पूरी तनख्वाह दे दूँगा। किंतु पुलिस की वर्दी का सौदा चंद रुपयों के बदले में होना हरगिज बर्दास्त नहीं किया जायेगा। किसी ज्वाला-चिंगारी से भी भय खाने की जरूरत नहीं है। गलत करने वाले में ज्यादा जान नहीं होती है। माँ की कसम, यह सिद्ध करके दिखाऊंगा। मेहनत की कमाई खाने में जो आनंद है, वह घूस की कमाई में बिल्कुल नहीं है।"

"सर, चलकर नास्ता कर लीजिए, आपने सुबह से कुछ नहीं खाया-पिया है।" आग्रहपूर्वक आसिफ अली बोले।"

"जी चलिये।"

गौरव सिंह और आसिफ अली वहाँ से चले गए थे। बाकी का स्टाफ भी अपने क्वार्टर चले गए थे। कैम्पस में अब रामसिपाही और मुंशी जी रह गए थे। एकांत पाकर रामसिपाही ढीले पैंट को ऊपर खिसकाते हुए बोला......

"भैया, मुंशी जी! मोरी समझ में नहीं आओ के साब किस मिजाज को आदमी है। बोलत है कि उपरी कमाई मत करो, बड़ा इनाम मिले। मोने आज तक तो जोई सुनो है के उपरी कमाई करन बारे खो इनाम मिलत है, नहीं करन बारे खो सजा मिलत है, पर इतै तो सब उल्टो-पुल्टो है। "मुंशी जी, मोरी नोकरी खो आठ मईना बचो है, अबे कमाई नहीं करें तो कब करेंगे?"

"अरे रामसिपाही, यह बड़ी तेज खोपड़ी का अफसर है, अपन के भेजे में ये सब नहीं घुसता। सिर्फ इतना जान लो, अब ज्वाला ठाकुर की खैर नहीं। अब हम भी दिखा देंगे कि कानून के हाथ कितने लंबे है। बस तुम थोड़ा कड़क रहना बाकी मैं सम्हाल लूँगा। अब मौका आया है कि दुनिया जाने के 'मुंशी हरदयाल' भी क्या चीज है?"

"भैया मुंशी जी! ई उमर मा कइसे कड़क होइ सकत, ज्यादा कड़क हो गओ तो समझो राम नाम सत्य हो गओ। आप खो पता तो है मैं दिल को रोगी हूँ, नागपुर से दवा-दारू करा रओ। हे भगवान राम! अपने सिपाई की रक्षा करो।"

मुंशी जी, रामसिपाही की बात सुनकर मजाक में हँसते हुये बोले.... "घबराओ नहीं भाई, मै हूँ न......तुम्हे सिर्फ इतना करना है, जो भी ट्रक में लदा मॉल गैर कानूनी लगे, उसे अंदर कर देना है। ज्यादा काम नहीं है और दो-चार पान जर्दा, भोला, रिमझिम, किमाम चटनी वाला बीच-बीच में लाते रहना......बस।

फिर देखना मुंशी हरदयाल का कमाल।"

"ठीक है मुंशी जी, मोरी नौकरी अब आपके हाथन में है, कुल आठ महीने बचो है।"

"डरो मत, बस थोड़ा पैंट टाइट करा लो, पुलिस की टोपी भले उतर जाए लेकिन पैंट नहीं उतरना चाहिए। पैंट का उतर जाना महा अशुभ है। मूंछें ऊपर उठा लो, और मजबूत डंडा लेकर सड़क में चले जाओ। लेकिन एक पान अभी देते जाना।"

"जी मुंशी जी।" इतना कहकर रामसिपाही पान की दूकान तरफ बढ़ गया।

नास्ते के बाद गौरव सीधे बाहर निकल आये थे। जींस का पैंट और हल्के नीले रंग का टी-शर्ट, चेहरे पर उगी छोटी-छोटी दाढ़ी और सर में घुंघराले सियाह घने काले बाल...पूरे व्यक्तित्व को अजीबोगरीब आकर्शक बना रहे थे। सड़क में थोड़ी दूर पैदल चलने के बाद एक ऑटो चालक को हाथ के इशारे से उन्होंने रोका।

"कहाँ चलना है?" ऑटो चालक ने पूछा।

"आगे के चौराहे में छोड़ देना।"

"चौराहा आ गया।"

"और आगे तक चलो।"

थोड़ी दूर और चलने के बाद चालक को दस का नोट पकड़ाकर एक जगह वे उतर गये। यह बाजार का इलाका था, सड़क के दोनों ओर हर

प्रकार की दूकाने थीं, सड़क में चहल-पहल बनी थी, दीवाली का त्यौहार भी नजदीक था, इस लिहाज से अन्य दिनों की तुलना में भीड़ कुछ ज्यादा थी।

वे पैदल ही इधर-उधर ताक-झाँक करते चल रहे थे, इस हिस्से में लोगों की आवा-जाही कम थी। सामने वे एक पान की दूकान में रुक गये, जहाँ पहले से ही दो लफंगे टाइप के लड़के सिगरेट फूंकते खड़े थे।

“पान पराग और जर्दे वाला गुटखा देना।” उनमें से नीले रंग की टी-सर्ट वाला बोला।

पानवाले से गुटखे के दो पाउच लेकर वे सीधे सड़क में पैदल ही आगे बढ़ गये।

“मुझे लौंग इलायची देना।” गौरव सिंह दस का नोट उसकी ओर बढ़ाते हुये बोले।

“तुमने इन लड़कों से पैसा क्यों नहीं लिया?” उन्होंने पूछा।

“ये ठीक लोग नहीं हैं, इनसे पैसे नहीं माँग सकते। जब मर्जी होगी दे जाएंगे।

गौरव सिंह पान की दूकान से सीधे उसी ओर तेज कदमो से चलने लगे, जिधर वे दोनों गये थे। थोड़ी दूर चलने पर वे दोनों नजर के दायरे में आ गये। वे दोनों स्कूल-कालेज से घर लौटती लड़कियों से छेड़खानी कर रहे थे। गौरव सिंह फुर्ती से आगे बढ़कर सड़क किनारे एक पेड़ की ओट में छुप गये, वे यहां से जरूरत पड़ने पर महज दस सेकेण्ड में उन तक पहुँच सकते थे।

“अरे ये तो सुमन है, और बाकी इसकी सहेलियां होगी, गौरव सिंह अंदाजा लगाये। उन दोनों में से एक ने सुमन की साइकल पकड़ रखी थी, दूसरा सुमन का हाथ पकड़कर साइकल से उतारने की कोशिश कर रहा था। इसी मौके पर साथ की बाकी लड़कियां सुमन को अकेली छोड़कर चली गईं। और आश्चर्य! सड़क में आते-जाते लोग भी आँख में पट्टी बांधे चल रहे थे, जैसे उन्हें कुछ दिखता न हो, कुछ सुनाई न देता हो।

तभी सुमन ने फुर्ती से एक का हाथ मरोड़ दिया, और दूसरे के ऊपर साइकल गिरा दी, कैरियर में दबे कापी-किताब सब सड़क में विखर गये।

वह बिजली-सी फुर्ती दिखाती हुई मुक्के का जोरदार प्रहार उसके पेट में कर दिया, वो कराहता हुआ वहीं पेट के बल झुक गया। साइकल के नीचे दबा व्यक्ति बाहर निकलकर सुमन पर हमला करने वाला ही था कि गौरव सिंह का करारा झन्नाटेदार थप्पड़ उसके गाल में आ पड़ा, उसके मुँह से खून रिसने लगा।

इतने में पुलिस का गश्ती वाहन आ गया, जिसे पेड़ की ओट से ही गौरव मेसेज कर चुके थे। पुलिस दोनों को पकड़कर साथ ले गई।

"तुम्हें चोट तो नहीं आयी।" वे सुमन की कापी-किताब उठाते हुये पूछे।

"नहीं।"

"इन्हें जानती हो?"

"नहीं, लेकिन ये दो-तीन दिन से मेरे पीछे पड़े थे, आज हम भी तैय्यारी से आये थे। सुमन ने बताया।

"तुम्हारी सहेलियां तो भाग गईं?"

"इसी बात का तो दुःख है, किस पर यकीन करें। वैसे मैं अकेली ही दोनों को सबक सिखाने को पर्याप्त थी, वो तो बीच में आप आ गये।"

"क्या? मुझे नहीं आना चाहिए था।" गौरव आश्चर्य से बोले।

"ऐसा तो नहीं कहा।" सुमन मुस्कुराकर बोली।

कितनी बहादुर है ये लड़की है, इतना कुछ हो जाने के बाद भी इसके गुलाबी ओठ मुस्कुराना नहीं भूले। इसकी जगह और कोई होता तो एक पाव आंसू बहा चुका होता। वे उसे देखते ही रह गये।

"ऐसे क्या देख रहें हैं?" सुमन ने पूछा।

"कुछ नहीं, बस तुम्हारे बारे में सोच रहा था।"

"क्या सोच रहे थे?"

"मेरी मुहब्बत जितनी खूबसूरत है, उतनी मजबूत भी है, फिर भी एहितयातन उसे अपना ख्याल रखना चाहिए।"

"कौन है आपकी मुहब्बत??"

"तुम, सिर्फ मुहब्बत ही नहीं, मेरी जिंदगी भी हो। आय लव यू सुमन।"

"अब आप भी बीच सड़क में प्यार जताने लगे......लव यू।" मुस्कुराते हुए सुमन बोली।

साइकिल में बैठकर वह चल पड़ी थी कि गौरव सिंह ने पीछे से आवाज लगाई...... "जरा रुकना।"

"अब क्या है?"

"कुछ नहीं, अपना ख्याल रखना।"

"ये कह तो चुके हैं।"

"हाँ-हाँ,......ठीक है, वट आय......।"

सुमन ठहरी नहीं वह 'बाय' बोलकर आगे बढ़ चुकी थी, लेकिन गौरव उसे तब तक जाते हुए देखते रहे, जब तक वह नजरों से ओझल नहीं हो गई।

वे भी चलने के लिए पैर बढ़ाये ही थे कि उनकी नजर सड़क में पड़ी डायरी पर पड़ी। वह सुमन की डायरी थी उसे उठाकर वे टी-शर्ट के भीतर छुपा लिए।

★★★

(ग्यारह)

गौरव सिंह के दिलो-दिमाग में अभी सुमन का ही ख्याल घर किये था। इन्हीं ख्यालों में खोये हुए, आदमी की भीड़ के साथ नितांत जुदा सड़क में चल रहे थे। अचानक एक जीप उनके बाजू आकर रुक गई, लेकिन वे जीप की ओर वगैर देखे हुये आगे चलते गये। तभी पीछे से जानी पहचानी आवाज को सुनकर वे ठहर गये।

"सर! कहाँ घूम रहें हैं?" आसिफ अली जीप से उतर कर उनके नजदीक जाकर बोले।

"बस ऐसे ही भाई जॉन।" वे पीछे पलटकर बोले।

गौरव का आत्मीय सम्बोधन पाकर एएसआई आसिफ अली को लगा कि कोई अपना सगा बोला है, उनके मन मे आया कि कह दें... "भाई चिंता न कर तेरे हर मुहिम में दिलो-जां से आसिफ साथ है। जहाँ तेरा पसीना बहेगा वहाँ उसका खून बहेगा। लेकिन कार्यालयीन मर्यादा और पद की गरिमा को ध्यान में रखते हुये वे अदब के साथ बोले......

"सर दो बजे रहें है, मेरी गुजारिश है, सीधे क्वार्टर चले, भूख लगी होगी?"

"हाँ, लगी तो है। चलिये।"

वे आसिफ के साथ जीप में बैठकर क्वार्टर के लिए वापस चल दिए थे। जीप चलाते हुए आसिफ अली ने बात शुरू की......

"सर! अस्पताल , मंदिर, अनाथ सेवा-आश्रम हर जगह छान मारा लेकिन रंजन की की माँ का कोई रता-पता नहीं चला। तालाब, नदी, कुआं से भी कोई लाश मिलने की खबर नहीं मिली है।"

"राजनगर गये थे?" गौरव सिंह ने पूछा।

"हाँ सर! सीधा वहीं से आ रहा हूँ, पुलिस हेड क्वार्टर में भी इत्तला कर दिया हूँ। वे कल के अखबार में गुमशुदगी की खबर पुनः छपने को देगें।

"हूँ।"

आगे का रास्ता खामोशी में कटा, थोड़ी देर में जीप थाना परिसर में आकर खड़ी हो गयी थी।

"रामसिपाही जी, क्या हाल है?" जीप से नीचे उतरते हुए गौरव ने पूछा।

"कुल ग्यारह गड्डियों का चालान कटवा दओ साब।" सर में टोपी रखते हुये रामसिपाही ने जबाब दिया।

"वेरी गुड।"

अब वे आसिफ अली के साथ उनके निवास में आ गये थे।

"आदाब अर्ज भाभी जी।" जुबैदा को सामने देखकर उन्होंने सम्मान दिया।

"आदाब अर्ज करती हूँ देवर सा। अल्लाहताला आपको सलामत रखे। हर खुशी, हर कामयाबी आपको अता करे।"

"आमीन।" आसिफ अली ऊपर की ओर आँख उठाकर बोले।

"तशरीफ रखिए।" अभी खाना लगाती हूँ। जुबैदा खाना लगाने किचन में चली गई थी।

"सर, कुछ अर्ज करना चाहता हूँ।"

"हाँ कहिये।" गौरव सिंह बोले।

"आपका 'भाई जॉन' का सम्बोधन ऐसा लगा जैसे अपना लहू बोला हो।

जी में आया कि छोटे भाई से गले लगकर रोयें, और अल्लाह से अपने गुनाहों की मुआफी मांगें। लेकिन पद की गरिमा और सिपाहियों की मौजूदगी का ख्याल कर खामोश रहा। आपकी ज्वाइनिंग से पहले की मेरी नौकरी ईमानदारी की नहीं रही। ऊपर वाले ने सजा भी कम नहीं दी। निकाह के

आठ साल बीतने को हैं लेकिन औलाद का मुँह नहीं देखा। आज सब मेरी समझ में आ रहा है। आज से आप खुद को कभी भी तनहा महसूस नहीं करेंगे, मैं साये की तरह आपके साथ चलूँगा। जहां आपका पसीना गिरेगा, वहाँ आसिफ का लहू टपकेगा। आसिफ अली भावुक होकर और न जाने क्या क्या कहते? लेकिन जुबैदा के आने की आहट से कहने का सिलसिला रुक गया।

"चलिये खाना लगा दिया है।" जुबैदा पास आकर बोली।

दोनों खाने की टेबल में आ गये थे।

"क्या बात है? मेरे पसन्द की आलू-गोभी-मटर की मसाले दार सब्जी, चना मिले आटे की रोटी, और आँवले की चटनी, क्या कहने। शुक्रिया भाभी सा।"

अपने हाथ बनाए खाने की तारीफ सुनकर जुबेदा खुश होते हुये बोली...... "ये तो आज वैसे ही जल्दी में बनाई हूँ।"

"आप भी साथ आइये न।" गौरव सिंह आग्रह पूर्वक बोले।

"नहीं, आप दोनों को खिलाने के बाद ही मैं खाती हूँ।"

"वो नहीं आयेंगी, मैं हमेशा अकेले ही भोजन करता हूँ।" आसिफ अली बोले।

"ऐसा क्यूँ?? गौरव पानी का गिलास उठाते हुए बोले।

"वो इसलिए कि भोजन तो आप लोग करते हैं, लेकिन स्वाद मुझे आता है। वैसे भी माँ बेटे को, पत्नी अपने शौहर को, बेटी अपने पिता और भाई को भरपेट भोजन कराने के बाद ही भोजन करती है। सच मानो ऐसे में जो एहसासात मिलते हैं, उन्हें शब्दों में बयां करना मुश्किल है।" भावुक होकर जुबैदा ने कहा।

'धन्य हैं, भाभी आप, आपके आदर्श-परक विचारों को सलाम करता हूँ, जब तक ऐसी सोच नारी मन में जीवित रहेगी, तब तक हमारी संस्कृति को

कोई नुकसान नहीं पहुँचा सकता। मेरी माँ हमेशा यही कहती है...... "हर नारी में माँ की झलक देखो, और यथोचित सम्मान दो। भाभी का कद वैसे भी माँ के बराबर होता है, इस नाते आप मेरे लिये आदरणीय है।" गौरव सिंह खाना समाप्तकर बेसिन में हाथ धोते हुये बोले।

"आप बहुत ऊँचे उठ रहे हैं जनाब! जरा नीचे आइये। हर लड़की में माँ की झलक देखेंगे तो कुँवारे रह जाएंगे।" टेबल से जूठे बर्तन उठाते हुये जुबैदा गौरव सिंह को कनखियों से देखते हुये बोली।

जुबैदा के कहने का अंदाज कुछ ऐसा था कि सभी मुस्कुरा दिये। आसिफ अली तो अपने स्वभाव अनुसार जोर से हँस पड़े। वहाँ एक ऐसा माहौल बन गया जिसमें सिर्फ और सिर्फ पाक-मुहब्बत थी। मुहब्बत जब अपनी जुबाँ से गुफ्तगू करती है, तब सुनने समझने को कुछ बाकी नहीं रहता। चार-सू होते है, सिर्फ दिलों को छूते, गुदगुदाते, खूबसूरत, मुकम्मल एहसासात।

"मैं चलता हूँ, अभी और काम देखने हैं।" गौरव सिंह उठते हुये बोले।

वे लंच के बाद सीधे अपने कमरे में आकर विश्राम करने की सोचकर तख्त में लेट गए, वे एक-आध घण्टे के आराम के बाद फिर से तरो-ताजा होकर काम में लग जाना चाहते थे, लेकिन आराम उनके मुकद्दर में लिखा हो तब न। मोबाइल की घण्टी बजने लगी थी, पुलिस मुख्यालय राजनगर से पुलिस कप्तान अशोक मित्तल का फोन था।

'गुड़ नून सर' मोबाइल कनेक्ट कर गौरव सिंह बोले।

"क्या कर रहे हो गौरव, नजदीक में कोई और तो नहीं है?" उधर से मित्तल साहब की आवाज सुनाई दी।

"नहीं सर अकेला हूँ, हुक्म करें।"

"तुमने ज्वाला ठाकुर के ट्रक, मालवाहक पकड़कर एक तरह से उसकी रोज की कमाई बंद कर दी है। मेरे पास नेताओं के फोन आ रहे है, वे चाहते हैं, तुम्हें ऐसी कार्रवाई से रोका जाये।" एसपी मित्तल ने कहा।

"सर! आपने क्या कहा?"

"भई!! आज तो हमने यह कहकर टाल दिया की मुझे जानकारी नहीं है। जानकारी लेकर ही हम कुछ कह पाएंगे। कल को हो सकता है फिर से फोन आये, तब मजबूरन कार्यवाई रोकने को बोलना पड़ेगा। लेकिन तुम किसी को छोड़ना नहीं। अपने हिसाब से काम करना।"

"ये कैसे मुनासिब है, सर! आपका आदेश हम न माने।" गौरव सिंह आश्चर्य से बोले।

"देख लो भाई, अभी तुम्हारी नयी नौकरी है, प्रोबेशन में हो, सियासी तिकड़म के बीच पिसकर ही नौकरी करनी पड़ेगी। इनसे दुश्मनी मोल लेकर हम कितने दिन टिक पाएंगे, दिल के साथ जरा दिमाग से भी काम लेना होता हैं।"

"जी सर!"

फोन डिस्कनेक्ट हो गया था। गौरव सोचने लगे...... "कैसे-कैसे अफसर है, दूसरे के कंधे से रखकर बंदूक चलाना चाहते हैं। चित भी इनकी, पट भी इनकी, बीच में पिस्से गोपीनाथ।" वाली कहावत चरितार्थ करते हैं।

यह सोचते हुए गौरव सिंह कुछ परेशान से, कमरे के बाहर आकर टहलने लगे। तभी उन्हें रामसिपाही आता दिख गया।

"जरा मुंशी जी को भेजना।"

"जी साब!"

रामसिपाही से मुंशी जी को भेजने को कहकर वे पुनः कमरे में आ गये।

इधर मुंशी हरदयाल के पास छुटभैये नेता जैसा दिखने वाला व्यक्ति बैठा हुआ कह रहा था......

"जैसा चल रहा था, वैसा ही चलने दो मुंशी जी! अपने बाल-बच्चो का तो ख्याल करो, मुंशी! ले दे के मामला रफा-दफा करो, भइया। कछू कम लगय तो बोलो न, सब पूरा करेंगे।"

"गुल्लू भाई! हर आदमी के दिन कभी बराबर नहीं चलते। 'कभी नाव गाड़ी पर तो कभी गाड़ी नाव पर' होती है। अब अपने को ही देख लो न...... तुम्हारी नेतागीरी फेल, मेरी मुंशीगीरी फेल, जो कभी नहीं हुआ वो आज हो रहा है। और आगे क्या होगा? न मुझे पता, न तुम्हें पता।" पान का बीड़ा मुँह के हवाले करते हुये मुंशी बोले।

"मुंशी! ज्यादा चराओ नहीं, मैं सब समझ रहा हूँ, बहुत नुकसान में रहोगे, ज्वाला ठाकुर से टकराने की जुर्रत मत करो, बर्बाद हो जाओगे। तुम्हें शायद उनकी ताकत का अंदाजा नहीं है।" पास बैठा आदमी धमकी देता हुआ बोला।

"अरे, मियां ज्वाला ठाकुर को क्यों घसीट रहे हो। ये सागौन से लदे ट्रक, पत्थर पटिया के ओव्हर लोड ट्रक सब तुम्हारे नाम के है। ज्वाला ठाकुर बीच में कहाँ से टपक पड़े?" मुंशी जी मुँह उठाकर बोले।

"ज्यादा मत बनो मुंशी, तुम्हे सब पता है, जो मुझसे ठाकुर साहब ने कहा है, वह तुम्हें बता दिया हूँ। अब तुम जानो, तुम्हारा काम जाने, मै चला।"

रुपयों से भरा बैग उठाकर वो आदमी जाने लगा, तब मुंशी जी उसे सुनाकर बोले...... "अरे गुल्लू मियां, गुस्सा थूंक दो और ये पान खाते जाओ, गमकउआ किमाम, चटनी चमन बहार, जर्दे वाला।"

वो आदमी पीछे मुड़कर देखा तक नहीं, गुस्से से पैर पटकता हुआ वहाँ से चला गया। मौका देख कर रामसिपाही ने मुशी जी को बताया कि......" आपको साब बुलाओ है।"

"ठीक है, तुम इधर ही रहना, मै मिलकर आता हूँ।"

"मुंशी जी देर कर दी आने में?" मुंशी जी को बैठने का इशारा करते हुए गौरव बोले।

"हाँ सर! कल जिन ट्रकों की पकड़ करे हैं, वे सब ज्वाला ठाकुर के हैं, उनका चमचा 'गुल्लू खान' अभी रिश्वत देने और पुलिस को समझाइस देने आया था।" मुंशी जी केस डायरी गौरव के आगे करते हुये बोले।

"लेकिन डायरी के अनुसार ट्रक तो गुल्लू खान का ही है।"

"साब, डायरी का लिख्खा सही है, और ये भी सही है।" अपने और गुल्लू के बीच की मोबाईल में रिकॉर्ड बातचीत को मुंशी जी सुना दिए।

"शाबास, मुंशी जी, मान गये आपको, ये कोर्ट में सबूत का काम देगा।"

"सबूत कैसे बनेगा साब? उनका वकील बोलेगा ठाकुर को फँसाने और बदनाम करने की पुलिस की चाल है।"

"सबूत न सही, पर नुकसान तो ज्वाला ठाकुर को ही जाएगा। गुल्लू तो एक नाम का मोहरा है। आप केस डायरी भी ऐसी बनाये हैं कि गुल्लू खान को सजा से कोई बचा नहीं सकता।" गौरव सिंह डायरी वापस करते हुये बोले।

★★★

(बारह)

कल कोर्ट में डायरी पेश की जानी थी, अपरान्ह एस.पी. मित्तल से फोन पर हुई बातचीत के सिलसिले में वे मुंशी जी से मशवरा करना चाहते थे लेकिन गुल्लू का प्रकरण सामने आ जाने की बजह से मश्वरा नहीं हो पाया था, केस डायरी पुट-अप करने से पहले विचार-विमर्श करना जरूरी था। अतः मुंशी जी को शाम के वक्त पुनः बुला लिए थे।

"कुछ खास काम है साब?" आते ही मुंशी जी ने पूछा।

"कुछ खास नहीं, बस यूँ ही, मुंशी जी।"

उन्होंने पुलिस कप्तान मित्तल और अपने बीच हुयी सम्पूर्ण बातचीत मुंशी जी को बता दिये।

"सर, इसका अंदेशा मुझे शुरू से था। ज्वाला सिंह अपनी पहुँच का इस्तेमाल जरूर करेगा।" मुंशी जी बोलते हुये थोड़ा रुके फिर चिंतित होकर पूछे...... "अब क्या किया जाए?"

"आप कल केस डायरी पुट-अप कीजिये।"

"सर यह काम तो वास्तव में फारेस्ट और खनिज विभाग का है।"

"उनसे उम्मीद न करें, हम पुलिस थाना से गुजरने वाले हर वाहन की चेकिंग और कार्यवाही के लिए अधिकृत हैं। हम करवाई करेंगे, मैं कल फारेस्ट और खनिज विभाग से भी सहयोग माँगने के लिए जाऊँगा।"

"ज्वाला ठाकुर को आप कब से जानते हैं?" अचानक विषय बदलते हुए गौरव सिंह बोले।

"साब मै ग्वालियर से प्रमोट होकर इधर आया हूँ, पाँच साल हो रहे है, मेरी पोस्टिंग के यहाँ पर। इतना समय कम नहीं होता है, क्षेत्र को समझने के लिये, लिहाजा मै ज्वाला ठाकुर को नख-सिख तक जानता हूँ।"

“आपकी मुलाकात उनसे हुई होगी?”

“हाँ! देखा हूँ, पहचानता भी हूँ, लेकिन दूर से ही। नजदीक से या उनके घर जाकर कभी मिला नहीं।”

“ऐसा क्यों? जबकि सुना है बड़े-बड़े अधिकारी अफसर उनकी हाजिरी बजाते है।” गौरव सिंह विनोद भाव से बोले।

“सर, आपका यह मुंशी हर दयाल इतना लचीला नहीं है। स्वयं के स्वार्थ में उसे झुकना नहीं आता है। फिर मेरा काम ही क्या, जब दरोगा जी खुद मिलने-जुलने का काम कर लेते थे?” मुंशी जी ने तल्ख लहजे में कहा।

गौरव सिंह को लगा कि मुंशी कुछ छिपा रहा है। ये काम का आदमी हो सकता है, लेकिन क्या छिपा रहा है? कैसे पता चले? यह जानने की मंशा से बहुत चतुराई के साथ वे बोले....

“रंजन की माँ के गायब होने में कहीं ज्वाला का हाथ तो नहीं?”

“हो सकता है, शक करने के कारण भी मौजूद हैं, किंतु कोई भी गैर-कानूनी काम ठाकुर खुद नहीं करता वल्कि सारे गलत काम अपने पालतू कुत्तों से करवाता है। पीठ पीछे वार करने वाला आदमी है। सामने आकर लड़ने का दम नहीं है उसमें, कायर कहीं का।”

“मुंशी जी , लगता है आपने मन में ज्वाला ठाकुर के प्रति बहुत गुस्सा और नफरत है?”

“गुस्सा...नफरत? अरे साब मेरा बस चले तो इस आदमी को कच्चा चबा जाऊँ। मुंशी जी लगभग चीखते हुये बोले।

“अरे... अरे...इतना गुस्सा अभी उचित नहीं है, इसे सम्हाल कर रखिये, मौके पर बहुत काम आयेगा। वैसे ज्वाला ठाकुर मुझे तो इतना बुरा नहीं समझ आता?” गौरव सिंह मुंशी की क्रोधाग्नि को और हवा देते हुये बोले।

“अरे! आप क्या जाने साब? आप दिल के बहुत नेक हैं, इसलिये हर किसी को अच्छा मान लेते हैं। ज्वाला कातिल है कातिल......मेरे बूढ़े माँ

बाप का। मेरी विधवा बहन का हत्यारा।" आगे मुंशी जी बोल नहीं सके गला रुंध गया था, छाती में चट्टान की शक्ल में जमें आँसू पिघलकर आँखों में उतर आये थे।

मुंशी जी को सांत्वना देते हुये गौरव बोले...... "शांत हो जाइये, लीजिये पानी। आप पहले शांत हो जायें, फिर इत्मीनान से बताइये, मै वायदा करता हूँ, यदि आपके साथ कुछ गलत हुआ है, तो मैं आपको न्याय दिलाऊंगा।" गौरव सिंह मुंशी के कंधों में हाथ रखते हुये बोले।

"सर! आज से बीस साल पहले की बात है, उस समय मै मुरैना जिले में पदस्थ था, पत्नी और तीनों के बच्चे साथ वहीं रहता था। मुंशी जी लम्बी साँस खींचते हुये......मेरे माँ-बाप, विधवा बहन को लेकर गांव में रहते थे। मेरा भी गांव कभी सूरजपुर था।"

"क्या सूरजपुर? पहले तो कभी जिक्र नहीं किया आपने?" गौरव सिंह आश्चर्य से बोले।

"हाँ सूरजपुर में मेरा कभी घर था।" अतीत को झाँककर मुंशी जी बोले।

"जी अब आगे बताइए।" गौरव बेताबी से बोले।

"मेरे पिता मुंशी प्रभुदयाल ठाकुर घराने के खास-कलम थे। हिसाब-किताब और लिखा-पढ़ी का काम मेरे पिता के ही जिम्मे था। उन पर हेरा- फेरी का आरोप लगाया गया। एक लाख रूपये की वसूली उन पर निकाली गई। वसूली की रकम पिता जी ने जमा नहीं की तब हमे निस्तार में दी गई तीन एकड़ की जमीन ज्वाला ठाकुर ने छुड़ा ली।"

"जब मुझे पता चला तो मै मुरैना से गांव आकर पिता जी से कहा... "बाबू जी, ज्वाला ठाकुर का इरादा नेक नहीं लगता है, वह कुछ भी करा सकता है।

मेरी समझ से आप लोग भी मेरे साथ मुरैना चलकर रहिए।"

लेकिन बाबू जी नहीं माने। उन्होंने मुझसे कहा......"बेटा, इस ठाकुर ने

खास-कलम की पवित्र आत्मा में दाग लगाया है। इस दाग को धोये बिना सुकून नहीं है। यह ऐसा दाग है जिसके धोने का पानी सिर्फ इसी गाँव में मिलेगा। बिना दाग धोये हम गांव से नहीं जा सकते।"

पिता जी ने अपना निर्णय सुना दिया था। उनकी जिद के आगे मैं कुछ नहीं कर सका। मैं मुरैना लौट आया। लेकिन मुझे घर की बराबर चिंता बनी रहती थी। इसलिए हर महीने गांव जाकर खाने-पीने की व्यवस्था करके लौट जाता था।

एक दिन ज्वाला ठाकुर ठाकुर मेरे घर आकर बाबू जी से बोला...... "मुंशी, तुम नेतागीरी कर रहे हो, गांव में मेरे खिलाफ लोगों के कान भरते हो।

यह ठीक नहीं है। गांव में रहना है तो अपने काम से काम रखो।"

"फिर?" गौरव ने उत्सुकता के पूछा। मुंशी जी को एक गिलास पानी और दिया।

"फिर क्या, सर! वही हुआ, जिसका मुझे डर था। मेरे पिता जी भी कम जिद्दी नहीं थे, वे ठाकुर को कड़ा जवाब दिए। उन्होंने कह दिया...... "ठाकुर! मैं नेतागीरी नहीं कर रहा, लेकिन तुम्हारी हर काली करतूत की जानकारी गांव वालों को जरूर दूँगा, ताकि वे भी जानें कि भीतर से तुम कितने काले हो।"

"ठीक है मुंशी! जो मन में आये करो, लेकिन तुम्हारे लिये ठीक नहीं होगा।" धमकी देकर ठाकुर चला गया। समय अपनी गति से धीरे-धीरे गुजरता गया। लेकिन ठाकुर और बाबू जी के बीच बोलचाल और घरों के बीच आना-जाना सब बंद रहा। इसी दौरान पंचायत चुनाव की घोषणा हो गई, मेरे लाख मना करने के बाद भी बाबू जी माने नहीं। ग्राम प्रधान का पर्चा दाखिल कर दिए। ये पहला मौका था, जब ज्वाला सिंह को किसी ने चुनौती दी थी, इस बार उनकी जीत भी तय लग रही थी, दबी जुबान से गांव का हर आदमी बाबू जी के समर्थन में था। ज्वाला सिंह को नागवार गुजरा, उसने हमारे घर मे रात के दो बजे आग लगवा दी, मेरे बाबू जी,

अम्मा और मेरी बहन भीतर जलकर मर गये।"

"ओह! कोई मदद को नहीं दौड़ा??" दुखी मन से गौरव बोले।

"सभी दौड़े, पूरा गाँव आया था। लेकिन तब तक सब खाक हो चुका था।"

"तकरीबन सुबह पांच बजे पुलिस रेडियो से मुझे मेसेज मिला कि मेरे गांव वाले घर में आग लग गई है। फौरन पहुँचो।" इतना बताकर मुंशी जी पुनः सुबकने लगे।

"पानी लीजिये मुंशी जी।" गौरव सिंह ने अपने हाथ से उन्हें पानी पिलाया।

"सर! मैं वीवी-बच्चों को लेकर गांव रवाना हो गया, लेकिन मुझे गांव तक जाना नहीं पड़ा। यहीं जिला अस्पताल में मेरे माँ बाप और बहन की जली बॉडी पोस्ट मार्टम के लिये लायी जा चुकी थी। वे तीनों ऐसे जल गये थे की पहचानना मुश्किल था। ज्वाला ठाकुर भी अस्पताल में मिल गये। वे मुझे देखते ही, नजदीक आये और मेरे कंधे पर हाथ रखकर बोले......

"हर दयाल! इस घटना से पूरा गाँव दुखी है, मैं दो दिन से गांव में नहीं था भोपाल गया हुआ था, जैसे ही मुझे खबर मिली, सब काम छोड़कर दौड़ा चला आया हूँ। धीरज रखो होनी को कौन टाल सकता है?"

"यह होनी नहीं है, ज्वाला ठाकुर! अनहोनी है। सब पहले से सोची-समझी चाल थी कि घर में आग लगाकर मेरे माँ-बाप को जलाकर मार दिया जाय।" मैं निडर होकर बोला था।

"तुम पुलिस वाले हो। अपने हिसाब से समझोगे, लेकिन गांव वाले तो यही बता रहें हैं कि बिजली के तार से निकली चिंगारी से दुर्घटना हुई है। तुम्हारे घर के ऊपर से हाई पावर का तार भी तो गया है।"

"कमाल का कूटिनीतिज्ञ है ठाकुर।"

"हाँ सर, कई रंग हैं, ज्वाला के।" दुखी मन से मुंशी जी बोले।

"फिर साब! ज्वाला ठाकुर से ज्यादा बात करना, मैंने उचित नहीं समझा, और क्रिया कर्म खिरहनी में करके वापस मुरैना लौट गया।"

"आप ने कहीं शिकायत नहीं की? गौरव सिंह ने पूछा।

"की साब! हर जगह की, कलेक्टर के यहाँ से लेकर मंत्री मिनिस्टर तक गुहार लगाई, पर मेरी कौन सुने? अंत ने पुलिस ने विद्युत् शार्ट सर्किट से आग लगने और जलने से मौत का कारण लिखकर फाइल बंद कर दी।"

"वो फाइल तो यहीं होगी?" गौरव सिंह ने पूछा।

"यहाँ वो फाइल अब नहीं है।" मुंशी जी ने बताया।

"ओह ! मुंशी जी आपके साथ बहुत गलत हुआ है। मुझे बहुत दुख पहुँचा है।"

"आप दोबारा फिर कब गाँव गये?"

"उस हादसे के बाद आज तक गाँव नहीं गया, जाना तो दूर की बात है, साब, उस गांव की दिशा में देखना तक छोड़ दिया हूँ।"

"ओह!" मुंशी जी के दिल में गहरी चोट लगी है। यह सोचकर वे बात में थोड़ा चेंज लाते हुये बोले...... "आपका रंजन से तो परिचय होगा?"

"मैं जानता हूँ, लेकिन वे लोग मुझे नहीं पहचानते हैं। रंजन हमेशा बाहर रहा है, खेती-बाड़ी इसकी माँ ही देखती थी। यह बहुत कम गांव जाता था फिर मेरे साथ घटी घटना बहुत पहले की है। इसकी माँ मुझे जरूर जानती होगी, उसे घटना के बारे में भी मालूम होगा।"

"मुंशी जी! एक नया आवेदन बनाइये, कुछ करते हैं।" गौरव बोले।

"अब क्या होगा साब? बीस साल बीत गये हैं।" निराश मन से मुंशी जी बोले।

"आप हादसे की सब पिछली बातें मुझे लिखकर दीजिये, मैं केस री-ओपेन करूँगा। आदमी को हताश होकर अपनी लड़ाई कभी बन्द नहीं

करनी चाहिए।"

"ठीक है साब, जैसा आप कहें। लेकिन मेरी राय है कि पहले रंजन की माँ का पता लगाया जाए, यह केस पहले साल्व किया जाना आवश्यक है, फिर देखा जाएगा।"

मुंशी जी भारी मन से जाने की इजाजत लेकर कमरे से चले गये थे।

★★★

(तेरह)

मुंशी जी से बात-चीत में बहुत समय बीत गया था। शाम बूढी होने लगी थी पखेरू पंख फड़फड़ाते हुये अपने-अपने बसेरों में लौट आये थे। रात अपना काले आँचल से धीरे-धीरे धरती को ढँकने लगी थी। गौरव सिंह थाना परिसर में ही चहल कदमी कर रहे थे, अचानक उन्हें विचार आया कि क्यूँ न चलकर जुबैदा भाभी के हाथ की बनाई हुई चाय पी जाये। फिर उन्हें लगा की पति की गैरहाजिरी में, वो भी तब......जब घर में पत्नी अकेली हो, नहीं जाना चाहिए। यह नीतिगत भी नहीं है। तभी सायरन बजाती हुई पुलिस की जीप परिसर में आकर रुकी। जीप से एएसआई आसिफ अली नीचे उतरे और उन्हें सल्यूट किया।

"सब खैरियत है न?" वे आगे बढ़कर पूछे।

"हाँ, दिन में तो सब ठीक ही लगा। आज रात में एक बजे के बाद दो एक राउण्ड मारूँगा।" आसिफ बोले।

"ठीक है, जैसा उचित लगे। अभी तो मुझे चाय पीनी है।"

"सर घर तरफ चले, वहीं साथ में चाय पियेंगे।"

"चलिये।"

दोनों को एक साथ आते देखकर जुवेदा खुश हो गयी।

"कॉफी, चाय कुछ पिलाओगी? बेगम को देखते ही आसिफ बोले।

"क्यों नहीं, तशरीफ रखिये। यह तो बहुत अच्छा हुआ आप दोनों साथ आ गये, मैंने चने की दाल के पकौड़े बनाने की तैयारी की है, सोच रही थी की आप लोग आ जाये तो गरमा-गरम पकौड़े तलकर खिलाऊँ, फिर कॉफी या चाय, जो भी बोलेंगे।"

जुवेदा किचन में चली गई थी। मुंशी और उनके बीच हुई बातचीत का

ब्यौरा आसिफ अली को सुनाते हुये गौरव सिंह ने कहा... "मुझे बहुत दुख पहुँचा है।"

"कोई क्या कर सकता है?" किंतु ऊपर वाले की अदालत से मुंशी जी को देर-सबेर न्याय जरूर मिलेगा। गुनाहगार चाहे जितना ताकतवर क्यूँ न हो, बच नहीं सकता। उसके घर भले ही देर हो मगर अंधेर नहीं हो सकता।" आसिफ बोले।

दोनों के दरम्यान की बातचीत में जुबैदा के पकौड़ा लेकर आ जाने से खलल पड़ गई। वे नहीं चाहते थे कि पुलिस की गतिविधियों की जानकारी जुबैदा को हो।

"लीजिए।" पकोड़े प्लेट में रखती हुई जुबेदा बोली।

आसिफ अली के यहां से चाय-नास्ते के फौरन बाद वे थाने तरफ आ गये थे। मुंशी जी को देखते ही वे पूछ बैठे......" चाय-नास्ता कुछ लेगें मुंशी जी?"

"नहीं साहब! इच्छा नहीं है।" मुंशी ने जबाब दिया।

"ये कोई बात हुई?" फिर वे रामसिपाही के हाथ मे वे सौ का नोट रखते हुये बोले......" जाओ होटल से कुछ चाय-पकौड़ा ले आओ। आप दोनों कुछ खा-पी लो और हाँ, मुंशी जी के लिए किमाम, चटनी वाला पान भी।"

इतना बोलकर बगैर कुछ सुने वे सीधे कमरे में आ गये, तभी अचानक ख्याल आया के सुबह सुमन के बस्ते से एक डायरी गिर गई थी, उसे ले तो आये पर देखने की फुर्सत नहीं मिली। वे आलमारी से डायरी निकाल कर पढ़ने बैठ गये।

वे डायरी के पेज पलटने लगे, गजब-गजब कितनी खूबसूरत हैंड राइटिंग है। गोल-गोल आकार के अक्षर सीधे खड़े, न दायें, न बायें झुके, जैसे किसी ने सांचे में ढालकर कागज में सजा दिया हो। यहाँ कोई राइटिंग एक्सपर्ट होता तो इन अक्षरों की विशेषता कहता, फिर भी मेरी अक्ल अनुसार ये लड़की साधारण मिजाज की नहीं है। इसमें व्यवस्थित जीवन शैली के साथ

हर तरह की परिस्थितियों से ताल-मेल रखने वाले मजबूत इरादे और विपरीत हालातों से लड़ने वाले जज़्बे भी मौजूद हैं। उनकी आँख एक पेज पर आकर ठहर जाती है। लिखा था......

"आजकल मन बहुत उदास रहता है। दादी माँ, हम सबको छोड़ कर चली गई। न जाने कहाँ? अपने अंदर की बात अब किससे कहूंगी।" वही तो थी जिसे मै सब बताया करती थी, हर समस्या का अचूक हल उसके पास था। उसके न होने से कई बातें अनकही हैं। किससे कहूँ? कैसे कहूँ।" एक अन्य पेज में......

"वैसे मै पुलिस से नफरत करती हूँ, लेकिन ये नया लड़का जो एसपी होकर आया है, ये अलग तरह का है। पहली मुलाकात में ही मुझे अपने प्रभाव में ले लिया है। इसका उठना-बैठना और बोलने का अंदाज मेरे दिलो दिमाग में घर किये है, आज दादी होती तो मैं उससे सब बता देती।"

एक और पेज में......

"आज सिन्हा अंकल के यहाँ पहली बार देखा कि शहर में किस तरीके से जन्मोत्सव मनाते हैं, गांव में तो शादियों तक में लोग इतना नहीं कर सकते। करें भी कहाँ से? बहुत पैसा लगता होगा न। बेचारे इतना पैसा कहां से लायें? एक अहम बात का जिक्र तो करना भूल रही हूँ, शर्म भी आ रही है, कैसे लिख दूँ, लेकिन जो जैसा महसूस हुआ उसे लिखना भी जरूरी है, ये डायरी के साथ-साथ सच्ची सहेली है, इससे अब क्या छिपाना? उन्होंने जब मुझे खाने से भरी प्लेट दिया तब अनजाने में ही सही उंगलियों ने उस छुअन को सीधे दिल में पहुँचा दिया। अभी तक उस छुअन को महसूस कर रही हूँ। आश्चर्य भी है......उन्हें कैसे पता चला के मुझे खाने में क्या-क्या पसन्द है?

काश आज दादी होती तो मैं पूछ लेती के बताओ दादी प्यार के बीज क्या ऐसे ही अंकुरित होते है?"

इस पेज के सुलेख ने तो गौरव सिंह के समूचे अस्तित्व को भीतर तक

झकझोर कर रख दिया।

आगे के एक और पेज में......

"सुना है कि मुहब्बत में धोखा बहुत होता है। मै सहमत नहीं हूं, मुझे तो गौरव की आँखों में धोखा या छल का नामोनिशान कहीं दूर-दूर तक नहीं दिखता है, सिर्फ दिखाई देते हैं, मजबूत इरादे, जिनके सहारे असम्भव को भी सम्भव बनाया जा सकता है। वह एक जांबाज पुलिस ऑफिसर है। ये भी सुना है कोई लड़की जिंदगी में एक बार ही मुहब्बत करती है, मालूम नहीं। किंतु ... मेरे ऊपर सत्य सा लगता है। अब मुझे स्वीकार करने में कतई संकोच नहीं है, कि मैं गौरव को अपना सब कुछ मान बैठी हूँ। वे मेरे पहले और आखिरी प्यार हैं, उनका प्यार मिलना या न मिलना मुकद्दर की बात है। किंतु मेरा यह प्यार उनकी कमजोरी नहीं ताकत बनेगा।"

इस पेज को पढ़कर गौरव सिंह के होश उड़ गए, सुमन ने लिखा था...

"मुझे अपने मुल्क से बहुत प्यार है, चंद मुट्ठी भर लोग देश को अपनी संपत्ति मान बैठे हैं। वे सभी बारी-बारी से मुल्क के खजाने को लूट रहे हैं। हर कमजोर और गरीब को अपनी रियाया कहते हैं, लेकिन सबसे ज्यादा शोषण इसी तबके के लोगों का हो रहा है। ऐसे लोगों के प्रति मेरे दिल मे जबरदस्त गुस्सा है। मै चुप बैठने वालों में से नहीं हूँ। इस साल मुझे कानून की डिग्री मिल जायेगी। मैं घर-घर जाऊंगी, महिलाओं को जागरूक और संगठित करूंगी। बहादुर पुलिस ऑफिसर, मेरा आदर्श, मेरा प्यार, अकेला नहीं है, जरूरत होने पर उसके साथ नारी शक्ति होगी, हाथ में नंगी तलवार लिये, कदम से कदम मिलाते हुये।"

"जय हिंद" "इंकलाब जिंदाबाद।"

गौरव सिंह आगे के पेज नहीं पढ़ पाये, उन्होंने डायरी बन्द कर दी। वो जिसे सिर्फ एक खूबसूरत और जज्बाती लड़की समझ रहे थे। उसके मन में विद्रोह की आग भी सुलग रही है। इसका अंदाजा उन्हें डायरी पढ़कर हुआ। यह लड़की महज दिल की सुन रही है, दिमाग तो इसका सुन्न पड़ा है। इसे

समय रहते समझाना चाहिए, अन्यथा रंजन परिवार विकट मुसीबत में आ सकता है। लेकिन इससे कैसे मिला जाए? क्या इसके घर जाकर मिलें?

नहीं-नहीं, ये उचित नहीं होगा। गांव से आये हुए लोग है, इनकी समझ अभी पचास साल पीछे चल रही है। जाने क्या समझ बैठें?

तो क्या सिन्हा अंकल की मदद ली जाये। यह भी सही नहीं लगता, वह यह न सोच बैठें कि ये लड़का नौकरी करने की बजाय इश्क मुहब्बत में पड़ गया है। तब क्या किया जाये? सुमन से मिलना बहुत जरूरी है, वो भी नितांत अकेले में। लेकिन कैसे सम्भव हो? उसके पास तो मोबाइल तक नहीं है। जबकि आज के जमाने में घर में जितने लोग होते है, सबका अपना-अपना फोन होता है। क्या कालेज जाकर मिला जाये? नहीं यह भी ठीक नहीं लगता।

"कशमकश की ऐसी स्थिति हर आदमी के जीवन काल में आती है। जब कोई सही गली नहीं सूझती है। तब आदमी के स्वयं का अंतर्मन राह सुझाता है, संकेत देता है, उन संकेतों को समझकर चलने से कभी भटकाव नहीं होता है।"

अचानक आशा की एक नई किरण आँखों को दिख गयी, और उभर आया उर्मिला आंटी का दार्शनिक सोच वाला चेहरा। ये माँ की करीबी है, मेरे गांव के है, सुमन के पड़ोसन हैं। इन्हें बताने से कोई हर्ज नहीं है। ये अत्यंत गम्भीर स्वभाव की सुलझी हुई महिला हैं। उनसे फोन करके मिलने का समय लेना चाहिए। गौरव सिंह उर्मिला आंटी का नम्बर मिलाने लगे......

फोन संयोजन होने पर उर्मिला आंटी की नाराजगी भरी किंतु अपनत्व-रस में सनी मीठी आवाज सुनाई दी...... "हद कर दी, इतने दिनों बाद आज तुम्हें मेरी याद आई??"

"क्या करें आंटी ! बहुत काम उलझा हुआ है। कल सुबह आपके साथ घर आकर चाय पियेंगे।"

"बहुत खुशी होगी मुझे, तुम आठ बजे तक पहुँचो, मै आलू गोभी के

पराठे के साथ तुम्हारी पसन्द की आंवले की चटनी खिलाऊंगी। भूलना नहीं. .....मैं इंतजार करूंगी, ओके!! उर्मिला आंटी एक साँस में सब बोल गईं।

"अंकल कहाँ है?" गौरव ने जयंत सिन्हा को पूछा।

"वे कवि सम्मेलन में चित्रकूट गये हैं।"

"तो कल उनसे मुलाकात नहीं हो पायेगी, क्या?"

"नहीं, वे आज ही तो गये है, शाम को चार बजे, दो दिन बाद आना होगा। लेकिन तुम कल जरूर आओ, अंकल नहीं हैं तो क्या हुआ? और तो सभी हैं न।" आग्रहपूर्वक उर्मिला बोलीं।

"जी! आंटी पक्का आना है।" फोन डिस्कनेक्ट हो गया।

जयंत सिन्हा के बाहर होने को सुनकर गौरव सिंह मन ही मन प्रसन्न हुए थे। उनकी मौजूदगी में वे खुलकर बात नहीं कर सकते थे। अब उन्हें नींद का आभास होने लगा था, उन्होंने कमरे की लाइट ऑफ कर दी और डायरी को सीने से लगाए हुये बिस्तर में पड़ गये।

★★★

(चौदह)

रात को विलम्ब से सोने की वजह से एसपी गौरव सिंह की नींद सुबह सात बजे खुली। दैनिक कृत्यों से निपटने के बाद वे कमरे से बाहर आये। सामने से उन्हें रामसिपाही आता दिख गया, वे उसे नजदीक बुलाकर बोले... "मुंशी जी आएं तो बता देना कि मैं काम से जा रहा हूँ, वैसे मैं ग्यारह बजे तक लौट आऊँगा। चेकिंग में कोई ढिलाई मत बरतना।"

"जी साब!! कोनो ढिलाई न होगी। आज रात बेरा दोई ट्रकन का अंदर किहो साब।"

"किसके है??"

"जे तो मालूम नई, मुंशी जी खो पता है।"

"ठीक है, ध्यान रखना।"

इतना पूछकर वे पैदल ही चल पड़े। कुछ आगे चलकर सामने से आती हुई टैक्सी को हाथ के इशारे से रोककर बैठ गये और बड़े हनुमान मंदिर के पास टैक्सी से उतर गये। आज मंदिर में अपेक्षाकृत कम भीड़ थी। मंगल और शनिवार के दिन मंदिर में भक्त लोग अन्य दिनों की तुलना में ज्यादा आते हैं। गौरव सिंह, हनुमान जी के दर्शन करते के बाद पैदल ही सिन्हा जी के घर की ओर बढ़ गये, उनका घर मंदिर से ज्यादा दूर नहीं था, मात्र दस मिनट का रास्ता था। घर के बाहर ही उनका छोटा बेटा अंकित मिल गया, जो उन्हें अंदर ले गया।

"मुझे पक्का यकीन था कि तुम समय पर पहुँच जाओगे।" किचेन से बाहर आती हुई उर्मिला बोलीं।

उर्मिला के पांव छूकर समीप पड़ी हुई कुर्सी पर वे बैठते हुये बोले... कैसे न आता, आंटी। आपसे वायदा जो किया था।

"ठीक है, तुम बैठो, मैं अभी गरम-गरम पकोड़े तलकर चटनी के साथ

परोसती हूँ।"

ठीक पाँच मिनट बाद वे टेबल में पकोड़े रखकर सामने पड़ी हुई कुर्सी में बैठते हुये बोली......" नास्ता भी चलता रहेगा और बातें भी होती रहेगी।"

"जी आंटी, एक्चुअली मैं आपके पास एक खास मसअले पर बात करने को आया हूँ।"

सुमन की डायरी वे उर्मिला आंटी के सामने रख दिए।

"ये?"

"सुमन की डायरी है, इसे पढ़िए।"

डायरी पढ़ने हुये उर्मिला के ओठों में मुस्कुराहट के साथ चेहरे पर उतार-चढ़ाव आ-जा रहे थे। कुछ पेज पढ़ने के बाद डायरी बंदकर गौरव के चेहरे पर नजरें केंद्रित करती हुई बोलीं...... "एक बात बताओ, क्या तुम भी सुमन को उतना ही प्यार करते हो, जितना सुमन तुमसे करती है। सुमन की सच्चाई तो डायरी में दर्ज है। अपनी चाहत को पूरी ईमानदारी के साथ उसने डायरी में लिख दिया है।"

"जी आंटी, आप मेरे लिये माँ जैसी हैं। आपसे कुछ छिपाऊँगा नहीं। यकीनन मै सुमन को बहुत लाइक करता हूँ, किंतु मेरे सामने अभी बहुत चुनौतियाँ है, मेरा पहला दायित्व उसकी दादी को ढूँढना है। मै हर कदम फूँक-फूँक कर रखना चाहता हूँ। डायरी पढ़कर मुझे भय सताने लगा है, कि कहीं यह जज्बात में आकर कोई गलत कदम न चल बैठे। इसकी बदौलत कहीं इसका परिवार और खुद मुसीबत में न पड़ जाये।"

"तुम्हारी शंका निर्मूल नहीं है, लेकिन ऐसा कुछ नहीं होगा, गौरव! निश्चिन्त रहो। सुमन बहुत समझदार लड़की है। मेरी हर बात मान लेगी।"

उर्मिला जी थोड़ा ठहर कर फिर बोलीं... "तुम सुमन से मिलना चाहोगे?"

"हाँ, अगर उसे कोई कोई परेशानी न हो तो।" सकुचाते हुए गौरव बोले।

"परेशानी कैसी? मैं बुलाये देती हूँ, तुम अपने हाथ से उसे डायरी लौटाना।"

उर्मिला का फोन पाकर सुमन तुरन्त आ गई थी। आते ही गौरव ने उसे डायरी लौटा दी। वह उर्मिला और गौरव के बीच खुद को पाकर असहज महसूस कर रही थी। वह फोन मिलते ही, जैसे घर में थी, वैसे ही अस्तव्यस्त कपड़े पहने, बाल उलझाए, माँ की स्लीपर पैरों में डालकर चली आयी थी। उसे उर्मिला आंटी पर गुस्सा आ रहा था......लेकिन व्यक्त नहीं कर सकती थी। उन्हें कम से बुलाने का मकसद तो बताना चाहिए था। वह सर झुकाए बैठी रही, गौरव को धन्यवाद तक नहीं बोली। उसकी मनःस्थिति को भाँपकर उर्मिला गम्भीर होकर बोलीं......

"देखो सुमन, मैं यह नहीं जानना चाहती की ये डायरी वाला मामला क्या है?तुम्हारे पास से गौरव के हाथ में कैसे आई? ये जरूरी भी नहीं है। मेरा अनुमान है कि तुम दोनों एक दूसरे से दिल की गहराइयों से मुहब्बत करते हो। तुम्हारी चाहतें सही वक्त पर सबके सामने आयेगीं। तुम दोनों को कोई जुदा नहीं कर सकता है। यह मैं नहीं कह रही, वल्कि ये उस महान के संकेत है, जिसकी हुकूमत हर जगह सब पर चलती है। उसकी मर्जी के बगैर पत्ता तक नहीं हिल सकता। कोई घटना अकारण नहीं होती। घर घटना के साथ भविष्य का संकेत छिपा होता है, अनुभवी आँखें सब पढ़ लेती हैं।"

"कोई गलती हुई आंटी मुझसे?" सर झुकाए हुये सुमन ने पूछा।

"हाँ हुयी है। डायरी कोई मामूली चीज नहीं होती, जिंदगी के साथ किए हुए वायदे डायरी के पन्नों में दर्ज होते हैं, जिंदगीनामा होता है, डायरी के हर शब्द में। इन पन्नों को सहेजकर रखना चाहिए था, जो तुमसे हुआ नहीं। तुम डायरी को लेकर तनाव से गुजरी होगी?"

"जी, बहुत टेंशन रही।"

"यह तो अच्छा रहा, तुम्हारी डायरी उसी के हाथ में गयी, जिसके लिए तुमने लिखी है।"

"और मुझे भी कैसे पता चलता कि सुमन के मन में क्या चल रहा है?" गौरव बोले।

हाँ, सिर्फ इतना चाहती हूँ कि प्यार-मुहब्बत की बातें अभी सीमित दायरे में रखो। सही वक्त का इंतजार करो। वक्त आने पर कब क्या करना है? यह मेरे ऊपर छोड़ दो। दूसरी बात जज्बात में आकर कोई ऐसा कदम नहीं उठाना है जो तुम्हारे परिवार के लिए रुसवाई का सबब बने। उचित है तुम अभी अपनी पढ़ाई पर ध्यान दो, गौरव अपने मिशन पर ध्यान दें। मुझे पूरा यकीन है कि ये बहुत जल्द अपने मिशन में कामयाब होंगें।"

"आपका कद मेरी नजर में बहुत ऊँचा है आंटी! अब आपसे कुछ छिपा नहीं है। मै आपको यकीन दिलाती हूँ, जैसा आप कहेंगी, वैसा ही करूंगी।" सुमन बोली।

"तुम बहुत समझदार हो सुमन! मुझे तुम पर नाज है।"

"भरोसे के लिए थैंक्स आंटी, लेकिन जब ज्ञानी और साधन सम्पन्न लोग वासनाओं की ढेर में बैठे हो, अकर्मण्य-अज्ञानी कुछ किये बिना सब पाने की लालच में मन्दिर में हाथ जोड़े पंक्तिबद्ध खड़े हों, जिन्हें समाज और मुल्क को सही दिशा में ले जाने की जिम्मेदारी मिली हो, वे पद-अर्थ के नशे में होश खो चुके हों, तब पीड़ित और प्रभावित को आत्मरक्षार्थ या आत्मसम्मानार्थ कुछ न कुछ करना चाहिए न??"

"बेशक करना चाहिए, इतिहास गवाह है, ऐसा हुआ भी है, अंग्रेजों की गुलामी से मुल्क को आजादी ऐसे ही नहीं मिली है, बहुत लोगों का संकल्प और प्रयास लगा है, जिनमें से कुछ का नाम हर किसी को मालूम है और कुछ का नाम अज्ञात में है। लेकिन उन अज्ञात लोगों के प्रयास को कमतर नहीं आंका जा सकता है। कोई बड़ी शिला जब टूटती है, तब किसी न किसी की आखिरी चोट जरूर होती है, जिसे श्रेय मिलता है, शाबासी मिलती है, लेकिन उसके पहले की लगाई हुई चोटों पर चर्चा तक नहीं होती।"

"अरे छोड़ो, कहाँ की बातें मैं भी ले बैठी......चलो पकौड़े खाओ, पहले,

ठंडे हुये जा रहे हैं। मैं और तलकर लाती हूँ।"

गौरव और सुमन के मना करने के बावजूद उर्मिला मानी नहीं, वे किचेन में चली गईं। इधर गौरव को मौका मिल गया, वे अपने हाथ से सुमन को पकौड़े खिलाने लगे।

सुमन उनकी कलाई थाम कर बोली......" क्या करते हो आंटी देख लेगीं तो, क्या कहेंगी।"

"यही कहेंगी......सुमन बिटिया! गौरव का हाथ अब कभी मत छोड़ना।"

"बहुत शरारती हो।" कलाई से पकड़ ढ़ीली करती हुई सुमन बोली।

"एक तुम्हारा फोटू ले लें।" गौरव सिंह मोबाइल का कैमरा ऑन करते हुये बोले।

"सामने बैठी हूँ...खींच लो। लेकिन मुझे तुम्हारी फोटो की जरूरत नहीं है।"

"क्यों?"

"जिसकी तस्वीर दिल ने उतार ली हो, उसकी अलग से तस्वीर रखने की क्या जरूरत?" निगाहें झुकाकर सुमन ने कहा।

"मतलब तुम्हारे दिल में कैमरा फिट है?"

"हाँ जी, बहुत बड़ा कैमरा फिट है।"

"दिखाओ।"

"पागल, मेरी आँखों की गहराई में झाँको, सब दिख जायेगा।"

"अभी झाँकता हूँ, आँखें तो ऊपर करो।"

वे किसी नादान बच्चे की तरह सुमन के सौम्य, शांत, मोहक मुख की तरफ एक-टक देखने लगे। सुमन अपनी हँसी रोक नहीं पायी।

"गौरव! आप तो बच्चों की तरह हरकतें करते हैं, कौन मानेगा आप आईपीएस हैं?"

"सुमन! कुछ चीजें आज तक परिभाषित नहीं हो पाई हैं। शब्दों के भंडार रिक्त हो गए लेकिन हकीकी एहसासात को बयाँ नहीं कर पाये।

जैसे 'मुहब्बत' को। कौन, किसे, कैसे बताये की कितनी मुहब्बत है? है, किसी के पास कोई नापने का पैमाना? शायद नहीं है।"

"मेरे पास है।"

"होगा, शायद वह भी दिल में फिट होगा??"

इस बात पर दोनो हँस पड़े थे, मुक्ताभ दंत पन्तियों से प्रस्फुटित हास्य-निर्झरिणी से रुखसारों पर उकर आये अवर्णीय गड्ढे, गौरव की हथेली को स्पर्श से नहीं रोक सके। वे सुमन के रुखसारों को हथेली में लेकर उसकी झील सी गहरी आंखों में झांकने लगे थे।

हँसी की खनक उर्मिला आंटी के कानों तक पहुची थी, वे जान-बूझकर किचन से विलम्ब से निकलीं, ताकि दोनो एक दूसरे से बातें कर लें। उर्मिला आंटी को किचन से बाहर निकलते देख दोनों सहज हो गए। वे प्लेट में गर्म पकौड़े रखते हुई बोली...लो और खाओ।

"नहीं...नहीं, आंटी बहुत खा गये, अब हमें चलना चाहिए। और भी बहुत काम पड़े है।"

"ठीक है बेटा! ऐसे ही कभी-कभी आते रहा करो।" उर्मिला ने कहा।

उन्हें जाता हुआ वे दोनों तब तक देखती रही जब तक वे आँखों से ओझल नहीं हो गये। उर्मिला सोचने लगीं,......" कितना नेक-दिल लड़का है। इतने बड़े पद में होने के बावजूद भी रिस्तों को कितनी अहमियत देता है।"

....

खिरहनी कोई बड़ा प्लेस नहीं है। थोड़ी-थोड़ी दूरी पर सभी कार्यालय हैं। गौरव सिंह हनुमान मंदिर के पास से दायीं ओर की सड़क में मुड़ गये

जहाँ थोड़ी दूर पर तहसील है। उनकी इच्छा हुई की नवनियुक्त एसडीएम से मिलकर कानून व्यवस्था पर चर्चा की जाये। थोडे समय के अंतराल में वे सुश्री 'के.ऐय्यर' नवनियुक्त महिला एसडीएम के सामने बैठे नगर के हालात पर विचार-विमर्श कर रहे थे।

"मैडम! ज्वाला ठाकुर का जो बियर बार चौक बाजार में संचालित है, वहाँ पर कुछ गैर कानूनी और अवैध कारोवार चल रहे हैं। ऐसी सूचना मुझे मिली है। आप कुछ करिये न, प्लीज।"

"इंफॉर्मेशन तो मुझे भी बड़ा-बड़ा है। वट ह्वाट कैन आई डू, अलोन...कलेक्टर सर से एक्शन का पोरमिशन नहीं मिलने का। इन साइड बड़ा डंजर लोग है सबको परचेज करके रखता है। मुझे क्या पड़ा है? वे कंधे उचकाते हुई बोलीं। मेरा अबी का न्यू प्रमोशन है......प्रोवेशन पीरियड इन प्रोग्रेस। सॉरी! आई एम नॉट इंट्रेस्टेड टू टेक मच एक्शन। मुझे किसी से दुश्मनी नहीं लेने का, सर।"

गौरव सिंह निराश होकर वहाँ से बाहर आ गये। यह सोचते हुये- "गजब करते हैं, अपनी-अपनी नौकरी की, अपने-अपने घर द्वार की चिंता सब को है... देश और समाज के प्रति सोचने की फुर्सत किसी को नहीं। एक अन्यायी के पांव तले बेसहारा-लाचार दबे हुये लोगों को बाहर निकालने की चिंता किसी को नहीं है। अब अकेले दम मुझे ही कुछ करना होगा।"

इन्हीं सोच-विचारों में डूबते-उतराते हुये वे थाना पहुँच गये। इस समय थाने की दीवाल पर लगी घड़ी दोपहर के बारह बजा रही थी। उन्हें देखते ही आसिफ अली नजदीक आकर बोले... "आपकी भाभी, लंच के लिये इंतजार कर रही है। आप सुबह बिना नास्ता किये चले गये थे।"

"आप चलिए, मै चेंज होकर पहुँचता हूँ।" यह कहते हुये वे अपने रूम की तरफ बढ़ गये।

★ ★ ★

(पन्द्रह)

गौरव सिंह दोपहर के भोजन से निवृत होकर अपने कमरे में लौट आये थे। आज वे अपने आपको असहज महसूस कर रहे थे, किसी तरफ से उन्हें कोई सहारा नहीं दिख रहा था। किसके सहयोग से वे आगे को बढ़ें? यहाँ तक की विचार-विमर्श करने के योग्य भी कोई नजर में नहीं आ रहा था, जिससे मश्वरा कर आगे की रणनीति तय कर सकें। तीन माह कार्य-काल के बीतने चले हैं, मगर कोई ठोस परिणाम सामने नहीं आया। यह ठीक है ज्वाला ठाकुर के लगभग सभी अवैध कारोबार ठप्प करा दिये गये हैं। लेकिन इससे कोई ज्यादा फर्क ज्वाला ठाकुर को नहीं पड़ेगा?

मेरे जाते ही वह अपना कारोबार फिर से शुरू कर देगा। रंजन की माँ को ढूँढ़ने में कोई कामयाबी अब तक नहीं मिली है। क्या किया जाये? कुछ समझ में नहीं आ रहा। गौरव सिंह मन-ही-मन विचार कर रहे थे कि उन्हें अँधेरे में उजाले की एक छोटी सी किरण मुंशी जी के रूप में दिख गई। उन्हें लगा कि मुंशी जी सबसे समझदार और अनुभवी स्टाफ है। उन्हें दुनियादारी की अच्छी समझ है, तो क्यूँ न मुंशी जी से राय मशविरा किया जाय?

यह सोचकर वे कमरे से बाहर आये। परिसर में टहलता हुआ रामसिपाही दिख गया। उसे पास बुलाकर मुंशी जी को पूछे।

"मुंशी जी कहीं गओ है, साब! आध घण्टा से जादा हो गओ।"

"ठीक है, जब भी आएं, उन्हें मेरे पास भेज देना।"

मुंशी को भेजने को बोलकर वे पुनः कमरे में चले गये। सामने लगी दुर्गा की तस्वीर के आगे हाथ जोड़कर बोले.... "रास्ता दिखाओ माँ!, कुछ सूझ नहीं रहा है। क्या करें? अब आपका ही सहारा है।"

तभी बरामदे की तरफ से किसी के पदचाप सुनाई दिये। वे समझ गए कि मुंशी जी चले आ रहें हैं। हाँ, वही थे, मुंशी जी को कुर्सी पर बैठाकर

गौरव सिंह बोले......

"मुंशी जी, हम अपने लक्ष्य से बहुत दूर चल रहें हैं। मेरा यहाँ से जाने का समय भी नजदीक आ रहा है। आप पुलिस के अनुभवी स्टाफ है, जमाना देखा है, कुछ न कुछ उपाय सोचिये। वरना बहुत बदनामी होगी, और मेरे हिस्से में असफलता का दाग भी आएगा।"

"साब! हम अपना काम कर चुके हैं। अब परिणाम आने की बात है, वो भी आयेगा।"

"मैं केवल बातों के दम से स्वयं को सन्तुष्ट नहीं कर सकता, मुंशी जी! मुझे रंजन की माँ चाहिए।" खिन्न होकर गौरव बोले।

"जरा सब्र से काम लीजिए, साब, हमने ज्वाला ठाकुर का काम-काज ठप्प कर दिया है। वह चुप बैठने वाला आदमी नहीं है। कुछ न कुछ खुराफात जरूर करेगा। आप निश्चिन्त रहे, मेरी कड़ी नजर उसकी हर चाल पर है।"

"अभी चौक बाजार वाला वियर बार चल रहा है। उस पर कार्यवाही की बात आई तो एसडीएम मैडम ने हाथ खड़े कर लिये।"

"अभी कुछ हासिल भी नहीं होगा, कार्यवाही करने से, ज्वाला ने फिलहाल अपने सभी अवैध कारोबार स्थगित कर रखा है।" मुंशी जी ने बताया।

"ठीक है सब मान लेते हैं। लेकिन रंजन की माँ का तो कुछ पता नहीं चला, सारी चिंता इसी बात की है।" गौरव सिंह परेशान होकर बोले।

"साब, ज्वाला की गली से होकर ही माँ का पता लगेगा। यह मैं दावे के साथ बोल रहा हूँ और हम सही दिशा में चल रहें हैं।" मुंशी जी बोले।

ऊपर से यह "सांध्य तारा" अखबार वाला सुकेश वर्मा पुलिस के पीछे हाथ धोकर पड़ा है कुछ न कुछ पुलिस पर लिखता रखता है।"

"ये अखबार वाला वर्मा, ठाकुर ज्वाला सिंह का पालतू कुत्ता, कुछ ज्यादा ही स्वामिभक्त है। इसलिये भूँक रहा है। इसे भूँकने दीजिये। कुछ ज्यादा इसकी औकात नहीं है साब। जब कहें इसकी बोलती बंद कर दें, लेकिन यह

करना अभी सही नहीं होगा।" गहरी लेते हुए मुंशी जी बोले।

"तो मुंशी जी अब हम क्या करें? चुप होकर बैठ भी तो नहीं सकते?"

मुंशी जी को पहली दफे गौरव सिंह परेशान दिखे थे, परेशानी की वजह भी थी। अखबारों के द्वारा पुलिस की खराब छवि जनता को दिखाई जा रही थी। जनता तो बेचारी भेड़-बकरी के प्रजाति की है। जिधर हांक दीजिये चली जाएगी। वह अखबारी खबर को झूठ नहीं मानेगी।

"साब, मुंशी जी कुछ सोचते हुए बोले......" एक काम कीजिए आप, राजनगर जाकर एसपी साब से कुल जमा डेढ़ महीने की अपनी तैनाती और बढ़वा लीजिए। साथ ही उन्हें कम से कम दो सौ के लगभग स्टाफ की तैयारी को भी कह दीजिए। वक्त-बेवक्त जरूरत पड़ सकती है। मुझे पूरी उम्मीद है एक माह के भीतर "दूध का दूध और पानी का पानी सामने आ जाएगा।" मुंशी जी कुर्सी से उठते हुये बोले।

"शायद आप ठीक कह रहे है मुंशी जी।"

"देख लेना साब! इस बार हमला ज्वाला ठाकुर के तरफ से होगा, वो भी दो चार दिनों के भीतर......साला चोट खाकर पगलाया हुआ है। हमें उसका मुँह तोड़ जबाब देना होगा। मुंशी जी ज्वाला ठाकुर को गाली देते हुये बोले।"

"ठीक है मुंशी जी, कल राजनगर जाकर मित्तल साहब को रिपोर्ट करने की सोच रहा हूँ।"

"जी! बेहतर रहेगा।"

मुंशी जी सलाह देकर चले गए थे, लेकिन गौरव का उद्विग्न मन शांत नहीं हुआ। उनकी ज्वाला सिंह में उतनी रुचि नहीं थी, जितनी रंजन की माता जी को तलाशने में थी। अब तक उन्हें कोई सफलता नहीं मिली थी।

★★★

(सोलह)

ज्वाला ठाकुर की विशेष बैठक में आज सिर्फ उन्हीं लोगो को तरजीह दी गई थी जो हमेशा से ही उनकी हर बात के राजदार रहे हैं। इस तरह की बैठक तभी हुआ करती है जब कोई विशेष जरूरत होती थी या कोई नई योजना पर राय-मशवरा करने की बात आतीथी। बाहर उनके दोनों बॉडीगार्ड इधर उधर बीड़ी फूंकते हुये चहलकदमी कर रहे थे। एक खरतनाक सा दिखने वाला सख्स भेड़िया की कद काठी वाले काले कुत्ते की चेन पकड़े इधर-उधर घुमा फिरा रहा था।

तख्त में रखे मसनद पर हमेशा हाथ और कमर टिकाकर बैठने वाले ज्वाला ठाकुर आज थोड़ा आगे की ओर झुक कर परेशान से बैठे थे। सामने लगी कुर्सियों पर आठ दस की तादाद में बैठे हुये लोग आपस में इधर-उधर की बातें करने में मश्गूल थे। तभी ज्वाला ठाकुर गला साफ करते हुए बोले...... "इधर तकरीबन तीन महीना बीतने को हैं, सब काम-धंधा बंद पड़े हैं। बाहर से आमदनी आना बन्द है। यह बात सब लोगन का पता है। अब क्या किया जाए? अब जादा दिन हमारे समझ से चुप रहना ठीक नहीं है। आप लोगों की राय जानना चाहता हूँ।"

"ठाकुर मालिक! एक पुलसिया मच्छर का इतना जादा काहे का तरजीह देइत है, बस मालिक हुकुम करैं। इआ मच्छर का हम चुटकी मा मसल के रखि देब।" गोल-गोल, लाल-लाल, बड़ी-बड़ी आँखन वाला कातिल सा दिखने वाला आदमी बोला।

"कभी कभी तो अकल चलाया करो मंगल गुरू, अकल की लड़ाई में अकल से ही जबाब देना पड़ता है। छुरी-तलवार हर जगह काम नहीं आते हैं। तुम्हें हर मसले का हल मार-काट में दिखता है। तुम्हारी बात अपनी जगह पर दुरुस्त है। लेकिन इसके पहले और भी विकल्प है, उन पर भी गौर किया करो।" सांध्य तारा अखबार का सम्पादक सुकेश वर्मा आँख से

चश्मा उतारते हुये बोला।

मंगल को सुकेश की बात पसंद नहीं आयी, वह नाराजगी जाहिर करता हुआ बोला...... "तुम कलम कागज वाले हो...टेढ़ी मेढ़ी गली तुम पकड़ो। अपुन सीधी-सीधी गली चलन वाला आदमी ठहरा। अपुन इत्ता जानत है कि चिरइया केर पखना कुतर दो, उड़ना भूल जैहै... बस।"

"जे पुलिस अफसर अब जाने वाला है। तीन महीना बीतन को हैं। एक्खे चले गयो से सब पहिले जइसन काम दौड़य लगी, जादा कुछ करै केर जरूरत तो मोखा नहीं लगय।" समझदार दिखने वाले एक अधेड़ से आदमी ने कहा।

"मुखिया, हमहूँ इहै सोचत रहेन। तबै न अब तक चुप्पे रहेन। पै लागत है गलती भय, रोग के लक्छून जैसई देखाय दवा-दारू से दबाय देय का चाही। तुरत मा कम दवा लगत है, फेर रोग बढ़न पे जादा दवा लगत है।" गम्भीर होकर ज्वाला ठाकुर गांव की भाषा में बोले।

"मालिक! हमरे विचार से कुछ धूम धड़का होय का चाही, जिंदाबाद, मुर्दाबाद बहुत दिनन से नहीं हुआ। रंजनमा केर महतारी तीन महीना से गायब है, आखिर आय त हमरे गांव-घर केर। । इआ गढ़ी से उनकर पुरान नाता रहा है। हम कैसन चुप्पे बैठी?" चूड़ीदार पायजामा और लम्बा कुरता पहने और सफाचट दाढ़ी मुच्छ वाले आदमी ने कहा। वह देखने में राजनीतिक पार्टी का नेता जैसा लग रहा था।

"मालिक, हमें भी लगत है "सुख्खन भइया" ठीक कह रहें हैं। पुलिस के साथ-साथ एसडीएम दफ्तर और जंगल विभाग सबका घेराव की रणनीती बनै। तहसील मा बिना रूपया खबाये नजरी नक्शा तक नहीं मिलै। कौनव बाबू अपने टेबुल मा नहीं मिलै। एक अन्य व्यक्ति ने कहा जो सुख्खन के पास ही बैठा था।

बैठक कक्ष में मिनट भर की चुप्पी रही, कोई कुछ नहीं बोला था, जैसे सुख्खन की बात पर सभी गम्भीरता से मनन करने लगे हों। तभी ज्वाला

ठाकुर अपनी रोबीली आवाज में बोले...

"सुख्खन तुम ठीक कहते हो। पै हम अउर विभागन का अबे अपने एजेंडा से बाहर कई रहेन हैं। सिरफ पुलिस पर जोरदार हमला बोला जाए, पूरी ताकत से। ठीक आज के चार रोज बाद केर तारीख पक्की।"

सब एक स्वर में चिल्ला पड़े...ज्वाला ठाकुर जिंदाबाद। ठाकुर ने हाथ के इशारे से सभी को शांत रहने का इशारा किया और आगे बोले......

"आंदोलन प्रदर्शन के ठीक तीसरे दिन से हम लोग थाना केर सामने अनिश्चित कालीन धरना पर बैठ जैहैं। इआ बार पूरा शहर, गांव इलाका देखी, जोन आज तक कबहुँ नहीं भा। इआ दफा हम खुद आंदोलन केर अगुआई करब।"

"ठाकुर दादू! जो हुकुम मिलै त कुछू हम बोलै चाहित हैं।" बैठक में उपस्थित एक बुजुर्ग से दिखने वाला आदमी अगोछी से नाक पोछता हुआ बोला। शायद उसे जुकाम था।

"हाँ--हाँ, बोलो पुजेरी।" ज्वाला ठाकुर ने आश्वस्त किया।

"हमरे समझ अनुसार पहिले जिला परसासन और शासन सत्ता का जरिये नोटिस इत्तला करै का चाही फेर मियाद बीते धरना परदरसन करै का नियम है।" उसने कहा।

"हम कोई नोटिस-फोटिस न दैहें पुजेरी। तीन महीना से जादा टाइम बीत गया पंडिताइन के कौनो रता-पता नहीं आय। अब हम चुप्पे नाहीं बैठ सकत। एसडीएम मैडम का सब बताबा जाय चुका है।" ज्वाला ठाकुर तल्ख होकर बोले।

अज्ञानी को समझाइस देना सरल है ज्ञानी को समझाना थोडा कठिन है पर अभिमानी को समझा पाना बहुत मुश्किल काम है। फिर भी साहस बटोर कर पुजारी दुबारा से बोला......

"जो हुकुम ठाकुर दादू, पै एक बात मान लेई, परदरसन अबे एक रोज का

रखा फेर नोटिस दीन जाये कि पन्द्रा दिन के भीतर जो पंडिताइन का पुलिस नहीं खोज पाबे तो हम लोग लगातार धरना देबे। काहे से अबे शादी-विआह अउर खेती किसानी केर सीजन चलत है, गांव वालेन का परेशानी होई।"

"ठीक है, इआ बात मानय जोग है। तो आज से चार रोज बाद तारीख बाइस का हम थाना खिरहनी के सामने धरना प्रदर्शन करबे। इसकी रूप रेखा सब कोई मिल बैठ के बनाय लें। एक बात अउर हम सभ्य अउर सज्जन लोग हैं, हमार धरना प्रदर्शन शान्त ढंग से चली, हम गांधी बाबा का मानय-जानय वाले हैं, तो उनहिंन केर बताई गली पर चलब।"

ज्वाला ठाकुर जिंदाबाद !! जिंदाबाद !! जिंदाबाद !! सभी एक साथ चिल्ला पड़े। ठाकुर से उन सब को इशारे से चुप कराया।

"तो अब बात तय रही, ए मा कोई रद्दोबदल न होई...कोऊ कुछ बोलै चाहे तो अनुमति है।"

"अब कोई कुछ नहीं बोलेगा।" सभी एक स्वर में बोल उठे।

बैठक समाप्त करने की घोषणा कर ज्वाला ठाकुर भीतर चले गये थे। बैठे हुए लोग धीरे-धीरे उठकर अपने घरों को जाने लगे थे।

★★★

(सत्रह)

यायावरी रजनी किसी दरिया के शान्त जल में बैठकर तमन्नाओं का हार रंग-बिरंगे महकते गुलों को चुनकर महीन और अदृश्य धागे से बुनती रहती है। तकदीर के हिसाब से यह हार, ख्वाबों के जरिये सुबह से पहले पुतलियों की कोठरी में पहुँचा दिए जाते हैं। वे बड़े खुशनसीब लोग हैं, जिन्हें मधुयामिनी के हाथ की बनी हुई यह माला मयस्सर होती है। कइयों की तो इस उपहार से पहले ही आँखें खुल जाती हैं। और वंचित रह जाते हैं, इस सुखद उपहार से।

रात्रि के मध्य प्रहर में गौरव सिंह की नींद खुल गई थी। उन्हें कमरे के बाहर किसी के चलने की आहट सुनाई दी। वे द्वार खोलकर बाहर निकले तो देखा कि मुंशी जी बाथ रूम से अपने बैठने की जगह पर जा रहे थे। आज उनकी नाइट की ड्यूटी थी। वे मुंशी जी को आवाज देकर कहा......

"आप थोड़ी देर सो क्यों नहीं लेते?"

"साब!" सोने की कोशिश करी लेकिन नींद आज भगी-भगी है।"

"क्या बात है, मुंशी जी! कोई परेशानी वाली बात तो नहीं?"

"नहीं साब! कभी-कभी कुछ पुरानी यादें मेहमान बनकर चली आती हैं, साथ में बातचीत चलती रहती है, ऐसे में कैसे नींद आएगी? लेकिन एक बात अच्छी है, इन यादों की कोई शक्लो-सूरत नहीं है, वरना इन्हें कहाँ बैठाते, दूसरी बात बदनामी भी बहुत होती। लोग भीतर झाँकते, फिर सबसे बताते आज मुंशी जी के पास फला की याद मिलने आयी थी, सच में साब! मुंशी का करेक्टर खराब हो जाता।"

"क्या बात है, मुंशी जी? आज मूड में लग रहे हैं?"

मुंशी जी ने कोई जबाब नहीं दिया था। गौरव सिंह मुस्कुराते हुए कमरे में आ गये थे, उन्हें पता था शाम ढलते ही मुंशी जी और रामसिपाही दोनो

एक-एक पौवा हलक के नीचे उतार लेते थे, वे पुनः बिस्तर में लेटकर सोने की कोशिश करने लगे थे, लेकिन उनकी आँखों में नींद की जगह सामने थी, ख्यालों की विशाल दुनिया, जहाँ किसी को अपने मन से चुनाव कर पास बुला लेना कठिन होता है, जिसे आना होता है, वह यादों की भीड़ से निकलकर स्वयं चला आता है। आज सुमन का मासूम और प्यारा-सा चेहरा सम्पूर्णता के साथ उनकी आंखों में ठहरा हुआ था।

वे उसे ही देखे जा रहे थे, एकटक। वह भी उन्हें निहार रही थी, अचानक वह बाहें फैलाकर उनके शरीर को बांधने लगी। वे भी सहर्ष उस बंधन में बंधने के लिए बाहें फैला दिए। फिर दोनो एकाकार होकर वायु गति के साथ शून्य में विचरण करते हुये उड़ने लगे, अदृश्य की ओर जहाँ चारों तरफ प्रकाश ही प्रकाश विद्यमान था। उन्हें ऊपर से धरती का रूप अदभुत प्रतीत हो रहा था। जो दृश्य दिन की चका-चौंध और भागम-भाग में लुके-छिपे रहते थे। वे रात की नीरवता में प्रकट हो गये थे।

अचानक माँ का उदास चेहरा स्मृति पटल में देखते ही वे स्वयं को सम्हाल नहीं सके। उनकी आँखों में जमा अश्रु निर्गमित होने लग गये थे। शायद 'निदा फाजली साहब' कुछ ऐसी ही परिस्थियों से रूबरू हुये होंगे, तभी तो वे कहें हैं......

"मै रोया परदेश में, भीगा माँ का प्यार।

दुःख ने दुःख से बात की बिन चिट्ठी बिन तार।"

ओह, अद्भुत...अद्भुत! बिना साधन-सुविधा के बात हो गई। कुछ बचा नहीं कहने को और इसी पूर्णता को आत्मसात करते हुये गौरव सिंह सो गये।

जब उनकी नींद खुली तब दीवाल-घड़ी सुबह के सात होने का संकेत दे रही थी। वे धरती माँ को नमन कर सीधे बाथरूम में प्रवेश कर गये। दैनिक कृत्य से निवृत होकर जब वे बाहर निकले, उस समय तक सभी अपनी जरूरत और सुविधा अनुसार शरीर और मन को दौड़ाने लग गये थे। मुंशी

जी अपनी सीट में बैठे हुये अखबार पढ़ रहे थे। आसिफ अली मातहत स्टाफ को निर्देशित कर रहे थे और रामसिपाही नित्य की तरह मुंशी जी के लिए पान की पुड़िया बंधवाने गया हुआ था। श्री सिंह को देखते ही आसिफ अली तत्काल नजदीक आये और अभिवादन करते हुये बोले......

"आपका नाश्ते के लिये इंतजार हो रहा है, सर।"

बिन कुछ कहे वे नाश्ते की गरज से आसिफ अली के साथ चले गये। प्लेट्स पहले से ही सजा दी गई थीं, दोनों बैठकर नाश्ता करने में जुट गये। तभी जुबैदा, गौरव सिंह से मुखातिब हुई......

"आज कई दिनों से देख रही हूँ, खाना-पीना समय से नहीं ले रहे हैं, तीन दिनों से नाश्ता तक करने नहीं आये जनाब!! क्या बजह है? हालांकि पूछना नहीं चाहिए था लेकिन मन नहीं माना, सो पूछ लिया।"

"भाभी सा कोई बात ऐसी नहीं है, जो आपसे छिपाएंगे। दरअसल बाहर निकल जाते थे, इसलिये आने में विलम्ब होता रहा।"

जल्दी से नाश्ता खत्म कर आसिफ अली तौलिए से मुँह पोछते हुये बोले... "सर आप दोनो बातें करें, मै मुंशी जी के पास जाता हूँ।"

"कोई खास काम?"

"नहीं सर! रामसिपाही ने बताया था कि कल मुंशी जी की तबियत ठीक नहीं रही, इसलिये थोड़ा कुशल क्षेम पूछेगें।"

"ओके! चलिये मै भी आता हूँ।"

आसिफ के जाते ही जुबैदा कुर्सी खींचकर उनके करीब बैठ गयी, जैसे वह अपने शौहर के बाहर निकलने के इंतजार में रही हो कि वे कब जाएं और मैं गौरव के सन्निकट होकर कब बातें करूँ। वह उनके चेहरे पर नजरें स्थिर कर बोली......

"अब बताइए जनाब! क्या छिपा रहे हैं भाभी से?? देखिये झूठ बिलकुल नहीं चलेगा, हमने आपके नयनो की भाषा पढ़ ली है।"

गौरव सिंह असमंजस में पड़ गये। इन्हें अब सुमन के बारे में कैसे बतायें? कई लोगों के बीच बात जाने से उसका परिवार परेशानी में पड़ सकता है।

वे लोग वैसे ही परेशान है। लेकिन जुबैदा भाभी से छुपाना भी उचित नहीं होगा। ये लोग मेरा कितना खयाल रखते है, आज के जमाने में कौन गैर के लिये इतना सब करता है। जुबैदा भाभी को संदेह है, न बताने पर कुछ अन्यथा सोच सकती हैं, इसलिये हकीकत बताना वाजिब होगा। कश्मकश से बाहर निकलते हुये अंततः उन्होंने बता दिया......

"भाभी सा! उस लड़की से बहुत प्यार करने लगा हूँ और वो भी मुझे बहुत प्यार करती है।"

"वो कौन है? उस खुशनसीब का नाम तो बताइये?"

सुमन नाम है, उसका, जिसकी दादी का केस मैं हैंडिल कर रहा हूँ।

"फोटो हो तो दिखाइए।"

वे उर्मिला आंटी के घर से मोबाइल पर खींची गई सुमन की तस्वीर जुबैदा के सामने कर दिये। वे कुछ मिनट तक फोटू देखती रही। फिर पुनः बोलीं......

"आप यकीन के साथ कैसे कह सकते हैं कि यह भी आपसे उतना की मुहब्बत करती है, जितना आप उससे करते है।"

गौरव सिंह समझ गये कि अब बचना मुश्किल है, इसलिये डायरी वाली बात संक्षेप में बयाँ कर दी। पूरी बात सुनकर जुबैदा शायराना मूड में बोली......

"इश्क दीवाना हुस्न भी घायल, दोनों तरफ इक दर्दे जिगर है।

दिल की तड़फ का हाल न पूछो, जितनी इधर है उतनी उधर है।"

"ऐसा बोलो न, यकीनन आप दोनों एक-दूसरे के लिए बने हैं। ये जोड़ी तो रब ने पहले से बनाई हुई है।"

जुबैदा भाभी के कहने के इस अंदाज से वे शरमाते हुये बोले...बहुत बेहतरीन गीत है भाभी।"

"पुरानी फिल्मों के गीत होते ही हैं, बेहतरीन।"

"इस बात को अभी अपने तक ही रखेंगी, प्लीज! बात फैलने से वह और उसका परिवार परेशानी में पड़ सकता है।"

"आप अपने भाभी को हल्का समझने की गलती कर रहें हैं जनाब, ये बात आसिफ तक को मालूम नहीं होगी। मुझे इल्म है, कौन सी बात छिपाई जाती है और कौन सी बात प्रकट की जाती है।"

"थैंक्स भाभी, अनुमति हो तो अब चले।"

जुबैदा कुछ बोलने की बजाय मुस्कुराकर रह गईं, लेकिन आज की यह मुस्कुराहट उन्हें सामान्य नहीं लगी। तेज दिमाग के मालिक गौरव सिंह को समझते देर नहीं लगी कि इस मुस्कुराहट के पीछे कुछ रहस्य जरूर है। आज जुबैदा भाभी का सांसो की गर्माहट देते हुए बिल्कुल सटकर बैठना भी असहज था। वे खूबसूरत तो बेशक थीं, लेकिन आज धारित परिधानों की बदौलत उनकी खूबसूरती और निखर गयी थी, आज इतने झीने वस्त्रों में उन्हें पहली बार देखा था, जिस्म को पर्दानशीं करने वाला मलमली झीना कुर्ता पुष्ट और उन्नत उरोजों की दशा और दिशा दोनो को छिपाने में नाकामयाब था।

"कुछ कहना चाहती हैं भाभी ??"

"कुछ खास नहीं, रात में आइये तो बताऊँगी। मेरा मतलब डिनर टाइम में।"

"जी।"

गौरव सिंह ऑफिस आ गए थे, आते ही आसिफ अली ने बताया अभी-अभी हेड क्वार्टर से कप्तान साहब का फोन आया था, वे आपसे बात करना चाहते हैं।

“ठीक है।” गौरव सिंह बोले।

वे रूम में आकर पुलिस कप्तान मित्तल को फोन मिलाकर बात करने लगे।

“हैलो, फोन कनेक्ट होने पर मित्तल साहब की आवाज आई।

“गुड मॉर्निंग सर, खिरहनी थाने से मैं गौरव बोल रहा हूँ।

“ओये, गौरव की कर रहे हो पुत्तर? इधर कई दिनों से तुम्हारा फोन नहीं आया।”

जब मित्तल साहब खुश होते थे, तब ऐसे ही बोलते थे।

“सर, मैं राजनगर आकर आपको रिपोर्ट करने की सोच रहा था। आपसे कुछ जरुरी बातें करनी है।”

“अभी आ जाओ।” उधर से मित्तल साहब की आवाज आई।”

“जी सर।”

“ओके!”

“दो घण्टे के भीतर पहुँचो। आय विल वेट यू।” फोन डिस्कनेक्ट हो गया था।

“आप इधर ही देखियेगा। मैं राजनगर जा रहा हूँ। आने में देरी हो सकती है इसलिये लंच में वेट नहीं करेंगे।” आसिफ अली के नजदीक जाकर गौरव सिंह बोले।

दिन के ग्यारह का वक्त रहा होगा जब गौरव सिंह, पुलिस अधीक्षक कार्यालय पहुँचे। वे बिना देरी किये मोटर साइकिल को स्टैंड में लगाकर सीधे मित्तल साहब के कक्ष की ओर बढ़ गये। कुल ही पलों में वे मित्तल साहब के सामने बैठे थे।

“तुम अकेले मोटर साइकिल चलाकर आये हो, जबकि अभी पिछले हफ्ते ही नई वेन दी गई है। गौरव!! तुम समझते क्यूँ नहीं? वैसे भी तुम पर

नजर रखी जा रही है।" नाराजगी दिखाते हुए पुलिस कप्तान मित्तल बोले।

"सॉरी सर! आगे से ध्यान रखूँगा।"

"अब बोलो, क्या कहना चाहते हो।"

"मेरी नियुक्ति खिरहनी थाने में तीन माह के लिए की गई थी, जो पूरी होने को है, जिस काम के लिए मुझे भेजा गया था, वो अभी पूरा नहीं हो पाया, कम से कम मुझे एक माह का और टाइम दीजिये सर।"

"ये देखो, तुम्हारी पोस्टिंग तीन माह के लिए और बढ़ाई गई है। उम्मीद करता हूँ इतना टाइम पर्याप्त होगा।" एस.पी. मित्तल एक्सटेंशन लेटर गौरव सिंह को देते हुए बोले।

"थैंक यू सर।"

"ये देखो बाइस तारीख को तुम्हारे कार्यालय के सामने ज्वाला सिंह के लीडरशिप में पुलिस की नाकामयाबी का इशू लेकर सूरजपुर की जनता द्वारा धरना प्रदर्शन किया जाएगा। ये नोटिस है, इसकी सूचना मेरे स्तर से एसडीएम और थाने को भेज दी गई है, आज या कल तक मिल जायेगी।" बाइस तारीख के लिए बिना तुम्हारे डिमांड किए दो सौ से ऊपर पुलिस बल की तैनाती कर दी गई है। और जरूरत पड़े तो बोलना।" मित्तल साहब नोटिस गौरव की दिखाते हुये बोले।

"ओके सर, थैंक्स अगेन।"

"लॉ एंड ऑर्डर मेंटेन रखना है, बाकी हमें उनके धरना प्रदर्शन से मतलब नहीं है।"

"सर! एक बात और है।"

"बोलो।"

"हर जगह तलाश की गई लेकिन रंजन की माँ का कहीं पता नहीं चला। प्रयाग में माघ मेला चल रहा है, अनुमति हो तो वहाँ जाकर भी देख लूँ, शायद कामयाबी मिले।" गौरव ने अनुरोध किया।

“देख लो, आसिफ अली को समझाकर चले जाना। वैसे मुझे लगता है, कि इस केस को फाइल करो। ज्यादा सर खपाने का कोई मतलब नहीं है। बहुत ऐसे न जाने कितने लोग रोजाना गुम होते हैं, पुलिस किसे-किसे ढूंढ़े?”

“राइट सर, लेकिन यह थोड़ा घुमावदार मामला समझ आ रहा है, रंजन की माँ ज्वाला सिंह की काली करतूतों की चश्मदीद गवाह है, उसका मिलना जरूरी बनता है, तभी हम ज्वाला सिंह के गले मे मजबूत फंदा कसने में कामयाब हो पाएंगे।”

“अब जरूरी भी हो गया है। कुत्ते अब ज्यादा भूकने लगे हैं। इनका मुँह बन्द करना होगा। अवसर भी अनुकूल है। इस समय ज्वाला के सरपरस्तगी वाली सरकार प्रदेश में नहीं है। इस समय इसका कोई माई-बाप नहीं है। डी.आई.जी साहब ने स्वयं कहा है कि इलेक्शन से पहले उसे सलाखों के पीछे पहुँचा दो।

हम आपको निराश नहीं होने देंगे। मैं महज एक माह के भीतर इस केस को सॉल्व करूँगा। बस आपका आशीर्वाद मिलता रहे सर।”

“मेरा पूरा समर्थन और सहयोग तुम्हारे साथ है, रंजन की बूढी माता का पता चले या न चले, ज्वाला की ज्वाला बुझनी चाहिए बस।” एस.पी. मित्तल ने कहा।

“ओके सर! ...अब मैं चलूँ।”

“ठीक है, जरा सावधानी के साथ जाना।”

★★★

(अठारह)

२२ अप्रैल, की तरीख आधी रात बीते आनी थी, लेकिन ज्वाला ठाकुर के लिए आज का दिन जितना छोटा बीता है, रात उतनी ही लम्बी हो रही थी। उनके किये हुए पाप आज सोने नहीं दे रहे थे, ऐसे पाप जिन्हें वे स्वयं जानते थे या पीड़ित की आत्मा जानती होगी। वे सभी आत्मायें एक-एक करके ज्वाला सिंह की बन्द पुतलियों को खोलकर आंखों के रास्ते भीतर आ-जा रहीं थी। आज तक उन्होंने कोई भी गुनाह का काम स्वयं अपने हाथों से नहीं किया था, जो बात उन्हें मन में लग जाती रही थी, उसे मिटाने में कोई कोर-कसर न रखना ज्वाला के खून में शामिल था। वे मुँह माँगी रकम खर्च करके पेशेवर लोगों से सब काम करा लेते थे। लोग बताते हैं, ज्वाला के पिता ठाकुर शम्भू सिंह भी कुछ इसी तरह के मिजाज के आदमी थे। किन्तु वह वक्त दूसरा था। उस समय के लोग झुककर चलने के आदी थे। सो उनकी ठकुराइस चल गयी। अब वक्त बदला हुआ है, लोग पहले की तुलना में झुके तो अब भी हैं, लेकिन उतने नहीं। आज वे अपनी पीड़ा किसी से कह सकने की हिम्मत रखते हैं, यही डर ज्वाला ठाकुर को परेशान किए हैं।

रात में वे अक्सर वे अकेले ही सोते थे, बजह देर रात तक अपने चाटुकारों, गुर्गों से घिरे रहना था, जो ठकुराइन वीर कुँवर को कतई पसन्द नहीं था, वे दूसरे मिजाज की महिला हैं, वे राजस्थान के उस इलाकाई तबके की हैं, जो राणा प्रताप की जन्म भूमि है, उन्होंने ज्वाला ठाकुर को बहुत समझाया, लेकिन जिसके सर में कौआ बैठा हो, वह कोयल के कंठ की मधुरता क्या समझे, उनकी मनमानी और हठधर्मिता के चलते ठकुराइन ने अपना शयन कक्ष अलहदा कर लिया था। कभी-कभी वे भाई के पास दिल्ली चली जाती थीं, उनका भाई आईआईटी रुढ़की में फैकेल्टी मेम्बर है। वह दिल्ली से ही आना-जाना करता है। ठाकुर ज्वाला सिंह का रात्रि कालीन भोजन शिकार और विदेशी मदिरा के साथ होना तय रहता था, उनमें एक अवगुण और था, हर खूबसूरत औरत उनकी कमजोरी थी, उसे पाने के

लिए सब कुछ हारने की सोच रखते थे, लेकिन उससे शारीरिक सम्बन्ध खिरहनी के वियर बार मे ही बनाते थे, ठकुराइन से कुछ छिपा नहीं हैं, वे सब जानती समझती हैं, कई बार उन्होंने समझाने की कोशिश जरूर की, लेकिन सब व्यर्थ।

ज्वाला ठाकुर नहीं सुधरे तो नहीं सुधरे। करवट बदलते हुए उन्हें आज रात में ठकुराइन की सख्त जरूरत महसूस हो रही थी, वे उनसे सब कुछ बता देना चाहते थे। वे कल के धरना प्रदर्शन को लेकर चिंतित थे, वे पहली बार भीड़ की अगुआई करने जा रहे थे, चुनाव टाइम में क्षेत्र में जाकर प्रचार कर आना और किसी सजे मंच से भाषण दे आना और बात थी।

उन्हें रह-रह कर चाटुकारों पर गुस्सा आ रहा था, बेकार में ही आ गये सुक्खन की बात पर, साला बड़ी तेज खोपड़ी का है, उसी का सब किया धरा है, यह तो केवल मुझे पता है कि पण्डिताइन को वहाँ पहुँचा दिया गया है, जहाँ से आज तक कोई लौट कर नहीं आया है, फिर झूठी नौटंकी करने का क्या मतलब है? सब साले, अपनी-अपनी रोटी मेरे चूल्हे में सेंकना चाहते हैं, जो मैं समझ नहीं पाया। सियासत में अपनी पकड़ भी इस बार ढीली है, जिनके पक्ष में वोटिंग कराई वो तो जीतकर मजे कर रहा है, काम की बात करो तो कान तक मुँह फाड़ के बोलेगा...... मेरी सरकार इस बार न राज्य में है, न केंद्र में है, मेरी कोई सुनता ही नहीं। सब साले मतलब के यार हैं, दो महीने से ज्यादा बीतने को आये, कई दस-चक्का ट्रक थाने में खड़े सुस्ता रहे हैं, अब तक छुड़वा नहीं पाये, अब ये मेरे किसी काम के नहीं रहे।

न नेता...न नेती। 'काम के न धाम के, दुश्मन अनाज के'...कमबख्त, हराम खोर, सुअर के जाये....हुँह। भगवान करे ये धरनी-धरना शांति पूर्वक निपट जाए, तो जान बचे।

ज्वाला सिंह अपने-आप से बातें करते हुए, नेताओं को गाली देते हुए करवट पर करवट बदल रहे थे, लेकिन आज की रात नींद नाम की चिड़िया उड़ गई तो उड़ गई। अपनी होशियारी और दबदबे के बल पर आदमी भले ही दुनिया की आंखों में धूल झोंक कर अपनी बुद्धिमत्ता पर मगरूर हो ले,

लेकिन उसकी आत्मा उसे आईना दिखा ही देती है।

......

खिरहनी में इम्तियाज अली खुराफाती दिमाग का आदमी माना जाता है, वह सामने से तो भिड़ता किसी से नहीं है, लेकिन पीठ पीछे वह ऐसा कुछ कर गुजरता है, जो शायद किसी के बूते का काम नहीं है, दिखने में वह एक मामूली शख्सियत है, लेकिन उसके कारनामे मामूली नहीं होते हैं। किसी के बीच दंगा करवा देना, हाथ-पैर तुड़वा देना या सूट करवा देना, धरना-प्रदर्शन में जिन्दाबाद-मुर्दाबाद के नारे लगवा देना, या किसी मंत्री-मिनिस्टर को काले झंडे दिखाना, जूता-चप्पल फेंकना, स्याही-रंग फेंकना ये सब उसके बायें हाथ के खेल होते हैं। वह न तो किसी से दुश्मनी रखता है और न किसी से दोस्ती रखता है। "पैसा फेंको काम कराओ" के नियम पर चलने वाला आदमी है। काम के हिसाब से उसके रेट होते है, पूरा-का-पूरा हिसाब पहले नक्की कर लेता है, बाद के पेमेंट पर उसे यकीन नहीं है। उसके अनुसार अपने को सेफ करेंगे कि पैसे माँगते फिरेंगे। इम्तियाज अली कभी ज्वाला ठाकुर के लिए काम करता था। फिर किसी बात पर नाराजगी के चलते, उनका साथ छोड़कर इस धंधे में आ गया। इस धंधे मे उसे बहुत फायदा है, कभी-कभी अजीब तरह के काम उसे मिल जाते हैं। जब सामने वाले की फरमाइश होती है कि जब मंच पर मेरा भाषण चलता रहे, उसी दरम्यान मंच में चढ़कर हाथ से माइक छीनना है और गाल में हल्का थप्पड़ मारकर भीड़ में गुम हो जाना है।

आज शाम को वह जैसे ही चौराहे से गमकौआ जरदे का पान दबाकर घर पहुँचा था तो उसकी बेगम ने आते ही बताया कि किसी ठक्कर नाम के आदमी का फोन आया था, वह तुरन्त आपसे मिलना चाह रहा है, उसे फोन कर लो।

फोन से बातचीत हो गयी, मिलने का समय तय हो गया। रात के आठ बजे के आसपास उसने ठक्कर को घर बुलाया था। तय समय पर ठक्कर पहुँच गया। उसके हाथ में काले रंग का बैग था, जो सामान्य से ज्यादा फूला

हुआ था, दोनो कमरे में आमने-सामने बैठे हुए धीमी आवाज में बातें कर रहे थे......

"देखो इम्तियाज अली! विधायक जी का काम है, थोड़ा कम भी मिले, तब भी खुशी-खुशी काम कर देना उचित है, वैसे भी दस मिनट के काम पर एक लाख की नक्की कोई कम नहीं होती है।" वह पांच सौ के नोट वाले दो पैकेट उसके सुपुर्द करता हुआ बोला।

"रोकड़ा तो कम है, लेकिन नेता जी का काम है तो मना करना उचित नहीं होगा।" नोटो की गड्डी को सहेजता हुआ इम्तियाज अली बोला।

"हां भई! यही लोग तो अपने अन्नदाता हैं।"

"सही फरमा रहे हो, ठक्कर गुरु! वैसे देखा जाए तो अपनी औकात किसी पालतू कूकुर से अधिक नहीं है, अपनी मर्जी से खुले में भोंक तक नहीं सकते। मैंने तो अब तय कर लिया था कि अब ये गन्दा काम नहीं करूँगा। भई, खुदा से भी डर लगता है, कयामत के दिन जब सवालात होंगे, तब क्या जवाब दूँगा, समझ नहीं आता है? अब तो लगने लगा है कि गुनाहों के चंगुल से छुटकारा मौत ही दिलायेगी।"

"ऐसा क्यूँ सोचते हो मियां ?"

"गुरू! मुझे लगता है, इस तरह के काम अब तुम्हें या किसी और को सम्हालना चाहिए, मेरा इरादा अब हज करने का है, उसके बाद से यह सब मुझसे नहीं हो पाएगा।" इम्तियाज अली त्रिभुजाकार दाढ़ी में हाथ फेरता हुआ बोला।

"हज करने से क्या पिछले गुनाह माफ हो जाते हैं? अरे मियां ये गुनाहों की दुनिया बड़ी अजीब है, यहाँ आता तो आदमी अपनी मर्जी से, जाता गैर की मर्जी से है। आप हाजी बेशक हो लो, लेकिन धंधा छोड़ने की बात मत सोचो, हमारे यहाँ तो लोग चारो-धाम कर आते हैं, भागवत, बाल्मीकी करवा लेते है, लेकिन वे न तो अपना स्वभाव बदलते हैं, न कर्म बदलते हैं, ऊपर से चार मन अहंकार का बोझ अलग से सर लाद लेते हैं। उन्हें लगता है

उनके जैसी तीर्थ यात्रा और कथा कोई माई का लाल नहीं करा सकता है।"

"ठक्कर गुरू, तुम उस्ताद आदमी हो, छब्बीस कैरेट की बात बोलते हो, लेकिन मैं अपनी बात नहीं कह रहा हूँ। मेरी रूह मुझे रोज लानत भेजती है, उसी की बात आज जुबां से निकल गई।"

"तुम्हारी रूह का इलाज मेरे पास है, लो दो-दो पैग जमाते हैं, रूह की दुम। वह काले बैग से एक बोतल 'काला भूत' नाम की ब्रांडेड मदिरा निकालता हुआ बोला।

दो-दो पैग जमाने के बाद......-

"ये सियायत भी अजीब चीज है, ठक्कर गुरू, अपन के मिजाज से कतई मेल नहीं खाती। तुम्हें लगता होगा अपनी मर्जी से अली इस धंधे में आया होगा। ......न भई न, कत्तई रास नहीं आया, यह धंधा। सियासी लोगों ने ही मुझे इस मकाम पर पहुँचाया है, मेरी गैरत रोज ललकारती है मुझे, पर क्या करूँ? ये टुच्चे जीने नहीं देगें, मार डालेंगे। ये कमीने बेगम और बेटों को भी नहीं बख्सेगें।"

"अली! तुम आराम करो। तुम्हारे ऊपर काला भूत का असर हो रहा है।"

" कैसा आराम गुरू! रातों-रात सेटिंग जमानी होगी, तभी न कल एक्शन होगा।

ठक्कर चला गया था, लेकिन जाते-जाते ताकीद कर गया था कि काम चौचक होना चाहिए। नेता जी कड़े मिजाज के आदमी हैं। काम में किसी तरह की गफलत उन्हें पसन्द नहीं है। ठक्कर की बात उसे धमकी जैसी लगी थी, लेकिन ठीक भी है, रोकड़ा खर्च कर रहा है तो उसे काम भी चाहिए। इम्तियाज अली की रात अपने गुर्गे-चेलों को समझाने में निकल गई।

कल, कब और किस तरह पुलिस पर पत्थर फेंकने हैं? यह उसने चेलों को ठीक से समझा दिया था।

सुबह के टाइम तक में जब वह फ्री हुआ तो सोचा कि चलो थोड़ा-बहुत आराम कर लें, उसे नेता जी की चाल बहुत सोची-समझी लगी। अच्छी अकल चलाई है..... "पुलिस समझेगी ज्वाला ठाकुर की तरफ से पत्थर चले हैं, उनके आदमियों पर वह लाठियां भांजने लगेगी, आँसू गैस छोड़ेगी और हमारे आदमी नौ दो ग्यारह।"

'हा हा हा'

"आप हँस रहे हैं? रात सोये नहीं? उसकी हँसी सुनकर इम्तियाज की पत्नी बोली।

"हाँ बेगम, अपनी जिंदगी अब काले भूत के हवाले है, वही अपनी सुविधा से हंसाता-रुलाता है।"

"अरे! उठ जाइये, आठ बज गये हैं। ख्वाब देखना बंद कीजिए।" बेगम बोली।

★★★

(उन्नीस)

हर तरफ मन्त्रणा का दौर चल रहा था, जैसे कल का प्रदर्शन, बहुत अहमियत रखता हो, सभी अपनी-अपनी तरफ से दाँव चल रहे थे, पुलिस मोहकमा कैसे पीछे रहता, एसपी राजनगर ने अतिरिक्त बल के दो सौ जवान खिरहनी थाने के सुपुर्द कर दिए थे, वे सभी शाम तक अपनी आमद दर्ज करा चुके थे। मुंशी जी को कल के इंतजाम का दायित्व दिया गया था, वे आज गजब की फुर्ती दिखा रहे थे, रात में ही सभी को ड्यूटी बता दी गई थी, सबको मालूम था मुझे किस चौराहे-नुक्कड़ पर मोर्चा सम्हालना है। सब इंतजाम चाक-चौबंद करने के बाद वह गौरव सिंह के कमरे की ओर बढ़ गये। कमरे में पहले से ही रामसिपाही को मौजूद देखकर वे अचरज में पड़ गए, मुंशी जी के समझ मे यह नहीं आया कि रामसिपाही जैसे बेवकूफ सिपाही के साथ साहब क्या बात कर रहे थे। मुंशी जी को भीतर घुसते देखकर रामसिपाही वहाँ से रुखसत हो गया था।

“आइये मुंशी जी! काम हो गया?”

“जी साब, पच्चीस-पच्चीस सिपाही चारों चौराहों पर दो एएसआई के मातहती में ड्यूटी करेंगे, बाकी के थाने में मौजूद रहेंगे, ताकि जरूरत पड़ने पर आवश्यक जगह भेजा जा सके। मैं और आसिफ अली राउंड मारेंगे।”

“मुंशी जी मुझे और रामसिपाही को क्यों छोड़ दिया गया? क्या हम दोनों किसी काम के नहीं है?” मुस्कुराते हुए गौरव सिंह बोले।

“क्या बात करते है साब! पूरा क्रेडिट तो आपको ही है, हम लोग तो आपके आज्ञा पालक है, रही बात रामसिपाही की, तो उसे छोड़िये, वह किसी काम का नहीं है, उसे लगता है, कल यहाँ बलवा होने वाला है, तभी से उसका पेट खराब है, जानते है, आज सुबह वह क्या कह रहा था??”

“बताइये न।”

"मुंशी जी, मोरी डियूटी कहूँ बायरे न लगाइयो, मोखो भोतई पतरे दस्त लग रए......इतई कऊं थाने में लगा दइयो।"

तब मैंने कहा कि तुम्हारी ड्यूटी स्पेशल लगाई गयी है, साहब ने खुद ही तजबीज की है। सुनकर वह बहूत डर गया और मेरे कंधे पर मस्का लगाते हुए बोला...... "मुंशी जी, आपकी तो पटत है साब से, उनसे केके मोरी बायरे की डियूटी कटबा दो। मैं सांची-सांची कै रओ मोरो पेट सई में भौत गड़बड़ है।"

हँसी का माहौल बन गया था।

"ठीक है, अब आप भी आराम कीजिये। कल का पूरा काम आपको ही देखना है।" गौरव सिंह बोले।

मुंशी जी हँसते हुए कमरे से चले गये थे। गौरव भी रेस्ट करने की सोच रहे थे, तभी उनको ख्याल आया कि रंजन के घर को फोन करके खबर कर दी जाए की, कल के दिन कस्बे में १४४ धारा लगाई गयी है, इसलिए वे लोग एहितयातन घर पर ही रहें। सुमन और किरण को भी कॉलेज न भेजें। फोन में रंजन से बात हो चुकी थी, वे सोने की कोशिश में तख्त पर लेट तो गये थे, लेकिन रामसिपाही जो बता गया था। वह बहुत भयावह बात थी, कोशिश करने के बावजूद भी वो बात जेहेन से टलने का नाम नहीं ले रही थी। वे असहज महसूस करने लगे थे, रामसिपाही की बात उन्हें सत्य लग रही थी, वह वैसे भी बताने में बहुत डर रहा था। किंतु आश्वस्त करने के बाद जो कुछ बताया वह बहुत ही चिंतनीय और पीड़ादायक था।

"साब! आसिफ अली पे भौत भरोसा न करिओ, वो ज्वाला ठाकुर को खबरीलाल आये, कल मैनें खुदई अपने कानन से सुनो, वो इते की खबर उते दे रओ थो, हमें आत देख फोन पटक दओ और हमें चाय लेबे भेज दओ, आप सचेत रईयो। आप हमाये मोड़ा जैसे हो, तुमाओ नुकसान हुईये तो मोखो बर्दास्त न होबे...... एक और बात साब .... "रामसिपाही झूठ बोले तो ओखरे मुँह मा कीड़ा परे।"

"ऐसी कौन सी बात है, रामसिपाही! जो इतनी बड़ी कसम खा रहे हो, आप खुलकर बताओ, मैं हर सचाई का साथ दूँगा, चाहे जो हो जाये, मैंने उसे भरोसा दिलाया तब वह नजदीक आकर धीरे से बोला था......

"ऊकी लुगाई को चाल-चलन अच्छो नइया, वो न जाने की-की से संबंध बना चुकी है, एक संतान की लालच में, ऊखो शायद जो मालूम नइया बिना ऊपर बाले के हुकुम पाये पत्ता तक नहीं हिलत, संतान मिलबो तो भौत बड़ी बात हो जात। हम साब, आपखो खबरदार कर रये हैं।" किस पर भरोसा किया जाये, किस पर न किया जाये, हर आदमी पीठ पीछे खंजर भोंपने के लिए तैयार खड़ा है, चंद रुपयों के लालच में आदमी अपना ईमान बेच रहा है, कितना यकीन किया था आसिफ अली पर। कहता था कि तुम मेरे भाई हो, जहां तुम्हारा पसीना टपकेगा, आसिफ का खून बहेगा। अब उसकी क्या मजबूरी है कि ज्वाला सिंह से हाथ मिलाए हुये है। लोग कैसे जी लेते हैं, दोहरी जिंदगी??......छि-छि, लानत है ऐसी जिंदगी पर। जुबैदा भाभी तो आज हद पार करने को तैयार बैठी थीं, अगर मैं जर-सा भी कमजोर पड़ गया होता तो वह मर्यादा की हर सीमाएं शायद तोड़ देतीं। सब कुछ खत्म हो गया होता पल भर में। कौन सा मुँह लेकर जाता सुमन के पास? रामसिपाही की बात इस लिहाज से सही लग रही है। कल का दिन सुकून से निबट जाए फिर तीन-चार दिन की छुट्टी लेकर प्रयागराज चले जाना है। बहुत मुश्किल है, इधर नौकरी करना। हर आदमी भरोसा तोड़ने को आमादा है। गौरव बहुत दुखी मन से करवट बदल कर सोने की कोशिश करने लगे थे, तभी कोई अनसुनी आवाज कानों में सुनाई दी......

"सच्चाई के साथ जिओ, भले ही कम जिओ, देखो एक पल भी अगर मैं झूठ के साथ मे जिआ होता तो चालीस साल का मेरा जीना व्यर्थ जाता, आज तुम मुझसे नफरत कर रहे होते।"

वे तख्त पर उठकर बैठ गये थे, यह जानने के लिए कि आवाज किधर से आयी है। वे कमरे में चारों ओर नजर दौड़ाने लगे थे, उन्हें जीरो बल्व की मद्धिम रौशनी में अभूतपूर्व तेज लिए हुए विवेकानन्द की मुस्कुराती हुई

तस्वीर दिख गयी, उनकी समझ में सब कुछ आ गया था, मन मे भय मिश्रित उदासी के कुआंसे छँट गये थे, पथ लोकित हो गया था, अब वे आँखे बंद करने के बाद भी सब कुछ देखने में सक्षम हो गये थे।

★★★

(बीस)

सुबह आठ बजे से ही सूरजपुर और आसपास के गांवों के रहवासी गोल चौक में आकर जमा होने लगे थे, इन लोगो को किसी विभाग से किसी प्रकार की कोई शिकायत नहीं थी, न थाना से, न कचहरी से। ये किसी राजनीतिक दल से ताल्लुक रखने वाले लोग भी नहीं थे, ये तो बेचारे गांव के भोले-भाले किसान, खेतिहर मजदूर और बटाईदार थे, जो ज्वाला सिंह से डरते थे, यही भय आज इन सबको चौराहे पर खींच लाया था। प्रदर्शनकारियों में महिलाएं भी शामिल थी। सैकड़ा भर से ऊपर के लोग इकट्ठे हो गये थे, इक्का-दुक्का अभी भी आ रहे थे। ज्वाला सिंह सफेद खादी के कुर्ता पाजामा और बादामी रंग की सदरी में आज गांधी वादी नेता लग रहे थे। सर से चिपकी टोपी तो उनके गांधीवादी विचारों को अकेले ही तस्दीक करने के लिए पर्याप्त थी। आसमान को सलामी देती स्वेत-श्याम मूंछे उनके राजपूताना रौब को बखूबी बयां कर रही थी। "सांध्य तारा" का सम्पादक सुकेश वर्मा आये हुए लोगो को समझा रहा था कि सड़क के बायीं ओर एक तरफ से चलना है, ज्वाला ठाकुर ने कहा है कि हम आम-जनता को परेशान नहीं करना चाहते हैं। इसलिए सबको कतार में चलने की हिदायत दी गई थी। ताकि आवागवन निर्बाध बना रहे।

थोड़ी सी तैयारी के बाद नारेबाजी हुई, कई लोगों को नारे लगाने में दिक्कत पेश आयी, कुछ ग्रामीणों ने तो जिन्दाबाद, मुर्दाबाद जैसे शब्द पहली बार सुन रहे थे। सुक्खन लोगो को समझा रहा था कि जो सुकेश भैया कहें वही बात आप लोगन का दो बार कहनी है। पुलिस की एक लॉरी गोल चौक में पहुँच गई थी। पुलिस को देखकर ज्वाला ठाकुर का जोश दुगुना हो गया था, वे माइक को मुँह से सटाकर जोर से बोलना शुरु कर दिए....

"भाइयों एवं बहनों! हमारी किसी से कोई जाती दुश्मनी नहीं है, हमारी लड़ाई हुकूमत की व्यवस्था से है, इतनी मोटी तनखाह लेकर आप क्या कर

रहे है, तीन महीने से ज्यादा का समय गुजर गया, पुलिस पण्डिताइन की छाया तक नहीं तलाश पायी है। वे इतना ही बोल पाये थे कि मुखिया नाम का आदमी बीच सड़क में खड़ा होकर जोर-शोर से नारेबाजी करना शुरू कर दिया....

"इंकलाब जिंदाबाद, ठाकुर ज्वाला सिंह जिन्दाबाद, गांव की जनता जिन्दाबाद, पुलिस प्रशासन मुर्दाबाद, कचहरी, कलेक्टर हाय... हाय। बहुत शोर उठा था, सभी लोगों ने नारेबाजी में मुक्का तान कर हिस्सा लिया था। ज्वाला सिंह कुछ कहना चाह रहे थे, लेकिन उनकी आवाज नारेबाजी के आगे ठीक उसी तरह दब गई थी, जैसे सौ कुत्तों के एक साथ भूँकने के बीच मे एक शेर की गर्जना दब जाती है।

"अरे मुखिया! तनक धीरज धरो...ठाकुर साहब को बात पूरी तो कर लेन दो...फिर कर लेना जिन्दाबाद...मुर्दाबाद, वे गुस्साय रहे हैं।" आगे बढ़कर सुकेश वर्मा ने मुखिया को समझाया, तब कही जाकर उसने अपनी चोंच बन्द करी। तब राजा साहब की धीर-गम्भीर वाणी पुनः माइक से गूँजने लगी......

"हां तो भाइयों और बहनों! मैं कह रहा था कि पुलिस वाले आज तक पण्डिताइन की खोज-खबर नहीं कर पाए, हम लोग आखिर कब तक चुप बैठते?

एक जमाना था, जिसे बीते हुये बहुत साल नहीं हुये हैं। लोग बेखौफ होकर, खेत खलिहान में रात बसते थे, फसलों की निगरानी रखते थे, गर्मियों में घर से बाहर खटिया डालकर सोते थे, रात-बिरात जब जैसी जरूरत पड़ती थी, बिना किसी भय के यहां से वहां आते-जाते थे। आज वैसा नहीं हैं, हम घर के भीतर भी सुरक्षित नहीं है, अपराध चरम पर है, अपराधियों के हौसले बुलंद हैं। हमारा गुस्सा निकम्मी पुलिस पर है, किसी व्यक्ति विशेष पर नहीं है, यदि पुलिस ईमानदारी से काम करे तो कोई बजह नहीं है कि भय का वातावरण समाप्त न हो। पण्डित घराने का सम्बंध ठाकुर घराने से बहुत पुराना रहा है, भले ही पण्डिताइन का लड़का रंजनमा गांव की जमीन

बेंच कर शहर में बस गया हो, लेकिन वह कहलायेगा तो सुरजपुर का ही, पण्डित घराने से हमारे घर का विशेष लगाव रहा है, इन्हें विशेष कृपा दाऊ साहब के जमाने से मिली हुई थी। पण्डिताइन घर छोड़कर अपनी मर्जी से नहीं जा सकती। उनके साथ कोई न कोई अनहोनी जरूर घटी है। पता नहीं वे जिंदा भी है, या नहीं कुछ कहा नहीं जा सकता है। आज हम लोग बड़े दुखी मन से अपनी आवाज जिला प्रशासन और पुलिस के आला अफसरों के कान तक ले जाना चाहते हैं।

हम बिल्कुल शांत तरीके से विरोध प्रदर्शित करेंगे, सब लोग कतार से ही आगे बढ़ें। हुकूमत गंज चौराहे पर विधायक जी भी मिल जायेंगे, सांसद महोदय तो दिल्ली गये हुये है, उनकी आंख का ऑपरेशन हुआ है, भगवान करे, डॉक्टरों की मेहनत कामयाब हो, सांसद महोदय को ठीक-ठीक दिखायी देने लगे।

ठाकुर ज्वाला सिंह का काफिला धीरे-धीरे हुकूमत गंज चौराहे की तरफ इंकलाबी नारेबाजी के साथ आगे बढ़ रहा था। कुछ छुटभैय्ये टाइप के अतिउत्साही नेता बीच-बीच मे आक्रामक एवं नये किस्म के नारे भी लगा देते थे, जिसका मतलब किसी को नहीं मालूम था, जैसे...एक दो तीन चार, घूंस खा रहा थानेदार......बिल्ली नाके गली-गली, शोर मचाओ कुसुमकली।

इनकी नारेबाजी से सुकेश वर्मा को गुस्सा आ गया वह उसके हाथ से माइक छीनकर चिल्लाया....

"भारत माता की जय, गांधी बब्बा की जय। ठाकुर ज्वाला सिंह जिंदाबाद.... दोस्तो, हमारा आज का विरोध सिर्फ और सिर्फ पुलिस प्रशासन से है, आज हम उन्हें यह बताने को जा रहे हैं कि अब हम और ज्यादा पुलिस के निकम्मेपन को बर्दाश्त नहीं कर सकते, समय रहते चेत जाओ, पण्डिताइन काकी का पता लगाओ, वरना हम लोग ईंट से ईंट बजा देंगे।"

महिलाएं हाथ में बैनर लिए घर गृहस्थी, चूल्हा चौकी की बात आपस में करती हुई चल रही थीं... बीच-बीच मे घूंसा तान कर जिन्दाबाद या मुर्दाबाद

बोल देती थी। चौधराइन, जो खिरहनी में ही अक्सर किराये का कमरा लेकर मजदूरी करती है, सुकेश की बात पर हँसती हुई बोली...

"देख लो सुकेश भाई भी ईंट बजामन की बात करत हैं, जोन हम रोज करत हैं। ईंट का काम तो मोरे तकदीर में लिखा है।"

"तुम्हारी तकदीर का बुरी है? शाम को पैसा तो होत है मुट्ठी में, रोज का कमाना रोज का खाना, इधर तो साल में एक-दुइ बार रुपइया केर दर्शन होत है।" सुकेशी कुछ और बोलने जा रही थी कि ठाकुर साहब की भारी आवाज माइक से पुनः निकली......

"सब लोग कतार में आ जाएं, रास्ते मे फैल कर न चलें, आगे हुकूमत गंज चौराहा है, विधायक जी अपने आदमियों के साथ हमारे इंतजार में खड़े हैं, नारेबाजी तेज कर दो सुकेश।"

सुकेश वर्मा तो इंतजार में ही था, अब तो उसे नारेबाजी का पक्का लाइसेंस मिल गया था, वह कब चूकने वाला था, वह चीख-चीख नारे लगाने लगा था, भीड़ भी तुक से तुक मिला रही थी। सुकेश नारेबाजी का चेम्पियन था, उसकी हर प्रदर्शन-जुलूस में डिमांड रहती थी, चुनाव के टाइम में तो उसकी एडवांस बुकिंग चलती थी। उसकी खासियत आवाज बदलकर बोलने की थी, जरूरत अनुसार आवाज बदलने का हुनर उसे कुदरत से मिली हुई थी।

हुकूमत गंज चौराहे पर विधायक छग्गन सिंह इंतजार कर रहे थे। लोग कहते हैं इस आदिवासी नेता को ज्वाला सिंह ने यह सोचकर विधायक बनवाया था कि जरूरत में काम आएगा, लेकिन ज्वाला ठाकुर कहते हैं कि यह किसी काम का नहीं निकला, राजधानी पहुँचते ही इसकी मूँछ निकल आई। बहुत बदमाश हो गया है, खूब फेकने लगा है, ये तो इत्तिफाक ही है, की आज साथ देने पहुँच गया है।

चौराहे में सैकड़ा भर से ऊपर का पुलिस बल तैनात था, नगर का यह सबसे व्यस्त चौराहा माना जाता है, इसी से बायें मुड़ने पर आगे थाना है,

सीधे जाने पर कचहरी, बैंक, अस्पताल और एसडीएम का दफ्तर है। दायें मुड़ने पर मार्किट पड़ता है।

ज्वाला ठाकुर का काफिला चौराहे में पहुँच गया था, विधायक जी भी अपने समर्थकों के साथ शामिल हो गए थे, मौका अच्छा समझकर इम्तियाज अली के साथी भी जुलूस में शामिल हो गए थे। ज्वाला सिंह ने चौराहे पर बहुत जोशीला भाषण दिया, उन्होंने साबित कर दिया कि पुलिस के निकम्मे पन के कारण ही अपराध में इजाफा हुआ है, आज की तारीख में घर से बाहर निकला हुआ आदमी जब तक घर लौट कर न आ जाये तब तक जान में जान नहीं रहती है। शब्दों के जादूगर तो थे ही ज्वाला ठाकुर, उन्होंने अपनी वाक-कला से ऐसा काल्पनिक दृश्य उपस्थित कर दिया जो सच के बहुत करीब था, पुलिस वाले भी उनका भाषण सुनकर मंत्र-मुग्ध हो रहे थे, वे भी सबके साथ तालियां बजाने और नारेबाजी में साथ देने लग गए थे, यही मौका इम्तियाज अली के पेशेवर अपराधियों को ठीक लगा, पहले तो कुछ ने पुलिस की तरफ को पटाखे फेंके, कुछ ने पुलिस के पीछे से जुलूस की तरफ पटाखे फेंके, लोगो को लगा कि गोली चल गई है। बदमाशों ने चीखकर अफवाह भी फैला दी....भागो...भागो,...जान बचाओ पुलिस ने गोली मार दी है, उनका आधा काम हो गया था। भीड़ में दहशत फैल गई थी, सब भागने की कोशिश में लग गये थे, भागते हुए लोग एक दूसरे पर गिर रहे थे, दुकानों के शटर बन्द कर दूकानदार भी पांव में सर रखकर भाग रहे थे। सुकेश वर्मा वर्मा चीख-चीख कर रुक जाने की गुजारिश कर रहा था, लेकिन सब बेअसर हुआ। थाने से गौरव सिंह, आसिफ अली और मुंशी जी भी अतिरिक्त फोर्स लेकर पहुँच चुके थे।

अब भीड़ का हिस्सा बने पेशेवर पत्थरबाज दो हिस्सों में बंटकर पत्थरबाजी शुरू कर दिए। कुछ पुलिस की तरफ से कुछ पलायन कर रही भीड़ की तरफ से। एक नुकीला पत्थर सब इंस्पेक्टर आसिफ अली को जोर से लगा, खून बहने लगा था उनके सर से। स्थित अनियंत्रित देखकर वे आँसू गैस के गोले फेंकने का आदेश दे दिए। गोले फटते ही चारो तरफ

धुँआ सा फैल गया। लोगो की आंखे जलने लगी। इसी धुंए की आड़ लेकर उपद्रव फैलाने वाले बदमाश रफूचक्कर हो गये। ज्वाला सिंह और विधायक जी के साथ आये आदमी भी तितर-बितर हो गए थे।

ज्वाला सिंह, विधायक जी और सुकेश वर्मा को पुलिस पकड़ कर जेल पहुँचा आयी थी, बाकी लोग अपने से ही भाग गए थे, जो गिर गए थे, उन्हें उठने का मौका नहीं मिला था, वे बेचारे नाहक में अधमरे हो गए थे, पुलिस उन घायलों को उठाकर अस्पताल छोड़ आयी थी। अब स्थिति पुलिस के कंट्रोल में थी।

★★★

(इक्कीस)

घायल हुए सब इंस्पेक्टर आसिफ अली को गौरव सिंह अस्पताल से चेक-अप और मरहम पट्टी के उपरांत उनके आवास में छोड़ आये थे, उन्हें कोई गम्भीर चोट नहीं थी, सर में जो पत्थर लगा था, उसमें टांके लगाकर मरहम पट्टी कर दी गई थी, बाकी घायलों को भी, जिन्हें हल्की-फुल्की चोट आयी थी, प्राथमिक उपचार के बाद छुट्टी कर दी गई थी, दो-तीन घायलों को जिन्हें गम्भीर चोट आयी थी, उन्हें जांच उपरान्त जिला चिकित्सालय राजनगर के लिए रेफर कर दिया गया था। गौरव सिंह कार्यालय तरफ आ गए थे, आते ही मौजूद पुलिस कर्मियों का हाल-चाल लिए, सब सुरक्षित थे। रामसिपाही को छोड़कर कोई अन्य स्थायी स्टाफ वहाँ मौजूद नहीं मिला, जो भी थे, वे अलग-अलग थाने के स्टाफ रहे। उन्होंने रामसिपाही से मुंशी जी और अन्य सिपाहियों के बारे में पूछा था, लेकिन रामसिपाही को उन सबके बारे में कोई जानकारी नहीं थी। वे अपने कमरे में आकर राजनगर पुलिस अधीक्षक मित्तल साहब को रिपोर्टिंग कर रहे थे।

“इतना तो होना तय था, मेरा तजुर्बा कहता है, भीड़ को कंट्रोल में रखना ज्वाला सिंह या विधायक के बूते की बात नहीं थी। भीड़ जब स्वछंद हो जाती है, तब भीड़ में शामिल हर व्यक्ति अपना नेता खुद बन जाता है, वह उस समय किसी का कहना नहीं मानता है, जो उसको उस समय ठीक लगता है, वही करने की कोशिश करता है।” घटना की पूर्ण जानकारी लेने के उपरांत मित्तल साहब बोले।

“जी सर।”

“आज जिन लोगों को गिरफ्तार किया है, उनकी मेहमानी ठीक से करना, केवल एक रात का मौका मिला है, ज्वाला ठाकुर और विधायक साहब का खास ख्याल रखना, यह केवल मेरी बात नहीं है, ये ऊपर से भी हुक्म है।”

“जी सर।” गौरव ने कुछ कहने की बजाय छोटा सा उत्तर दिया।

नगर में धारा १४४ लगा हुई थी, हर चौराहे, गली नुक्कड़ में पुलिस के जवान तैनात किए गए थे। दोपहरी ढलान पर थी, दिन का कार्यभार जवान और सुकोमल-सहृदय संध्या के हाथों में सौंपकर भगवान भास्कर वैशाख के दिनों में धरती वासियों को अल्प शीतलता प्रदान करना चाहते थे। लेकिन उनकी यह कृपा सबको अलग-अलग महसूस होती है। किसी का बदन चाँद की शीतल चांदनी में ही झुलस जाता है, तो किसी का जेठ की तपती दोपहरी से भी ज्यादा परेशान नहीं होता। उसके तपते बदन को एक लोटा जल ही शीतल करने को पर्याप्त होता है।

ठाकुर ज्वाला सिंह, विधायक जी और सुकेश वर्मा को अलग-अलग कोटर में रखा गया था, सभी को जेल के नियमानुसार चार बिस्कुट के साथ पीने को चाय दी गयी थी। ज्वाला सिंह ने चाय-बिस्कुट लेने से इंकार कर दिया था।

वे चुपचाप कोटर में बिछी मैली दरी पर निर्विकार बैठे थे। देखने में वे बाहर से शांत लग रहे थे...लेकिन भीतर से अशांत थे। विचारों की प्रचंड ज्वाला जल रही थी। उनका कुर्ता जगह-जगह से फट गया था, सर में बंधा साफा, चश्मा और मोबाइल भगदड़ के समय कहीं गिर गये थे।

गौरव सिंह दूसरी मर्तबा रामसिपाही से मुंशी जी के बारे में पूछ चुके थे, लेकिन उनका कोई पता नहीं चल पाया था, वे साथ मे मोबाइल लेकर चलने वाले मुंशी भी नहीं थे कि फोन से ही बात हो जाये। उनका पता चले भी कैसे चले।

इधर क्राइम के जाने-माने वकील तनखा साहब के पास बैठे कानून की धाराओं में गोते लगा रहे थे, उनका मकसद महज इतना था कि केस डायरी कुछ इस तरह की तैयार हो कि ज्वाला ठाकुर को सजा जरूर मिले, मुंशी जी के सीने में धधक रही बदले की आग आज प्रचंड रूप में थी, उनका जी हो रहा था कि ज्वाला सिंह के मुँह के आगे जाकर वे अपना कलेजा चीर दें, ताकि ज्वाला का सफेद चेहरा जलकर स्याह पड़ जाये। वे कानूनी धाराओं को नोट कर वापस आ गये थे, आते ही उन्हें रामसिपाही द्वारा बताया गया कि साहब आपको दो-तीन बार याद कर चुके हैं। वे बिना देरी के डायरी हाथ मे लिए हुये उनके कक्ष की ओर बढ़ गए थे। शाम होने को थी, साढ़े

पांच का समय होने जा रहा था, लेकिन सूर्य देव का तवा अभी भी इतना गर्म था कि आराम से खाने भर को रोटी सेंकी जा सकती थी।

"साहब आपने बुलाया था?" पहुँचते ही मुंशी जी ने पूछा।

"हाँ, लेकिन आप थे कहाँ?"

"माफी चाहता हूँ, दरअसल केस डायरी के सिलसिले में तनखा साहब से सलाह-मशविरा करने निकल गया था।" मुंशी जी एक सांस में बोल गए।

"किसी को बताकर तो जाते? हम आपकी खैरियत को लेकर फिक्रमंद थे।"

"जी!! मैं हॉस्पिटल से सीधे उनके ऑफिस चला गया था।"

"और मै आसिफ मियां को लेकर इधर आ गया।" अधूरे वाक्य को गौरव ने पूर्ण किया।

"जी...जी...बिल्कुल यही हुआ।"

"मुंशी जी एक बात सोच रहा हूँ, परन्तु आपकी राय जानना जरूरी है, दरअसल मैं ज्वाला सिंह और विधायक जी को छोड़ देने की सोच रहा हूँ।

"क्या? क्या? बहुत गलत हो जाएगा साहब, उन्हें सजा दिलाने की पूरी तैयारी करके आया हूँ। ये डायरी देखिये कानून की धाराएं, जो उन पर लगानी है।" मुंशी जी डायरी दिखाते हुए बोले।

"मुंशी जी! आप ही तो कहते थे, उन पर कोई जुर्म साबित करना बहुत कठिन काम है, फर्ज कीजिये इस दफा आरोप सिद्ध भी हो गया और थोड़ी बहुत सजा हो भी गई तो क्या फर्क पड़ेगा? वे ऊपरी अदालत से निर्दोष साबित हो जाएंगे। आप कहाँ से लाएंगे चश्मदीद गवाह जो ज्वाला सिंह को पत्थर फेंकते हुये देखा हो या अपने भाषण से भीड़ को उकसाते हुये सुना हो।"

"जो भी हो साहब! लेकिन मुझे उनको छोड़ देना कतई वाजिब नहीं लगता है। वैसे भी एसपी साहब और आईजी साहब इन्हें छोड़ने की अनुमति आपको नहीं देंगे।"

"अनुमति नहीं मिलेगी, ये मुझे पता है। अनुमति की जरूरत भी नहीं है, थाने का इंचार्ज मैं हूँ, अपने विवेक से मुझे काम लेना है। आप तो उन लोगों को छोड़ने बावत एक चिट्ठी टाइप कराओ, जेलर को एड्रेस करते हुए.....छोड़ने के कारण में लिखिए.... नगर की कानून व्यवस्था सामान्य हो गई है, अतः विधायक जी और ज्वाला सिंह को जेल में रोकने का औचित्य नहीं है। कॉपी पुलिस अधीक्षक और कलेक्टर राजनगर को जरिए फैक्स भेज दीजिए।"

"ठीक है साब! लेटर तैयार किये देते हैं, लेकिन कल को आपके ऊपर बहुत आरोप लगेंगे, ऊपर वाले अफसर भी आपका नुकसान करेंगे, यह भी हो सकता है ज्वाला सिंह भी पुलिस पर ज्यादती और मान-हानि का मुकदमा ठोंक दे। आप अभी प्रोवेशन में हैं, सभी पहलुओं पर गौर कर लीजिए।" मायूस होकर मुंशी जी बोले।

"आपकी चिंता जायज है, मुंशी जी! लेकिन उन्होंने तो ऐसा कुछ किया ही नहीं है कि, उन पर अपराध अधिरोपित करें। मुझे तो लगता है, भीड़ का फायदा उठाकर कुछ असामाजिक तत्व पत्थरबाजी कर गए। मैं स्वयं चौराहे में था, ठाकुर ज्वाला सिंह बराबर चिल्ला रहे थे कि पत्थर मत चलाओ...शांति बनाए रखो। यह ठीक है कि उनके पहले के बहुत जुर्म हैं, लेकिन उनका कोई सबूत पुलिस के पास नहीं है, और आज....जो उन्होंने किया ही नहीं, उसके लिए वे पांच घण्टे से ज्यादा का समय जेल में बिता चुके हैं, यह कम तो नहीं है। मुझे जो सत्य लगेगा वहीं करूँगा, सत्य की हिफाजत में जो भी आड़े आएगा, उसे पल भर में छोड़ दूँगा, नौकरी तो बहुत छोटी चीज है।" गौरव सिंह दृढ़ता से बोले।

मुंशी जी की स्थिति उस असहाय सिपाही की तरह लग रही थी, जिसके सामने अपराधी खड़ा हो, और उसे लाख प्रयास के वाबजूद भी पकड़ न पाये हों। वे हारे मन से लेटर तैयार करने चले गए थे।

★★★

(बाइस)

सेंट्रल जेल के बाहर इक्का-दुक्का लोगों के अलावा परिसर में कोई नहीं था, शायद धारा १४४ के प्रभावी होने की बजह से सन्नाटा था। सड़क के किनारे थोड़ी दूरी पर ब्राउन कलर की इनोवा कार खड़ी थी, नम्बर प्लेट के ऊपर बने शेर के चित्र से यह गाड़ी लाखों में से पहचानी जा सकती थी, यह ज्वाला सिंह का खास सिंबल है, जो उनके हर वाहनों में नम्बर प्लेट के ऊपर रहता है, चाहे ट्रक हो, लॉरी हो या कार हो। गाड़ी के पास खड़ी भद्र महिला को देखकर आईपीएस गौरव सिंह समझ गये कि वे ज्वाला सिंह की पत्नी हैं। फूल के मानिंद गुलाबी चेहरे का मुरझा जाना भी साबित कर रहा था कि वे ठकुराइन साहिबा ही हैं। वे चलकर उनके सन्निकट पहुँचे और अपना परिचय दिया। बनावटी मुस्कुराहट के भाव चेहरे पर लाती हुई ठकुराइन बोलीं......

"साहब मुझे उनसे मिलने की जेलर साहब अनुमति नहीं दे रहे हैं। मुझे जैसे ही ठाकुर साहब के गिरफ्तारी की खबर मिली, मैं इधर आ गई हूँ।"

"आप कतई परेशान न हो, आप यहीं पर ठाकुर साहब का इंतजार कीजिये, वे अतिशीघ्र छोड़ दिये जाएंगे। यह कहते हुए गौरव सिंह तेजी के साथ जेल के दैत्याकार मुख्य द्वार की ओर बढ़ गये।

ठाकुर ज्वाला सिंह, विधायक जी, और सांध्य तारा के मुख्य सम्पादक सुकेश वर्मा को छोड़ दिया गया था, ठाकुर ज्वाला सिंह की मूछें जो हमेशा आसमान की तरफ होती थी, आज धरती को प्रणाम कर रहीं थी। वे बिना किसी से कुछ कहे-बोले स्थिर कदमों से अपनी कार के पास आ गये थे, फिर उन्हें न जाने क्या सूझा कि वे पलटकर कुछ फासले में खड़े गौरव सिंह के पास आकर भर्राई हुई आवाज में बोले......"शुक्रिया एसपी साब।"

गौरव सिंह का धन्यवाद करने के उपरांत ज्वाला ठाकुर गाड़ी में बैठकर चले गये थे। लेकिन ताज़्ज़ुब ये रहा कि कार के भीतर सिर्फ इंजिन चलने

और यदा-कदा हॉर्न की कर्कश ध्वनि के अलावा खामोशी पसरी थी, न तो ज्वाला ठाकुर कुछ बोल रहे थे और न ही ठकुराइन साहिबा। पैंतालीस मिनट के इस लघु सफर में नजरें भी चार नहीं हुईं। बाहर सन्नाटा पसरा था लेकिन भीतर तीव्र तूफान का आलम। क्या यह बड़े परिवर्तन का संकेत था?? इसका जवाब समय देगा। कोठी के बाहर कार के रुकते ही गेट कीपर-सह-पहरेदार ने बड़े गेट को खोल दिया था। कार से उतर कर ठकुराइन बिना कुछ बोले-कहे भीतर दाखिल हो गयी थीं। ज्वाला ठाकुर बड़े बरामदानुमा हॉल में आकर तख्त पर बैठ गए थे, सामने पचास की तादाद में खाली कुर्सियां पड़ी थीं, उन कुर्सियों में आज कोई बैठने नहीं आया था। आने की कोई वजह भी नहीं थी, सभी को यह मालूम रहा कि ज्वाला ठाकुर को पुलिस गिरफ्तार कर जेल भेज दी है। घर का विश्वास पात्र और पुराना नौकर 'रामधन' पानी ले आया था, जिसे वे एक सांस में गटागट पी गये और दीवार में कमर टिकाकर आंखे बन्द कर लिए।

रात्रि की नीरवता में जहां कायनात स्वयं विश्राम लेती हो, वहाँ किसी को उनींदी आँखें लेकर विचारों के महासागर में डूबने-उतराने की जरूरत तो नहीं होनी चाहिए, लेकिन ऐसा नहीं हो पाता है, नकारात्मक विचारों से उत्सर्जित ऊर्जा रात्रि-शयन को बाधित करती है और यदि कई व्यक्तियों के फिक्र में साम्य स्थापित हो जाए तब यह दायरे में आने वाले समस्त लोगों की नींद हराम कर देती है। ऐसा ही संयोग आज बन पड़ा था, जिसमें ज्वाला ठाकुर, ठकुराइन साहिबा, मुंशी जी, और गौरव सिंह शामिल थे। सभी की फिक्र आज की घटना से स्वयं को जोड़कर खुद के नफा-नुकसान के आंकलन में लगी हुई थी।"

टन...टन, दो बार की ध्वनि निकाल कर थाने में लगी दीवाल घड़ी ने रात्रि के दो बजने का संकेत देकर खामोश हो गई। मुंशी जी जरिये फैक्स आईजी कार्यालय और एसपी कार्यालय को ज्वाला सिंह और अन्य की रिहाई की सूचना दे चुके थे। वे अब काम से फुर्सत होकर स्वयं से बातें करने लगे थे...... "साला कितना बढ़िया मौका आया था, पूरी सेटिंग एक नासमझ

लौंडे की बजह से फेल हो गई, आज की रात ज्वाला की ज्वाला ठंडी करके रख देता। सारी योजना धरी की धरी रह गयी। खैर, मुझे क्या? मुंशी का मुंशी ही रहना है, कल को वह सड़क में न आ गया तो मेरा भी नाम मुंशी हरदयाल नहीं। क्या नाम है, एसपी का? हां याद आया...... मुकेश मित्तल, वो बिना सस्पेंड किए मानेगा नहीं।"

अपनी टेबल पर झुके हुये मुंशी जी बड़बड़ा रहे थे। तभी रामसिपाही उधर से निकला। मुंशी जी को बड़बड़ाते हुए सुनकर वह ठिठका और पूछ लिया......

"किस्से बतिया रओ हैं, मुंशी जी ??"

"तुम्हारे बाप से।"

"गुस्सा काहे को मुंशी जी? पान चुक गओ का?"

"मेरा दिमाक मत चरो, जाओ यहाँ से।" खिसियाकर मुंशी जी बोले।

डांट खाकर रामसिपाही दूसरी तरफ चला गया था। उधर गौरव सिंह भी अपने रूम में जाग रहे थे......उनकी चिंता इस बात को लेकर थी कि यदि कल को सस्पेंड कर दिया गया तो रंजन की माँ की तलाश तो और बेहतर तरीके से कर लूँगा, लेकिन सुमन और उसके घर वाले वह यकीन नहीं कर पाएंगे जो अभी तक करते आये हैं। उनका भरोसा टूट जाएगा, हो सकता है कल को सुमन भी मुझे झूठा मान ले। कल उससे मिलते हुए प्रयागराज निकल जाऊँगा। माता राम भी कल दोपहर तक पंडा जी के निवास में पहुँच जाएंगी।

.....

हॉल के तख्त में मसनद में सर टिककर ठाकुर ज्वाला सिंह सो गए थे। आज वे ख्वाबों की उस दुनिया के धरातल में पहुँच गये थे, जिसकी सतह दलदली थी। वहाँ बहुत से लोग पहले से फँसे हुये थे। सभी बाहर निकलने के लिए छटपटा रहे थे, जोर मार रहे थे, लेकिन इस प्रयास में वे और धँसते चले जा रहे थे।

वहां की दुनिया से बाहर आने के प्रयास में यथार्थ की दुनिया से उनका कनेक्शन कट गया था। ज्वाला ठाकुर निद्रावस्था में थे, लेकिन उनका अचेतन जागा हुआ था। वे दूर खड़े होकर दलदल में फँसे हुये लोगों से कह रहे थे... ...सभी मिलकर एक साथ जोर लगाओ, इस दलदल से बाहर आ जाओगे।

लेकिन यहाँ पर उनकी बात यह कहकर खारिज कर दी गई कि सब लोग अलग-अलग तरह से अलग-अलग जगह में फँसे हुये हैं। सामूहिक जोर कैसे लगाएं?

ज्वाला ठाकुर रात्रि का भोजन भी नहीं किए थे, उनका रसोइया रामधन, टेबल पर खाने की थाली और बोतल बन्द पानी रखकर सोने चला गया था। ख्वाबों के दलदल से बाहर आने के प्रयास में झेली गई छटपटाहट और बेकरारी का जब अंत हुआ, उस समय हालनुमा बैठक की दीवाल घड़ी रात्रि के तीन बजा रही थी। उन्हें यथार्थ का भान हुआ, वे अपने हाथ-पांव और सर झटककर आश्वस्त होना चाहते थे कि अभी जो देखा है, वह महज ख्वाब है, हकीकत से कोई वास्ता नहीं है। वे अब तक वही कपड़े पहने थे, जो सुबह पहने थे। वे तख्त से उठे और खुली खिड़की से बाहर झाँकने लगे, उनके बंदूकची बॉडी गार्ड सोने चले गए थे, उनकी जगह डाबर-मैन नस्ल के दोनों कुत्ते सजग थे, किसी सरसराहट पर भूँकने की उनकी ड्यूटी थी, वे अपनी ड्यूटी में मुस्तैद दिखे...... वे विचार करने लगे....

आज के नौकरशाहों से बेहतर तो कुत्ते ड्यूटी कर लेते हैं। कम से कम जिसका नमक खाते हैं, उसके साथ तो गद्दारी नहीं करते हैं। काश! आदमी भी ऐसी ड्यूटी करता तो अपने देश में किसी तरह की कोई समस्या न रहती। समस्या विहीन देश होता, विदेशों में अपने मुल्क की मिसाल दी जाती। अपवाद स्वरूप, एसपी. गौरव सिंह आज सत्य की ड्यूटी करते हुए मिला, उसने समझा कि मेरा और विधायक का हाथ उपद्रव फैलाने में नहीं है, उसने मुझे और विधायक को छोड़ दिया। मुझे इस बात का इल्म है, यह कतई आसान काम नहीं था, कल पता चलेगा, क्या होता है? ऊपर वाले हाकिम, उसे नौकरी से मुअत्तिल जरूर करेंगे, हो सकता है, आगे चलकर

बर्खास्तगी भी हो जाए। मेरे लिहाज से उसने स्वयं के कैरियर के प्रति ठीक नहीं किया है, उसे हम लोगो को छोड़ना नहीं चाहिए था। रात भर की बात थी, अगले दिन कोर्ट से जमानत पर छूट जाता, फिर केस चलता, आखिर में कुछ न होता। एसपी गौरव सत्य का प्रहरी है, सत्य के प्रहरी में गजब का आत्मबल होता है। यदि ऐसा न होता तो आज मेरा रेत का अबैध कारोबार बंद न होता, जंगलों से इमारती लकड़ियों की कटाई में लगे मेरे आदमी जेल में पड़े-पड़े सड़ नहीं रहे होते, सालों से चल रहा बियर-वार बन्द न करना पड़ता और भी कई छोटे-मोटे कारोबार जो दाऊ सा. के जमाने से चल रहे थे, आज भी चलते। इन पचास सालों से चल रहे कारोबार को रोकने या क्षति पहुचाने की जुर्रत किसी कलेक्टर-एसपी से नहीं हुई।

वे आगे और सोचते कि एक अस्पष्ट परछाई सामने की दीवाल में तस्वीर की तरह टँग गयी थी। वह धुंधली परछाई सिर्फ और सिर्फ एक आकृति थी। थी....नर-नारी के बीच की विभाजन के चिन्ह उस आकृति में दिखाई नहीं पड़ रहे थे, अचानक उस आकृति से जनानी आवाज गूँजी......

“बहुत खूब ठाकुर ज्वाला प्रताप सिंह! बहुत ऊँचे उड़ रहे हो आज, जरा जमीन में उतर कर बिना जूते पहने दो-चार कदम चलकर देखो, फिर पीछे मुड़कर देखो, तुम्हारी सारी काली करतूतें कतार में खड़ी मिलेंगी, तुम चाहकर भी गिन नहीं पाओगे उनकी संख्या को। किंतु तुम्हें डरने की कतई जरूरत नहीं है। तुम्हारा जुर्म कोई साबित नहीं कर सकता है, अंधे-लूले कानून को झूठे-सच्चे चश्मदीद गवाहों की जरूरत होती है। जो किसी लोक में नहीं मिलेंगे।

बड़ी ताज़्जुब की बात यह है, देश और समाज हित की अच्छी सोच किस छिद्र से तुम्हारे भीतर घुस गयी। यह भी सत्य है...अच्छी सोच प्रकृति की उपज होती है, जो हर प्राणी के भीतर जन्म से मौजूद रहती है, तुम्हारे भीतर भी थी लेकिन तुम्हारे हठी मन ने कभी नेकियों की बात नहीं सुनी। आज अब चले हो, अपने भीतर में नेकियां तलाशने... “शायद तुम्हें मालूम नहीं, एक गुनाह के शोक पर दस अच्छाइयां दम तोड़ जाती हैं। तुम्हारा

अन्तस अब बिना पानी का अंधा कुआं है, उसमें कुछ नहीं तलाश पाओगे. ...हा. हा... हा... हा.।"

"कौन हो तुम ??" जोर से चीख उठे थे ज्वाला ठाकुर, गनीमत रही के पास में बंदूक नहीं थी, अन्यथा वे उस धुंधली आकृति पर गोली दाग देते, उन्हें जोर का गुस्सा आया था।

"चिल्लाओ नहीं, ज्वाला ठाकुर! तेज आवाज सुनना मुझे पसन्द नहीं है।

अब जो कहने जा रही हूँ, उसे कान खोलकर सुनो......तुम्हारे जुर्म की फाइलें उस जज के पास हैं, जो तुम्हारे गुनाहों का चश्मदीद गवाह भी है, वह तुम्हें जरूर सजा देगा, वह जज कहीं बाहर नहीं है, तुम्हारे घर में ही मौजूद है।"

"तो तुम औरत हो?"

"चलो औरत और मर्द में फर्क करना तो आ गया......ताज़्जुब है, ठाकुर तुम्हें इतना भी नहीं मालुम ध्वनि सदैव नारी होती है, परछाई भी नारी होती है, तस्वीर भी नारी होती है, एक बात और कान खोलकर सुन लो......यह नारी सिर्फ अपने मन पसन्द इंसान के लिए मोम हो सकती है, वरना उस जैसा सख्त कोई पत्थर भी नहीं होता।"

"तुम किसकी बात कर रही हो, किसमें इतनी हिम्मत है जो मेरे खिलाफ मुँह खोले। कहीं रामधन की औरत की बात तो नहीं कर रही हो? वो क्या बोलेगी, वह कोई पाप नहीं था, समझौता था, जिसकी जो जरूरत रही, उसने वो ले लिया। उसे पैसे चाहिए थे, मुझे उसका जिस्म।"

"और वो लड़की जो तुम्हारी ससुराल से आयी थी, ठकुराइन साहिबा के बुलाने पर, उसने क्या समझौता किया था, तुमने उसके साथ जबरदस्ती की थी, फिर उसे जहर देकर....।"

"तुम अपनी बकबास बन्द करो, नहीं तो तुम्हारा गला दबा दूँगा।"

"गला दबाओगे? किस हाथ से? देखो कांप रहे हैं तुम्हारे हाथ। पहले

सम्हालो, अपने-आप को, फिर गला दबाने की सोचना। गला दबाना आसान काम नहीं होता, बड़े जिगर की जरूरत होती है।" ....हा हा हा हा... अट्टहास करती हुई वह मानव आकृति दीवाल की स्वेत पुती परतों के बीच लुप्त हो गई थी।"

वह आकृति ज्वाला ठाकुर के भीतर डर पैदा करने में सफल हो गई थी, वे तख्त से उठकर टेबल तक आये और बोतल भरे पानी को पेट में उड़ेल कर पुनः तख्त में बैठ गये, लेकिन उनका डर अभी कम नहीं हुआ था। वे खिड़कियों से बाहर की ओर देखने लगे, दोनो कुत्ते पंजो के बीच में थूथुन लुकाये आराम की मुद्रा में आस-पास बैठे हुये थे। दूर-दूर तक पसरी दूधिया रौशनी में गाँव जगमगा रहा था। कोठी के बाहर लगे अशोक के लंबे पेड़, हवाओं के प्रभाव से किसी शराबी की तरह हिल-डुल रहे थे। यह देखकर उन्हें थोड़ा सुकून मिला और तख्त में बिछे मोटे गद्दे पर लंबे हो गए।

दीवाल घड़ी से निकली टन...टन...टन...टन की ध्वनि से यह साफ हो गया कि सबेरे का आगाज हो गया है। ज्वाला ठाकुर के सिर में दर्द हो आया था, वे सोना चाहते थे, लेकिन उनका भूतकाल आज वर्तमान में रूपायित और व्याख्यायित था। हजारों तरह के खयालात अखबार की हेडलाइन की तरह दृष्टि-पटल में छपे हुए थे, जो आंख बंद करने की स्थिति में अधिक स्पष्ट हो जाते थे। वे इस बात का उत्तर अभी तक नहीं तलाश पाये थे कि कुछ देर पहले धुंधली तस्वीर की शक्ल में दीवाल से चिपकी, बोलती हुई मानवीय आकृति किसकी थी? क्या यह किसी की आत्मा है, जो मुझसे प्रतिशोध लेना चाहती है, या फिर मन का भ्रम है, यह जांचने के लिए उन्होंने दाहिनी कोहनी पर चिकोटी काटी, दर्द के अल्प आभास से वे समझ गये कि मैं नींद में नहीं हूँ।

★★★

(तेईस)

भगवान भास्कर प्राची के द्वार से अरुणाभ किरणे धरनी को भेजना शुरू कर दिए थे, अन्य दिनों की तुलना मे आज की सुबह कुछ ज्यादा गर्म थी। वैसे मुल्क के पश्चिमोत्तर हिस्से का मिजाज कुछ अधिक उष्ण रहता ही है। गौरव सिंह सुबह की क्रियाओं से फारिग होकर सब इंस्पेक्टर आसिफ अली का कुशल-क्षेम पूछने उनके आवास में पहुँच गये थे। आसिफ अली सर में पट्टी बांधे हुये अब भी बिस्तर में पड़े थे, उन्हें हल्का बुखार भी था।

"कैसी तबियत है?" गौरव सिंह ने उन्हें देखते ही पूछ लिया।

"ठीक है सर, फिक्र की कोई बात नहीं, इतनी चोट-चपेट आना तो पुलिस वालों के लिए कोई मायने नहीं रखता है।"

"भाई जॉन! इधर की जिम्मेदारी आपको सौंपकर मैं दो दिनों के लिए प्रयागराज जा रहा हूँ। परसो गंगा दशहरा है, मां को संगम स्नान कराने की सोच रहा हूँ।"

"ठीक है सर......आप हो आइये।" आसिफ अली ने संक्षिप्त उत्तर दिया।

आसिफ अली के क्वॉर्टर से बाहर निकल कर वे टैक्सी द्वारा सुमन के घर की तरफ रवाना हो गए थे। आज आसिफ और जुबैदा भाभी का व्यवहार उन्हें बदला-बदला सा नजर आया था, हमेशा नाश्ते के लिए आग्रह करने वाले आसिफ ने एक भी शब्द नाश्ते के लिए नहीं कहा। जुबेदा भाभी तो बाहर कमरे से निकलीं ही नहीं। यह मन में खटकने वाली बात थी। उन्हें लगा कि ये लोग मुझे पहले से ही सस्पेंड कर चुके है, पुलिस कमिश्नर ने सस्पेंड किया है या नहीं किया है, यह तो अखबार देखने पर या मुंशी जी के कम्प्यूटर में आये मेल को पढ़ने से मालूम पड़ेगा, आज का अखबार वे देखे नहीं, जबकि मुंशी जी की टेबल में अखबार पहुँच गया था, वे उधर गये ही नहीं थे। चौक बाजार का हनुमान मंदिर आ गया था, यहाँ से सुमन

का घर संकरी गली से होकर नजदीक पड़ता था, वे टैक्सी से उतर कर उस गली की तरफ बढ़ने ही वाले थे, कि रामसिपाही को डंडा लिए घूमते देखकर वे रुक गए। उसे आवाज देकर अपने पास बुलाये और पूछे......

"इधर क्या कर रहे हैं?"

"साब इते मुंशी जी भेजो है, बोले के आज मंगलबार है, मंदिर तरफ राऊंड मार दईयो।

"ठीक है देख लो।" इतनो कहकर वे गली की दिशा में मुड़े ही थे कि रामसिपाही पुनः सामने आ गया।

"क्या बात है,रामसिपाई जी! आज बहुत उदास लग रहे हैं?"

"साब! दिल में चोट लग गई मोखे। आपको इते से इस तरह रुखसत होबो मोखो सहन नहीं हो रओ है।"

"क्या बात है, जरा खुलकर बताओ।" गौरव सिंह ने पूछा।

"मुंशी जी बता रए थे के आप को मुअत्तिल कर दओ गओ है।"

"बस इत्ती सी बात" ...वे उसके कंधे में हाथ रखते हुये बोले।

"इतई भर बात होती तो ढाढ़स कर लेतो, अखबार में छपी है के आपने ज्वाला ठाकुर को घूस लेके छोड़ो है। जे सरासर झूठो इल्जाम है। बस जैई बात मोखो बहुत परेशान कर रओ है।"

"चिंता की बात नहीं है, ऐसे आरोप न जाने कितने लगेंगे, इनसे घबराने की जरूरत नहीं, बस अपने मन, वचन कर्म से ऐसा काम न हो, जो असत्य का समर्थक हो और स्वयं की अंतरात्मा उसे कचोटती रहे।"

रामसिपाही की आंखों में आंसू झलकने लगे थे, वे उसे सांत्वना देकर गली में बढ़ गये थे।

गौरव सिंह जब सुमन के घर पहुँचे, धूप तेज हो गई थी। उस समय घर पर सुमन और उसकी छोटी बहन किरण के अलावा और कोई नहीं था,

किरण ने द्वार खोला था, उसी से पता चला कि रंजन ट्यूशन में गये हैं और माता जी मन्दिर गई हैं। उन्हें लड़कियों के साथ घर में बैठना उचित नहीं लगा, लिहाजा वे वापस होने लगे थे कि किरण ने पूछ लिया......

"कैसे आना हुआ था ??"

"कुछ खास नहीं, मन्दिर तरफ आया था, तो सोचा रंजन जी से मिलता चलूं।"

"वाह, क्या बात है? आप भी बढ़िया झूठ बोल लेते हैं, सीधे से क्यों नहीं कहते हैं कि सुमन दीदी से मिलने आए है, आइये भीतर बैठिए, दीदी बाथ में है, आती होगी।"

गौरव सिंह न चाहते हुये भी भीतर दाखिल हो गए, दिल से दिमाग पुनः पराजित हुआ था। वे कुर्सी खिसकाकर बैठ गए थे, किरण गिलास में पानी रख कर सामने बैठ गई और बड़ी नजाकत से आंख मटकाती हुई बोली....

"एक बात बताओ जीजू......।"

"जीजू??"

"डरिये नहीं, सत्य को स्वीकार कीजिए, बहन के पति को जीजू ही कहेंगे न?

सुमन दीदी अंतरात्मा से आपको वरण कर चुकी है। दीदी कह रही थी, आप भीतर से फौलाद है, लग भी रहा है, आप सस्पेंड कर दिए गए हैं, अखबार में छपा है, लेकिन आपके चेहरे पर शिकन नाम की चीज नहीं है।"

"और क्या कह रही थी दीदी?"

किरण कुछ आगे बोलती कि सुमन नहाकर आ गई थी। जिस तरह से गुलो में दिन भर की जमी गर्द की परत को रात की शबनम धोकर उन्हें निखार देती है, उसी तरह से पानी ने अपनी मीठी छुअन से सुमन के गुलाबी चेहरे को और निखार दिया था, रूप की मल्लिका सुमन सामने खड़ी मंद-मंद मुस्कुरा रही थी। पानी की कुछ बूंदें, रुखसार और गेसुओं में मोती की शक्ल

में ठहरकर रूप-लावण्य को दुगुना कर रहीं थीं। जैसे उसे भी बाथ से जल्दी निकलने की रही थी, चेहरे को ठीक से पोंछा नहीं था।

“लो आप लोग बैठकर दिल की बातें करो। मैं चली किचेन में आप दोनों के लिए चाय बनाने।” सुमन को सामने देखकर किरण बोली।

“पगली।” सुमन उसके गाल में चपत लगाकर बोली।

“तुम दोनो बहनों में आपस मे बहुत प्यार जाहिर होता है।”

“जी, हम बहुत प्यार करते हैं, एक दूसरे से।” मुस्कुराकर सुमन बोली।

“मुझसे?” गौरव भी हँसकर पूछ लिए।

“आप के साथ हुए प्यार और दिली ताल्लुकात को परिभाषित नहीं कर सकती, सिर्फ महसूस करती हूँ, हर घड़ी, सोते-जगते, उठते-बैठते। आपके जेहन में इस अनुभूति के लिए यदि कोई शब्द हो तो बता दीजिए?”

“जरूरी नहीं कि अनुभूतियों को जाहिर करने के लिए शब्दों का सहारा लिया जाए। मौन भी बोलता है, उसकी अलग डिक्शनरी है, अलग संकेत है, सच्चे प्रेमियों से कुछ अनकहा नहीं रह जाता है, वे मौन की भाषा सुन-समझ लेते हैं।” दार्शनिक अंदाज में गौरव बोले।

कुछ पल खामोशी में गुजरे थे कि किरण चाय लेकर आ गई, उसे इन दोनों को मौन बैठे हुये देखकर उसे चुलबुली सूझी......

“आप दोनों बोलते क्यों नहीं एक दूसरे से......बढ़िया मौका है, ममा मन्दिर गई है, पापा पढ़ाने गये हैं, कम से दो चार ‘किस’ तो बनता है, इस मौके पर।”

“तू पिटेगी किरण, ज्यादा शरारत दिखाई तो।”

डांट खाकर किरण हँसती-मटकती हुई भीतर के कमरे में चली गई थी।

“सच तो कह रही है, किरण, एक अप्रतिम स्पर्श दे दो, नई ऊर्जा संचरित होगी, सच मे इस समय बहुत जरूरत है, उस ऊर्जा की। नई चुनोतियाँ कल

से आ गईं हैं, उन्हें कुबूल करते हुए दायित्वों का निर्वाह करना है। सच को साबित करना है, अपने पुलिस मोहकमे के लिए, अपने चाहने वालों के लिए और खासकर आने वाले कल के लिए, ताकि कल की जुबान मुझे झूठा, मक्कार, खुदगर्ज पुलिस अफसर न कहे।"

सुमन मना नहीं कर सकी थी, वह इतनी करीब हो गई थी, जहां से सांसो की तपिश बिना किसी अवरोध के दिल-ओ-जान को स्पर्श करती हैं, यह इस प्रेमी युगल का प्रथम दैहिक स्पर्श था, रूहें तो कब की एकाकार हो गई थीं।

किरण के वापस लौटने की संभावना को जानकर दोनो एक दूसरे से जुदा हो गए थे।

"मैं चलूंगा अब...मुझे प्रयागराज के लिए निकलना है।"

"जी ठीक है।"

"कुछ पूछोगी नहीं??"

"नहीं... सारे सवाल चुक गये हैं, अब हर सवाल का जबाब वक्त स्वयं देने जा रहा है। धुंध की परत हटने वाली है, आंखों से भोर का उजास सन्निकट आता दिख रहा है। गंगा मैय्या आपका मार्ग प्रशस्त करेगीं।"

"जीजू! अनुमति हो तो एक सवाल पूँछ लूँ, वास्तव में यह सवाल अकेला मेरा नहीं पूरी खिरहनी की जनता का है?"

"पूछो।"

"आपने ज्वाला ठाकुर और उनके साथियों को क्यूँ छोड़ दिया??"

किरण ने सीधा-सपाट लेकिन कठिन सवाल किया था। जिसका उत्तर देना किसी के लिये सरल नहीं था। किंतु उत्तर देने वाला भी कोई साधारण इंसान नहीं था, विलक्षण प्रतिभा के धनी आईपीएस गौरव सिंह थे, वे बिना किसी हिचकिचाहट के किरण की आंखों में झाँककर बोले......

"उन्हें दंड देकर छोड़ दिया गया है। अपराध विज्ञान कहता है कि किसी खतावार को मिली कड़ी से कड़ी सजा भी केवल शारीरिक दंड दे सकती है,

उसकी आत्मा को दंडित नहीं कर पाती, न कोई सुधार ला पाती है, यदि ऐसा होता तो सजा काटने के बाद वह व्यक्ति दोबारा से अपराध नहीं करता। ज्वाला सिंह के साथ मैंने नया प्रयोग किया है। सभी से मेरी गुजारिश है, थोड़ा सब्र करें बेहतर परिणाम आने की संभावना है। ज्वाला ठाकुर को पांच घण्टे तक जेल की कोठरी में कैद रखना ही उनकी लिए बड़ी सजा थी।"

गौरव सिंह जा चुके थे, थोड़ी देर में सुनीता भी मन्दिर से पूजा करके लौट आयी थीं, किरण के बताने पर की गौरव घर आये थे, सुनीता ने कुछ नहीं कहा था, लेकिन चेहरे की भाव भंगिमा से लग रहा था कि गौरव का घर आना उन्हें ठीक नहीं लगा था। थोड़ी देर में रंजन भी ट्यूशन पढ़ाकर आ गए था, घर में मायूसी का माहौल था, वजह, माँ के लापता होने का समय तीन माह से ज्यादा गुजर जाने के बाद भी कुछ पता न चलना। गौरव सिंह पर रिश्वत लेकर ज्वाला ठाकुर को छोड़ देने का आरोप। अखबार में जो छपा था उसे झुठलाने की तर्क शक्ति रंजन जैसे सामान्य सोच के इंसान में नहीं थी।

"तुम्हारा गौरव से ज्यादा मेल-जोल ठीक नहीं है, सुमन को सुनाकर सुनीता बोली थीं।"

"अब बताओ किस पर यकीन करें, सिन्हा साहब के कहे अनुसार मुझे पक्का भरोसा हो गया था कि अब पुलिस अम्मा का पता जरूर लगा लेगी, लेकिन जिसको मसीहा मान बैठे थे, वो मौका मिलते ही अपनी असलियत बता गया।" लम्बी सांस खींचते हुए रंजन बोले थे।

"अखबारों ने रिश्वत लेकर ज्वाला ठाकुर को छोड़ने का संदेह ही तो जाहिर किया है, एसपी गौरव पर। इस आधार पर किसी के बारे में अंतिम राय कायम करना उसके साथ नाइंसाफी होगी, अभी आप लोग गौरव के प्रति ऐसा न सोचे, थोड़ा समय का इंतजार करें।" कभी मां-बाप के सामने मुँह न खोलने वाली किरण बोली।

"तू गौरव की बहुत तरफदारी कर रही है, कितना इंतजार करें? इंतजार

की कोई सीमा होती है? पूरा जीवन इंतजार में ही तो कट रहा है।" सुनीता बोली।

किरण बिना और कुछ कहे कमरे में आ गयी थी, सुमन पहले से ही कमरे में बैठी हुई अखबार पढ़ रही थी, यह कमरा दोनो लड़कियों का स्टडी रूम से साथ-साथ शयनकक्ष भी था। कोने में आलमारी के खंडों में दोनों की किताबें और कापियाँ व्यवस्थित रखी थीं, कमरे में एक ही पलंग था, दोनो बहनें साथ ही सोती थीं, वे आपस मे बहुत अच्छी मित्र भी थीं, एक दूसरे से हृदय की बात कहने वाली। वय में किरण सुमन से दो साल छोटी थी, शक्ल सूरत में भी फर्क था, किरण सामान्य नयन-नक्स की, वही सुमन तो सुमन थी, सुंदर गठीला छरहरा जिस्म और किसी को भी सम्मोहित कर लेने की ताकत रखने वाले दो मतवारे नयन, आरोहित, यति, गति, लय, ताल से संगीत की सुर लहरियों में किसी भी वक्त वातायन में विखर जाने को आतुर रक्ताभित, मधुरिम, जुम्बिस लेते लब। कैसे बखान हो यौवन के उन अनकहे से बिंबो को, जो मलिका-ए-हुस्न सुमन का हर मौसम, हर पल सृंगार करते हों। जब शब्द प्रस्तावना में ही पराजित हो जाते हों। दिल की उठी भावनाओं को कहने में शब्द-मेरु गड्डमड्ड लगती हो, तब समझ लीजिए यह नवयौवना सुमन का अलौकिक रूप है, अन्य किसी का नहीं है। दोनो के विचारों में भी फर्क......किरण जहाँ साधारण सोच-विचारों की ग्राही, वहीं सुमन के बारे में अंदाजा लगाना बहुत कठिन, अलबत्ता वह शौम्य-सहज स्वभाव की थी।

"दीदी !! पापा और ममा का यकीन गौरव जीजू पर से खत्म हुआ लगता है, तुम कुछ करो न।" किरण ने कहा।

"किसी को कुछ करने की जरूरत नहीं है, भरोसे टूटते-जुड़ते रहते हैं, आज टूटा है, कल जुड़ जाएगा। बस तुम एक बात का ध्यान रखना कभी पापा या ममा के सामने गौरव से रिश्ता जोड़कर मत बोलना।" सुमन ने समझाया।

"बोल गई धोखे से तो??"

"नहीं, उन्हें दुःख पहुँचेंगा, उर्मिला आंटी वैसे भी हमारे दिलों के बीच उगे प्यार के बीज को पेड़ होने की खबर ममा को दे चुकी हैं।"

"तो ममा को सब पता है?"

"हाँ, लेकिन वे पूर्ण रूप से विजातीय रिस्ते को मान्य करने को अभी तैयार नहीं हैं। इसलिए सब नियति पर छोड़ दो।"

"दीदी एक बात बताओ... "यदि तुम्हारे और गौरव के मध्य रिश्ता नहीं हो पाता है, तब तुम क्या करोगी ?"

किरण के इस सवाल से उसका समूचा अस्तित्व दोलित हो गया था, फिर भी मन को संयत करती हुई वह बोली... "तू बहुत आगे की मत सोच, जोड़ियां बनाने वाला कोई और है, उस पर यकीन रख।"

"दीदी! भगवान करे, तुम्हारा कहना सही हो, किंतु मुझे बहुत डर लग रहा है।"

किरण को उसने अपनी ओर खींच लिया था, बड़े लाड़ से उसके बालों पर उँगली से कंघी फेरती हुई सुमन बोली......

"देख कोई भी घटना अकारण नहीं होती, हर घटना नियति की भविष्यवाणी होती है, इसे समझने की कोशिश करनी चाहिए और बड़ी सहजता से लेना भी चाहिए, इसमें खुशी या मायूसी जैसे भाव स्वयं के होते हैं, घटित होने वाली घटना से किसी का भी दूर-दूर का कोई सम्बन्ध नहीं होता है। इसलिए इस फिक्र को दरकिनार करते हुए, मुझे क्या करना चाहिए? यह स्वयं तय करना होगा। मेरी मानो तो अभी खुश रखो स्वयं को और आसपास के वातावरण को भी। आगे जो भी होगा वह बहुत सुखद होगा, यह मानकर चलना उचित है।"

सुमन से लिपट गयी थी किरण, कमरा सुवासित हो गया था, प्रीति के आलिंगनबद्ध सुगन्ध से। दूसरे कमरे से भी रंजन और सुनीता की हँसी वातायन में घुल रही थी, आँगन में लगे बीही के पेड़ में अपनी मां के साथ बैठी नन्हीं चिड़िया चीं...चीं... कर उठी थी। सड़क पर आइसक्रीम बेचने

वाले के ठेले से आ रही घण्टियों की टुन्न, टन्न घर के नजदीक आती प्रतीत हो रही थी, किरण दौड़ गई थी, आइसक्रीम के ठेले की तरफ। सुमन झटके से उठ गयी थी पलंग से, चौकोर कमरे के कोने में लगे दर्पण के सामने खड़ी होकर मुस्कुराने लगी थी। उसके मुँह से अनायास शब्द निकल गए थे..... "धन्यवाद दाता! तू हर समय सबके लिए खुशियों की बरसात करता है, ये अलग बात है, कौन उस बरसात में भीगता है और कौन अभागा सूखा रह जाता है।"

★★★

(चौबीस)

प्रयागराज में संगम पर आज बहुत भीड़ थी, हो भी क्यों न? आज गंगा दशहरा है। मान्यता है कि ज्येश्ठ शुक्ल दसवीं तिथि को गंगा जी धरती में अवतरित हुई थीं, इस दिन गंगा के पवित्र जल में स्नान करने से दस पापों का नाश होता है, अंत मे मुक्ति मिलती है। दूर-दूर से श्रद्धालु एक दिन पहले ही प्रयागराज पहुँच गये थे, गौरव सिंह की माता जी एक दिन पहले ही पंडा गोकुलानन्द के आश्रम पहुँच गईं थीं। ये दारागंज में उनके रहायसी घर से थोड़ी दूर में बना था, बड़े पंडा जी इसे आश्रम का नाम दे गए है। बाहर से आने वाले उनके भक्तों चेलों के ठहरने का इंतजाम यहीं रहता था। गौरव के पिता भी जब तक जीवित रहे, इन्हीं पंडा जी के आश्रम मे आकर ठहरते थे, यहाँ पर उन्हें हमेशा घर जैसा वातावरण मिलता था। अब जबसे गौरव सिंह आईपीएस हुए हैं, माता जी का मान-सम्मान अधिक बढ़ गया था। कल पंडा जी के लड़के माता जी को लेने रेलवे स्टेशन कार-गाड़ी लेकर गये थे।

रहने के लिए सर्व सुविधायुक्त वातानुकूलित कमरा दिया गया था। गौरव भी प्रयागराज पहुँच चुके थे, वे माता जी को स्नान कराने के लिए भोर में ही संगम की तरफ निकल गए थे। स्नान दान ने निवृत होकर माता जी ने मन्दिरों के दर्शन करने की इच्छा जताई, वे बड़े हनुमानजी के मंदिर पहुँच गईं थी, हनुमान जी को लड्डू-प्रसाद चढ़ाने के उपरांत सामने के पार्क में जाकर कंक्रीट के बेंच पर बैठ गई, गौरव भी समीप बैठ गये।

"तुम्हारे लिए बेसन के, मूंग और मावे के लड्डू बनाकर लाई हूँ, लो खा लो, गंगा मैया की गोद मे बैठकर खाने से अद्भुत स्वाद मिलता है। ये बेसन के लड्डू तो तुम्हें बहुत पसंद हैं?"

मां की इच्छा समझ कर गौरव बेंच से उतरकर हरी घास पर चादर बिछाकर बैठ गए और मां के हाथ से लड्डू लेकर खाने लगे, दो लड्डू खाने के बाद वे ममतामयी मां के मुख को निहार कर बोले...... "आप

भी खाइए।"

"खा लूँगी... बहुत दिनों के बाद गंगा मैया की कृपा से तुम्हें कुछ खिलाने का अवसर बना है, अभी और लो, ये मूंग के भी खाकर देखो।" वे गौरव के हाथ मे जबरदस्ती दो लड्डू मूंग वाले रखती हुई बोलीं।

"सच मां चार माह बीतने को आ रहे हैं, कोई घड़ी ऐसी नहीं गुजरी, जब आपको मिस न किया हो।"

"अच्छा ये बता नौकरी कैसी चल रही है?" उन्होंने पूछा।

बिना कुछ छिपाए गौरव ने खिरहनी पोस्टिंग का पूरा हाल कह सुनाया। माता जी के माथे पर चिंता की लकीरें बनने-बिगड़ने लगी थीं, वे बोतल से दो घूँट पानी पीकर बोलीं...... "तुम्हें आजकल के चलन के मुताबिक चलना चाहिए था, मान लो आरोप लगाकर नौकरी से निकाल दिए गये, तब क्या होगा?दुनिया तुम्हे कुसूरवार समझेगी। स्वयं को सही कैसे साबित कर पाओगे?"

"ये आप क्या कह रहीं माँ? आप ही ने तो कहा था, बेटा! कैसा भी वक्त आये, अपने बचाव और खुद के लाभ के लिए झूठ का सहारा मत लेना, सत्य सदैव सूर्य की तरह सत्य होता है, झूठ के चंद बादल कभी भी सूर्य-किरणों को रोक नहीं सकते।"

"शाबास बेटा शाबास! तुम्हारी परीक्षा ले रही थी, सत्य की परीक्षा में तुम उत्तीर्ण हुये। ऊपर देखो, तुम्हारे स्वर्गीय पिता तुम्हें सल्यूट दे रहे हैं।" माता जी आसमान की ओर नजरें उठाकर बोलीं।

मां और बेटे में बातचीत चल रही थी, गाँव घर की बातें, पड़ोस-मुहल्ले की बातें, देश-दुनिया की बातें, धर्म, दर्शन और वेद-वेदांत की बातें, लोक-परलोक की बातें, गौरव की मां सावित्री सिंह असाधारण व्यक्तित्व की महिला थी, गौर वर्ण, उन्नत भाल की स्वामिनी। ऐसी विदुषी और दृढ़ चरित्र की महिला जब वात्सल्य के साथ अपने जिगर के टुकड़े को पाल-पोसकर बड़ा

करेगी, तो वह इंसान निश्चित ही असाधारण होगा। गौरव सिंह को उन्होंने ऐसी चट्टान बना दिया था, जो किसी भी स्वभाव के जल से गीला न हो, किसी तरह के झंझावात से हिले-डुले नहीं। बिना डर के हमेशा सत्य-पथ पर अडिग रहे।

"गये हफ्ते एक पुराने इलाकेदार ठाकुर घराने से तुम्हारे लिये रिश्ता आया था, वे बहुत खर्चे वाली शादी करने की बात सुना गये हैं।" एकदम से बात का रुख बदलती हुई माता जी बोलीं।

"आपने उन्हें क्या जबाब दिया?" उत्सुकता से गौरव ने पूछा।

"जबाब....क्या देना? ये तो पूरी विरादरी को पता है, के लड़के की पसन्द ही प्रमुख है, धन-दौलत का लालच हमें तो स्पर्श ही नहीं कर सकता।"

"माँ! आपको मैं एक तस्वीर दिखाता हूँ, आप अपनी राय जाहिर कीजिए।"

सुमन की तस्वीर मोबाइल से निकालकर गौरव, माँ के सामने कर दिए, सावित्री सिंह सुमन की तस्वीर को कुछ देर तक देखती रहीं, फिर गौरव से पूछ बैठी.... "तो यह लड़की मेरी बहू है न??"

"जी! लेकिन आपकी आज्ञा जरूरी है, बिना आपकी आज्ञा मिले कुछ नहीं हो सकता?" मां के आंचल से माथे पर बह आये पसीने को गौरव सुखाते हुये बोले।

"अनुमति है, इस लड़की का चित्र बोलता है कि यह हमारे घर के योग्य है, फिर भी विवाह से पहले मैं इस लड़की से मिलना चाहूँगी। इसके बारे में मुझे खुलकर बताओ।"

सुमन के बारे में गौरव ने माँ को सब कुछ बता दिया। वे अब वहाँ से चलने की तैयारी करने लगे थे। खाली प्लेट्स उठाकर वे डस्टबिन में डाल आये थे। घास में बिछी चादर को समेट ही रहे थे कि सामने सड़क पर उत्तर प्रदेश राज्य पुलिस का पिकअप वाहन आकर रुक गया। इस वाहन में नगर पुलिस अधीक्षक 'जोसेफ एक्का' बैठे थे, वे गौरव को पहचानकर

ही गाड़ी खड़ी किये थे, वे वेन से उतर कर गौरव के ठीक सामने आकर खड़े हो गए, गौरव ने जब सामने उन्हें देखा तो खुशी से उछल पड़े, हाथ मे सहेजी चादर को मां की तरफ उछालते हुए वे उनसे लिपट गये। दो मित्रो के मिलन में कुछ पल निकल गए, जब सामान्य हुए तब माता जी से परिचय कराया। सावित्री सिंह के चरणों में जोसेफ झुकने ही वाले ही थे कि उन्होंने मना किया और बोली.... 'वर्दी में हो, चरण स्पर्श नहीं।'

"नहीं माँ जी! जो वर्दी माँ के चरण छूने से रोकती हो, उसे उतार सकता हूँ।"

"इसकी भी जरूरत नहीं, तुम्हारी भावनाएं मुझको स्पर्श कर गई हैं, खुश रहो, खूब तरक्की करो, खूब फूलो-फलो।"

जोसेस एक्का और गौरव सिंह देहरादून में साथ-साथ ही प्रशिक्षु थे, स्वभाव की समानता ने एक दूसरे का मित्र बना दिया था। गौरव की पोस्टिंग खिरहनी तथा जोसेस की बुलंदशहर हुई थी, वे ट्रान्सफर से पिछले पखवारे ही प्रयागराज आये थे। जोसेस का मकान भी प्रयागराज में है, वे घर चलने की जिद करने लगे थे, गौरव मानने को राजी नहीं थे, वे शीघ्र ही खिरहनी जाकर वस्तु स्थिति से परिचित होना चाहते थे। लेकिन सावित्री सिंह जोसेफ का आग्रह टाल नहीं सकीं, उन्होंने गौरव को समझाया कि दो-तीन घण्टे के लिए इनके घर हो आना चाहिए। फिर शाम की ट्रेन में मुझे बैठा देना घर निकल जाऊँगी और तुम खिरहनी चले जाना। जोसेस सबको लेकर सिविल लाइन्स अपने घर आ गये थे। उनके घर मे माँ-बाप के अलावा वे और उनसे छोटी बहन जिसे घर में ...कृष्णा कहते थे, वो थी। जोसेस की माँ ने गौरव और उनकी माँ का गर्मजोशी के साथ स्वागत किया। गौरव कई दफे जोसेफ के घर आ चुके थे, सभी लोग परिचित एवं आत्मीय थे।

"बाबू जी नहीं दिख रहे?" घर मे इधर-उधर नजर दौड़ाते हुए गौरव ने जोसेफ से पूछ लिया।

"उन्हें जब समाज सेवा से फुर्सत मिले तब न। घर से अलसुबह छड़ी

उठाए घूमने के बहाने निकल गए हैं, नौ बजने को हैं, अभी तक नहीं आये।" जोसेफ की माँ ने बताया।

"कोई बात नहीं, हम उन्हें फोन किए देते हैं।" जेब से मोबाइल निकालते हुए जोसेफ बोले।

"रहने दो भैया! बाबू जी मोबाइल घर में ही छोड़ गए हैं।" कृष्णा ने बताया।

दोनो मित्रों के बीच नवीन जॉब को लेकर जिक्र चल रहा था। जोसेफ पुलिस की इस बड़ी नौकरी से खुश नहीं थे, उन्हें लगता है कि आजकल के प्रशासनिक अधिकारियों को राजनेता अपने निजी नौकर से ज्यादा अहमियत नहीं देते हैं। उनकी जी-हुजूरी बजाओ, तभी तक सब ठीक है, अन्यथा ये चालीस आरोप लगवाकर बदनाम भी करेंगे, और नौकरी भी छीन लेंगे। सबने अपना जमीर भी नेताओं के हाथ बेच दिया है। वे बताते हैं पिछले दिनों सीएम को आना था, उनका हेलीकॉप्टर समय से दस मिनट पहले लैंड हो गया था। एसडीएम. मैडम रास्ते में जाम की वजह से विलम्ब से आईं, वे घबरा गई थी, कार से उतरते ही वे सीएम के काफिले की तरफ दौड़ पड़ी थीं, पाँव से सैंडिल उतर गई, साँसे बेकाबू हो रहीं थीं, कुछ बोल नहीं पा रहीं थीं।

"ओह!" गौरव ने अफसोस जताया था, इसी बीच जोसेफ के बाबू जी घर आ गये थे, कोने में छड़ी टिकाकर वे बरामदे में पंखे के नीचे बैठ गए थे, ...कृष्णा उन्हें पानी दे आई थी। बाबू जी को घर आया जान गौरव उनसे मिलने के निमित्त बैठका से उठकर बरामदे में आ गए, वे उनका चरणस्पर्श करते हुए समीप ही कुर्सी खिसकाकर बैठ गए थे। इधर-उधर की औपचारिक बातों के बाद उन्होंने बताया कि आज से तकरीबन तीन माह पहले यमुना ब्रिज के पास एक बुढ़िया पानी मे डूबती-उतराती मिली थी, गोताखोरों के सहयोग से उसे नदी से खींच लाया गया था, हम लोग उसे हॉस्पिटलाइज़्ड कर आये थे, वो डॉक्टरों के अनुसार भीतरी तौर पर दुरुस्त है लेकिन ताज़्जुब की बात है कि वह अभी तक बेहोश है, मैं उसे ही देखने को गया

हुआ था, इसलिए घर पहुँचने में विलम्ब हुआ है।

बुढ़िया के हॉस्पिटल में भर्ती होने की बात सुनकर गौरव सिंह की छठी इन्द्रिय सक्रिय हो गई, वहाँ से अस्पस्ट संकेत मिलने लगे, उन्हें लगा कहीं ऐसा तो नहीं, वो बुढ़िया रंजन की माँ हो, उसे चलकर देखना चाहिए। वे फौरन पूछ बैठे.... "बाबू जी! वो किस हॉस्पिटल में है?"

"वह स्वरूपरानी मेडिकल कॉलेज में एडमिट है।"

"उससे फौरन इसी वक्त मिलना चाहता हूँ।"

"अरे! ऐसी भी क्या जल्दी है? दोपहर का खाना खाओ, रेस्ट करो, शाम को हॉस्पिटल चलकर देख आएंगे।"

"प्लीज बाबू जी, मुझे अभी ले चलिए, एक घण्टे से लौट आएंगे, तब तक इधर खाना भी तैयार हो जाएगा। वैसे भी आज बहुत नास्ता हो गया, खाने की बिल्कुल इच्छा नहीं है।"

जोसेफ ने भी शाम को चलने की बात कही, खुद उनकी माता श्री ने भी समझाया कि शाम को मुझे छोड़ने स्टेशन जाओगो, तब १५ मिनिट रुककर देख आना, लेकिन गौरव की बेचैनी देखने लायक थी, यदि जोसेफ के बाबू जी यह न कहते कि...... "ठीक है चलते हैं।" तो गौरव सिंह अकेले ही दौड़ पड़ते। कुछ ही मिनटों में गौरव और बाबू जी को वेन में बैठाकर जोसेफ स्वरूपरानी मेडिकल कालेज की ओर चल पड़े थे।

★★★

(पच्चीस)

दिन के दस बजे थे, लेकिन जून के महीने में भगवान भास्कर पूरे रंग में आकर जलती सलाखों सी तप्त किरणें धरती में पहुंचाना शुरू कर दिए थे, धरती के जीव भी अपने-अपने तरीके से स्वयं को जलने से बचाने के तरीके पहले से ही ढूंढ लिए थे। कोई टोपी लगाकर, कोई मुँह को कपड़ों की ओट में छिपाकर, आखिर जीवन को किसी तरह से बचाना तो पड़ेगा ही। रास्ते भले वीरान जंगलों के हों, गांव के हों या ऊँची-ऊँची गगनचुम्बी पत्थर की इमारतों से निर्मित शहर के हों, पेट की तीमारदारी के लिए पैरों को दौड़ना ही पड़ेगा। हॉस्पिटल की लिफ्ट खराब होने के कारण, जोसेस, बाबू जी और गौरव को सीढ़ियों के रास्ते लेकर मेडिकल कॉलेज की तीसरी मंजिल में पहुँच गये थे।

सयाने बाबू जी सांसो की लय सुधारने के लिहाज से दीवाल से सर टिकाकर खड़े हो गए थे। मेडिसिन वार्ड के बड़े से द्वार पर दक्षिण भारतीय नस्ल की नर्स चुस्त ड्यूटी दे रही थी, वह किसी को भी भीतर दाखिल नहीं होने दे रही थी। पूछने पर यही कहती... "जस्ट मिनिट बाहर वेट करो, डॉक्टर टीम राउंड मार रही है।"

इतना सब्र गौरव के पास नहीं था, उन्होंने आई कॉर्ड नर्स को दिखाया, वह डॉक्टर से अनुमति लेकर वार्ड के अंदर जाने को परमिट कर दी थी। बेड नम्बर ५७ में बेहोश लेटी वह वही बुढ़िया थी, जिसे देखने को गौरव उतावले थे। तीनो उस बेड से नजदीक आ गए थे, डॉक्टर भी पहुँच गये थे। डॉक्टरों के अनुसार पेशेंट फिजिकली फिट है। जबरदस्त सदमे की बजह से यह कोमा में है। इसे कोमा से बाहर आने में कुछ और समय लग सकता है।

गौरव बड़ी बारीकी से उस महिला का मुआयना कर रहे थे, दुर्भाग्य से शिनाख्ती के लिए उनके पास यहाँ कुछ नहीं था। सम्पूर्ण जानकारी थाने में जमा फाइल में थी। वे वार्ड से तत्काल गैलरी में आये और थाना खिरहनी

को फोन मिलाने लगे, थाने के फोन को रामसिपाही ने उठाया था, जानकारी मांगने पर वह एक सांस में सब बोल गया......" साब! आपको मुअतिल कर दओ है, रंजन के माता की पूरी फाइल अली साब के पास है, वेई इंचार्ज हैं, और एसपी साब को ये भी हुकम है कि आपको किसी तरह की जानकारी नई दई जाए।"

रामसिपाही की पीडाभिव्यक्ति शब्दों के माध्यम से प्रकट हो रही थी, वह इतना सब बताते-बताते रो पड़ा था। अब फोन काटकर वे सुमन के घर का फोन मिलाने लगे। फोन तत्काल मिल गया, रंजन फोन उठाये थे, फोन मिलते ही बिना समय गंवाए गौरव ने मां के शरीर पर कोई अमिट निशान होने की जानकारी मांगी, उन्होंने बताया कि माँ के नाक के ऊपर बड़ा सा मस्सा है, नाक में पहनी सोने के कलश को भी वे कभी नहीं उतारती थीं। मस्से से उनकी शिनाख्त कुछ तो हो गई थी, अलबत्ता नाक से कलश नदारत था, सम्भव है, बेहोशी की हालत में किसी ने कलश उतार लिया होगा। अब उनका शक धीरे-धीरे यकीन में बदलने लगा था। वे रंजन को पूरे सदस्यों को साथ लेकर प्रयागराज पहुँचने को कह चुके थे।

अपरान्ह तीन बजे के आसपास दोनो बेटियाँ और पत्नी के साथ रंजन रॉय हॉस्पिटल पहुँच गये। वह बुढ़िया रंजन की माँ रामकली ही थीं, सभी ने पहचान लिया था, ये लोग फोन सुनते ही, जो जैसी हालत में थे, प्रयागराज के लिए चल पड़े थे, जोसेफ सभी के लिए सब्जी पूड़ी और आम का अचार लाए थे, कोई कुछ भी खाने को तैयार नहीं था, लेकिन गौरव के समझाने पर वे मान गए थे और खाने को तैयार हो गए थे।

अपनो की स्नेहमयी आत्मीय उपस्थिति का बहुत प्रभाव पड़ता है और जब सब लोग इकट्ठे होकर एक ही कामना से ईश्वर को पुकारते हैं, तब सबकी आवाज एक शक्तिशाली आवाज का स्वरूप धारण कर ईश्वर के कानों तक जरूर जाती है। जोसेफ के पिता जी बार-बार प्रभु यीशु से प्रार्थना कर रहे थे......"हे, सर्वशक्तिमान परमेश्वर माता जी को चेतनावस्था में ला दे।"

फिर सबको समझाइस देते......कोई मलाल नहीं करेगा, प्रभु यीसु बहुत

दयालु हैं, हमारी प्रार्थना खाली नहीं जाएगी। प्रार्थना का असर हुआ, वार्ड के भीतर से नर्स यह कहती हुई डॉक्टर को बुलाने तेजी के साथ गई थी कि बेड नम्बर सन्तावन के मरीज के शरीर मे हरकत हो रही है।

डॉक्टर वार्ड में पहुँच गये थे, इन सभी को बाहर बरामदे में रोका गया था, लगभग आधे घण्टे बाद डॉक्टर हिमांशु त्यागी जो मेडिसिन विभाग प्रमुख थे प्रसन्न मन से बाहर आकर रंजन की माँ के होश में आने की खबर दिए, तथा सभी को उनसे मिलने की अनुमति दिए। पूरे घर को सामने पाकर वे आश्चर्य मिश्रित खुशी से भाव विह्वल हो गईं, कंठ अवरुद्ध हो गए, वाणी मूक हो गयी वे किरण और सुमन को बाहों में समेटे नयन जल से वात्सल्य परोस रहीं थी।

"इन्हें आप लोग चाहें तो साथ ले जा सकते हैं, ये अब स्वस्थ्य हैं। किंतु उचित यह होगा कि अभी हफ्ते भर आप लोग प्रयागराज में ही रहें, ताकि किसी तरह की प्रॉब्लम होने पर चिकित्सकीय परामर्श मिल सके, वैसे किसी तरह के प्रॉब्लम के चांस अब नहीं है फिर भी एहितयात वतौर कह रहा हूँ।" डॉक्टर त्यागी बोले।

"जी।" रंजन ने संक्षिप्त उत्तर दिया। लेकिन सामने हफ्ते भर रुकने की समस्या थी, किसी लॉज का खर्च तो ये लोग उठा नहीं सकते थे।

"हम सब लोग साथ में हफ्ते भर पंडा जी के आश्रम में रहेंगे, खाने-पीने की कोई चिंता नहीं, सुबह-शाम गंगा स्नान और आरती और खुद के हाथों पकाया मन-माफिक स्वादिष्ट भोजन।" रंजन की परेशानी का सर्वमान्य हल सुझाती हुई गौरव की माता सावित्री सिंह ने कहा।

रंजन की माता जी सामने खड़े कुछ अपरिचित लोगों के बारे में जानना चाह रहीं थीं, उनकी निगाहें, बीच-बीच मे उस तरफ जाकर ठहर जाती थीं, जिधर गौरव, उनकी माता सावित्री सिंह, जोसेस और उनके बाबू जी खड़े थे। सुमन ने दादी के आंखों की भाषा को पढ़ लिया और गौरव सिंह की ओर इशारा करती हुई बोली......"दादी! ये खिरहनी के एसपी साहब

है, इन्हीं के प्रयासों के प्रतिफल ही हम सब आपको जीवित देख रहे हैं।”

दादी ने गौरव की तरफ कृतज्ञ हृदय से हाथ जोड़ दिए थे।

“होंगे एसपी कहीं के। ये मेरे जीजू हैं।” गौरव और सुमन को खींच लाई थी किरण दादी के पास। गौरव ने श्रद्धा से दादी के कदमों में सर झुका दिया, इशारा समझकर सुमन भी नजदीक आ गयी थी, दादी ने दोनों से सर में हाथ रख दिया। कांपते ओठों से ‘सुखी रहो’ का आशीर्वचन सुनकर वहाँ मौजूद सभी लोगों के ओठों मे मधुर मुस्कान तैर गई। प्रत्येक चेहरे खुशी के चमक उठे थे, गौरव और सुमन के रिस्ते की, सबके तरफ से यह मौन मंजूरी थी।

“यह रिश्ता मुझे मंजूर है।” सावित्री सिंह ने मुखर सहमति दे दी।

“मुझे भी मंजूर है, बहन जी!” प्रसन्न चित्त से सुनीता ने भी अपनी सहमति जता दी।

“यही तो परमेश्वर को मंजूर है।” जोसेफ के पिता जी अपनी तरह से ईश्वर का धन्यवाद करने लगे। वे आँखें बंद किये हुए बोले जा रहे थे...... “धन्यवाद परम शक्तिमान, तू कितना कृपालु है, कितना रहम दिल है, सबकी पुकार सुन लेता है।”

रंजन की माता जी को हॉस्पिटल से छुट्टी कर दी गई थी, वे सभी अति प्रसन्न थे। गौरव और उनकी माता, रंजन की फैमली के सदस्य ऑटो में बैठकर गोकुला नन्द के आश्रम में आ गये थे। जोसेफ बाबू जी को साथ लेकर अपने घर को रवाना हो गये थे।

आश्रम में एक अलग से हॉल खोल दिया था, दादी के लिए बेड और बाकी लोगों के जमीन में सोने की व्यवस्था थी, हॉल से लगा हुआ टॉयलेट और कोने में किचन, हॉल में पंखे कूलर...पंडा जी के लड़कों ने सारी सुविधाएं मुहैय्या करा दी थीं। गौरव की माता सावित्री रात्रि सोने के लिए कमरे में चली जाती थी, बाकी समय सब साथ-साथ हॉल में उठते-बैठते, हंसते-बोलते, खाते-पीते। सुबह-शाम गंगा स्नान और संध्याकाल गंगा आरती

के पश्चात मिल-जुल कर भोजन बनाना। अलग तरह की खुशनुमा जिंदगी, दुनिया के पेचों-खम से दूर......जो बड़े भाग्य से मिलती है, न कोई समस्या न कोई समाधान। माँ गंगा के पावन जल से उठी पवित्र हवाएं जिस खुशनसीब को अपनी स्नेहमयी छुअन दें, वह भला रोगी कैसे हो सकता है?

रंजन की माता जी दो-तीन दिन में ही स्वयं को चुस्त-दुरुस्त महसूस करने लगीं। वे चलकर कभी किचन में जाकर बन रहे भोजन के विषय में पूछतीं, तो कभी दालान में जाकर दूर-दूर तक विस्तृत गंगा मां के पावन जल को निहारतीं। एक अकथ सुखद अनुभूति की झलक उनके चेहरे पर हर वक्त देखी जा सकती थी। धन्य हैं, वे जीव जिन्हें पाप नाशिनी, मोक्षदायिनी गंगा माँ अपने पावन पगों में आश्रय प्रदान कर अमृतमयी जल से नित्य नहलाया करती हैं।

आज जाने का समय आ गया था। टैक्सी बुला ली गयी थी। बिछुड़न की मायूसी हर चेहरे पर झलक रही थी, लेकिन सुखद ये रहा कि चंद दिनों के आत्मीय साथ ने सब के भीतर मधुर रिस्तों का मजबूत ताना-बाना बुन दिया था। सप्ताह भर का समय इतना जल्दी बीत गया कि किसी को पता ही नहीं चल पाया, रंजन की मां अब स्वयं को ठीक महसूस करने लगी थीं, चलते समय डॉक्टर को दिखा दिया गया, वे भी उन्हें पूर्णतया फिट घोषित कर दिए थे। टैक्सी में बैठकर वे लोग खिरहनी के लिये रवाना हो चुके थे।

उन लोगों के जाने के बाद माता जी को छोड़ने गौरव स्टेशन आ गए थे, माता जी की आंखों में उदासी के बादल मंडराते देख, वे भी उदास हो गए थे। आंखों में जो खुशी कुछ दिनों से रुकी हुई थी, उसके बिदाई की घड़ी आ गयी थी। वे ट्रैन में माँ को बैठा चुके थे।

“मै दो-तीन दिन के भीतर उधर का काम निबटा कर सीधे घर आऊँगा, आप अपना ख्याल रखियेगा।” ट्रेन आहिस्ता-आहिस्ता लौह की अंतहीन पटरियों पर रेंग चली थी, माता जी कुछ बोली नहीं, वे सफेद रुमाल से आंखों में जमी आंसुओं की बूंदों को पिघलने से बचाने की कोशिश में लगी हुई थीं।

प्रयागराज से गौरव सिंह बस से खिरहनी लौट रहे थे, रंजन की माता जी का सकुशल मिल जाना वे मात्र ईश्वरीय कृपा मान रहे थे, एक अकथनीय सुकून जरूर था, उनके मन में। जब वे खिरहनी के बस स्टैंड पर उतरे उस समय रात्रि के दस बज गये थे, बस दो जगह पंचर हुई, बैरियर में विवाद के चलते बीस मिनट रुकी रही, इस तरह से घण्टे भर की देरी से बस आयी थी। वे बस स्टेशन के समीप ही एक साधारण से दिखने वाले लॉज में ठहर गये।

होटल में पहुँचते ही सर्वप्रथम उन्होंने माँ को खिरहनी पहुँच जाने की इत्तला दी, फिर रंजन को फोन कर उनकी कुशलता मालूम की, वे लोग घर पहुँच गए थे। वे आज शीघ्र सोना चाहते थे, सुबह के लिए उनके पास जरूरी काम थे। प्रथमतया थाना पहुँचकर मुअत्तली का ऑर्डर रिसीव करना, फिर रंजन की मां से बयान दिलवाकर पंजीबद्ध प्रकरण को बन्द कराना था। हल्का-फुल्का भोजन लेने के बाद वे शयन के इरादे लेकर पलंग पर लेट गए।

रात्रि के मध्य प्रहर में उनका अंतः मस्तिष्क कई तरह से रंग-विरंगे सपने समेट लाया था। सिनेमा की चलती-फिरती रील के मानिंद कई तरह के रंग-बेरंग सीन बन्द पलकों में दिखने लगे थे, कभी ट्रेन के लोवर सीट में सफर कर रही मां का उदास-उदास चित्र तो कभी सुमन का खुशियों की पंखुड़ियों के बीच हँसता-मुस्कुराता चित्र। सब कुछ बिल्कुल सच सा-दृश्य। स्वप्न सागर की तरंगें कभी मद्धम तो कभी उग्र रूप से उठती, दौड़ती, गिरती, तट से टकराती फिर शांत होकर लौट जाती थी। न ठहरने वाले इस सिलसिले के मध्य में स्वर्गीय कर्नल पिता की छवि उभरती है, जो लहरों के सीने में कुशल नाविक की तरह नौका को स्थिर किये हुए बैठे हैं, वे गौरव की ओर अपलक मंद-मंद मुस्कुराते हुए देख रहे हैं। अचानक ऐसे लगा कि पिता कुछ कह रहें है, उनके मुँह से निकले शब्द, शूक्ष्म रूप धारण कर गौरव के चेतन कक्ष में पहुँचने लगे थे।

वे कह रहे थे.... “जिस नदी का पानी कीचड़ लगाता है, उसी नदी का

पानी उस कीचड़ को धोता भी है, तुम्हें मुअत्तिली और खुद पर लगे आरोपों से विचलित होने की जरूरत नहीं है, सच सदैव सच रहता है, वक्त स्वयं सच को साबित कर देता है। बस तुम्हें सच का दामन पकड़कर चलना चाहिए, तुम्हारा जमीर यदि सही का प्रमाणपत्र देता है, तो किसी की बात पर कान देने की जरूरत नहीं है। मेरे उपर भी बहुत आरोप लगे हैं, मैं कभी परेशान नहीं हुआ, मुझे रिश्वत खोर, गद्दार तक कहा गया, लेकिन मैं कभी भी कर्तव्य-पथ से इधर-उधर नहीं हुआ और जब जरूरत पड़ी बीच सीने में गोली खाकर शहादत कुबूल की, सिर्फ एक गोली ने मेरे तन में लगाये गए समस्त धब्बों को लहू के लाल झरने से धो दिए थे।"

स्वर्गीय कर्नल पिता समझाइस देकर अवचेतन से लुप्त हो गए थे, गौरव सिंह भी नींद से जाग गये थे, अब उनके मन में कोई अफसोस या पछतावा नहीं था, सिर्फ था एक अटल संकल्प जिसका रास्ता कोई नहीं रोक सकता था। जब-जब उनका मन विचलित हुआ है, तब-तब उनके स्वर्गीय कर्नल पिता सामने खड़े होकर हौसला देते रहे हैं। मृत्यु उपरांत भी मां-बाप की आत्मा अपने बच्चों को पथ दिखाती है, यह ध्रुव सत्य है, कोई माने या न माने, उसकी तबियत।

भोर का आगाज हो चुका था, अचानक उनके मन में आया कि नहा-धोकर भिनसारे ही बजरंगबली के दर्शन कर आएं, फिर और काम बाद में, मंगलवार का शुभ दिन भी है, पांच बजे तक मन्दिर के द्वार खोल दिये जाते हैं। वे पैदल चलकर मन्दिर पहुँच गए थे, मन्दिर के पट खोल दिए गए थे, साफ-सफाई चल रही थी, प्रसाद और फूल-माला की दूकाने सजने-सँवरने लगी थीं। इक्का-दुक्का भक्त दर्शनार्थी मन्दिर पहुँचने लगे थे। वे बाहर रुक गए थे, ताकि मन्दिर की साफ-सफाई हो जाए, दूकाने व्यवस्थित हो जाएं, फिर प्रसाद-फूल खरीद कर दर्शन करने को भीतर जाएं। तभी कुछ दूरी पर रंजन का पूरा परिवार आता हुआ दिखाई दिया, सुमन थी, किरण थी, उनके पिता रंजन, माता सुनीता और सब से आगे चल रही उनकी दादी, वे सब मन्दिर की तरफ बढ़ रहे थे। उन लोगों के समीप आने के इंतजार

में गौरव सिंह ठहर गये थे।

“देखा रंजन! बजरंगवली मन की बात कैसे सुन लेत हैं, चलत बेरा मुझे लगा कि वो लड़का भी तो हमरे परिवार केर अब सदस्य है, कितना अच्छा होय के वो भी साथ में आ जाए, उधर देखो तो, उइ खड़ा है।” दादी खिरहनी आकर ऐसी ही बोलने लगी थीं, गांव की बोली में खड़ी बोली का तड़का मारकर।

सभी ने देखा गौरव फूल-माला की दूकान में खड़े उस तरफ ही देख रहे हैं, जिधर से रंजन के परिवार वाले आ रहे थे, किरण दौड़कर उनके पास चली गई थी।

“जीजू! ऐसा लगता है, आप हमारे घर के पिछवाड़े में रात भर बैठे रहे हैं, पूरी बात घर की सुन लिए और बड़े सुबह ही बिना नहाए ही मन्दिर में आकर खड़े हो गए, कुछ दिन तो और सब्र करिये, वैसे भी कल रास्ते में दादी जल्दी ही शादी को बोल रही थी।” चुहल करती हुई किरण गौरव से बोली।

“देखता हूँ, तुम कितना सब्र करती हो, जरा वो समय तो आने दो और दूसरी बात...मैं नहाकर मन्दिर आया हूँ, पिछवाड़े रुकने की बात भी गलत है, क्योकि बस स्टेशन के पास के होटल में रुका हूँ।” गौरव हड़बड़ाकर बोले, जैसे उनकी चोरी पकड़ ली गई हो।

“डरिये नहीं, मैं किसी ने बताने वाली नहीं हूँ, बस मेरी फीस भर दीजिए।”

“फीस?? कैसी फीस ??”

“पहले वायदा करिये, देने की।” आंखों के नैऋत्य कोण में तर्जनी रखती हुई किरण मजाक के मूड में बोली।

“ठीक है, जी! प्रॉमिस....अब बताओ।”

“दीदी को बहुत प्यार दीजिएगा, कैसी भी परिस्थिति आ जाए उसे कभी

कड़े बोल मत बोलिएगा, वह बहुत इमोशनल है।" यह कहते हुए किरण स्वयं इमोशनल हो गई थी।

"अगेन प्रॉमिस।"

क्रिकेट के खिलाड़ियों की तरह दोनों ने पंजा लड़ाकर प्रॉमिस को रजिस्टर्ड कर लिया। सब लोग नजदीक आ गए थे, सभी के चेहरे पर प्रसन्नता के भाव झलक रहे थे। गौरव जिस दूकान के पास खड़े थे, वहीं से फूल-माला और प्रसाद लिया गया, घी, अगरबत्ती और सिंदूर दादी घर से लेकर आयी थीं। मन्दिर में अभी भी ज्यादा भीड़ नहीं थी, बजरंगबली के आसानी से दर्शन हुये, पुजेरी जी ने सबको अलग से भी प्रसाद और माथे पर सिंदूर लगाने को दिया। तभी गौरव को अकस्मात क्या सूझा कि उँगली में सिंदूर लेकर सुमन के भाल में तिलक कर दिया। सुमन शर्म से पैरों की तरफ निहारने लगी थी, मौके की नजाकत को भाँपकर सर के लहराते काले-घने, गेसुओं ने रक्ताभ चेहरे को आंशिक ढँक लिया था। किरण के लिए यह चुहलबाजी का अवसर था, जो बिना मांगें मिल गया था। वह विनोदनी कब चूकने वाली थी, वह चहकती हुई बोली......

"वेल डन जीजू! वेल् डन, मांग भराई की रस्म तो आपने पूरी कर दी, अब सात फेरे भी लगा लो न। भगवान भी सामने और पण्डित जी भी। बढ़िया मौका है।" उसकी ये बात जिसने भी सुनी, अपनी हँसी नहीं रोक पाया।

"आजकल तू बहुत बोलने लगी है, घर चल तेरी खबर लूंगी आज।" शरमाई-सकुचाई सुमन ने उसे डांट दिया था।

"डांट काहे को रही, ऊ ठीकय त बोली।" मुस्कुराती हुई दादी ने किरण की तरफदारी की।

"दादी आप भी??"

मन्दिर में जहां घण्टियाँ घन-घना रहीं हों, फूल महक रहे हों, हवन कुंड की आग मंत्रोच्चार के साथ दैहिक, दैविक और भौतिक तापों को जला रही

हों, घी के दीपक जल उठे हों, वेद की ऋचाएं कानों से उतर कर हृदय को शुद्ध कर रही हों, ऐसी पवित्र जगह में अज्ञात प्रेरणा से ही सही बजरंगवली को हाजिर-नाजिर कर सुमन को अपनी जीवन संगिनी गौरव सिंह स्वीकार कर चुके थे।

★★★

(छब्बीस)

बजरंगबली के दर्शनोपरांत जब गौरव थाने पहुँचे उस समय सुबह के आठ बजे गए थे। आसमान में बादल सुबह से आ गए थे, ज्येष्ठ मास के गिने-गिने दिन बचे थे, बीती रात्रि के अंतिम प्रहर में बादलों ने चंद ठंडी बूंदे तप्त धरा के आंचल में गिराकर आषाढ़ के आगमन की शुभ सूचना धरती वासियों को दे दी थी। आज तपन से बहुत राहत थी। मुंशी जी अपनी सीट पर बैठे हुये रजिस्टर के पन्ने उलट-पलट रहे थे, गौरव सिंह को आया जान वे फौरन कुर्सी से उठे और उनके बैठने के लिए दूसरी कुर्सी ले आये। दोनों के बीच औपचारिक बात-चीत हुई, एक दूसरे का कुशल क्षेम पूछा, फिर मुंशी जी अचानक मायूस हो कर बोले...... "ये ठीक नहीं हुआ।"

"क्या ठीक नहीं हुआ, मुंशी जी??"

"आपकी मुअत्तली और आसिफ अली को थाने का चार्ज मिलना, जो सफाई आपने तीन महीने में करी थी, वो पिछले तीन सालों में नहीं हुई थी। अब वही फिर पुराना रवैया जो पहले चल रहा था, फिर से चलने लगा है, अली साहब का नियंत्रण प्रशासनिक तौर पर बहुत ढीला है।"

"क्या करेंगे मुंशी जी, आप मन को छोटा मत कीजिये, हम किसी को सुधार नहीं सकते, जब हर कोई वस्त्र उतार कर रहना तय कर लिया हो, तब हम चाहकर भी कुछ नहीं कर सकते। किसे-किसे कपड़े पहनने की समझाइस देते हुए फिरेंगे। परन्तु आसिफ अली दो दिनों में ऐसे बदल जाएंगे, यह कभी सोचा भी नहीं था।" दीर्घ स्वांस छोड़ते हुये गौरव सिंह बोले।

"मेरे लिए क्या हुक्म है?"

"मुंशी जी, आपको हुक्म देने की काबिलियत मुझमें कभी नहीं थी, और न होगी, बस छोटा सा निवेदन है, रंजन के घर जाकर उनकी माता जी का बयान दर्ज करते हुये केस की फाइल बंद कर लीजिए।"

"ये काम तो मैं कल ही निबटा आया। कल शाम को जैसे ही उनके आने का पता चला मैं रामसिपाही को लेकर तत्काल रंजन के घर पहुँच गया था। सबके बयान दर्ज कर फाइल क्लोज कर दिया हूँ, लेकिन एक बात समझ मे नहीं आयी, सर?"

"कौन सी बात मुंशी जी।"

"यही कि वे घर से गयीं कैसे?"

"पूछा नहीं?"

"पूछा था...उन्होंने बताया कि किसी ने द्वार में दस्तक दी और वे उठकर द्वार खोल दीं, फिर किसी ने मुँह पर गीला कपड़ा रख दिया फिर आगे क्या हुआ उन्हें कुछ याद नहीं है।

"खटखटाने पर उन्होंने द्वार क्यों खोला? ये आपने पूछा?" गौरव ने मुंशी जी से पूछा।

पूछा था......उन्होंने बड़ा अटपटा उत्तर दिया...... "साब जी हम गमयिन के लोग हैं, इत्ता छल कपट हम नहीं जनबे, हमें तो बचपन से यही बताया-समझाया गया है कि जब कोई बुलाए तो बोलय का चाही, दुआर खटखटाने पर दुआर खोल के मिलबे का चाही, रात दिन के फरक भले सहरन में होता है, लेकिन गंवई-गाँवन मा नाहीं होत है।"

"काश ऐसी ही सोच हर इंसान के दिल में उठे।" लम्बी साँस खींचते हुये गौरव सिंह इतना ही कह पाये थे, कि फोन की घण्टी घनघना उठी, अनायास ही मुंशी जी के हाथ रिसीवर उठाने को बढ़ गये थे।

"जी...जी, जी...सर, ये बहुत अच्छी खबर है। गौरव साहब तो यहीं पर हैं। लीजिए उनसे बात कीजिए ...मुंशी जी ने गौरव के हाथ में रिसीवर दे दिया था। पुलिस अधीक्षक कार्यालय से एसपी मित्तल का फोन था।

"अरे भई! मोबइलबा काहे बन्द रखत हो? पुलिस महा अधीक्षक ने तुम्हारी मुअत्तली आदेश को विलोपित कर दिया है, और तुम्हारी कामयाबी

पर उन्होंने बधाई दी है। मेरी तरफ से शुभकामनाएं और नेक दुआएं। लेटर मेल करवा रहा हूँ।"

"धन्यवाद सर, बधाई के असली हकदार तो आप हुए, आपने इतना

भरोसा मुझ पर न जताया होता, तो मैं कुछ नहीं कर सकता था, लेकिन सर! समझ नहीं पा रहा हूँ, ये सब......-।"

फोन कट चुका था, बात अधूरी रह गयी। लेकिन गौरव सिंह पूर्ववत थे, शांत और निर्विकार......उनके मनोभावों को चेहरे में देख पाना या पढ़ पाना किसी के लिए सहज नहीं था।

"मुंशी जी, मैं समझ नहीं पा रहा हूँ कि मुझे दस दिन पहले सस्पेंड किया गया। और आज सस्पेंशन का ऑर्डर विलोपित कर दिया गया?" गौरव ने पूछा।

मुंशी जी कुछ सोचते हुये बोले...... "सर, यह तो मेरी भी समझ में नहीं आया, फिर भी मुझे खुशी है कि आपके वर्दी में लगा झूठा धब्बा जल्द ही धुल गया।"

"क्या आपको लगता है कि मैंने ज्वाला सिंह से रिश्वत ली है?।"

"अरे, राम-राम साब, मेरे मन में जो कभी ऐसी सोच उपजे तो पहले मुझे मौत आ जाए। आप सरीखा नेक दिल, कर्तव्यनिष्ठ, ईमानदार, पुलिस अफसर न देखा है, न सुना है।"

"एक दुखद समाचार है, सर।"

"दुखद समाचार? क्या कहा मुंशी जी आपने?"

"जी! ठाकुर ज्वाला सिंह की धर्मपत्नी ने गोली मारकर सुसाईड कर लिया है।"

"व्हाट!! कब कैसे हुआ?" गौरव सिंह चौंकते हुये बोले।

दुःख की रेखाएं उनके मस्तिष्क में उकर आयी थीं। मुंशी जी ने बताया

कि आज से पांच दिन पहले की बात है, उन्होंने खुद को गोली मार ली, इनके घरेलू नौकर ने पुलिस को बताया है कि, जबसे ठाकुर साहब की गिरफ्तारी हुई थी, ठकुराइन साहिबा अपने को एक कमरे में कैद कर ली थीं, किसी से मिलना-जुलना बात करना सब बन्द कर दिया था।

"मुझे आप लोगों ने बताया नहीं??"

"आपका फोन बंद मिलता था, और यह भी माना गया कि अखबार पढ़कर आप सब जान गये होंगे। मुझे बहुत अफसोस है, देखा तो कभी नहीं उन्हें लेकिन गांव का हर आदमी उनके नाम पर रोया, वे नेक दिल की भद्र महिला थीं, ज्वाला ठाकुर के हर गलत कदम का विरोध करती थीं, हो सकता है, यही एक बजह उनकी खुदकुशी की बजह बनी हो।"

"आप गये थे वहाँ ??" गौरव सिंह ने पूछा।

"नहीं जा सका सर, इधर मैं अकेला बचा था, मुझे छोड़कर सभी गये हुये हैं।"

"ओह! बहुत दुखद।" गौरव इतना ही कह पाये।

कुछ क्षणों तक अमूर्त सन्नाटा फैला रहा, कोई कुछ नहीं बोला था, तकरीबन दस मिनट यूँ ही खामोश बैठे रहने के बाद गौरव सिंह अकस्मात उठकर थाने से बाहर निकल गये।

★★★

(सत्ताईस)

ठाकुर ज्वाला सिंह की कोठी में आने-जाने वाले लोगों का तांता दिन भर रहने लगा था, कोठी के बाहर लगे शामियाने के नीचे रखी कुर्सियों में लोग बैठते फिर शोक जताते और चले जाते। आने वालों में से हर तबके के लोग होते थे, किसान, मजदूर, नौकरीपेशा, व्यापारी, राजनीतिक दलों के नेता। जिसे भी जैसे टाइम लगता, वह कोठी की तरह मुँह उठाये चला आता था, आखिर सबको अपना-अपना लाभांश ज्वाला ठाकुर के वजूद में जो दिख रहा था।

बात कल शाम की है, सांध्य तारा का सम्पादक सुकेश वर्मा ठाकुर साहब के कान में बोला था.... "हुजूर, कल मिनिस्टर साहब के आने की सूचना मिली है, कोई स्पेशल इंतजाम करना होगा??"

"कोई जरूरत नहीं है। किसी को हम बुलाए थोड़ी हैं, चाहे मंत्री आये या संतरी आये, नेता-अभिनेता, चित्रकार-पत्रकार चाहे जो आए, सबके लिए कुर्सियाँ कम नहीं पड़नी चाहिए, गर्मी का सीजन है, पानी का इंतजाम जरूर रखना, एक बात और घटना कब हुई, कैसे हुई? यह बताने की जिम्मेदारी तुम्हारी है।" नाराजगी जताते हुए ज्वाला ठाकुर बोले थे।

ज्वाला ठाकुर के मन में क्या उमड़-घुमड़ रहा है, इसकी जानकारी किसी को नहीं थी। उनके बेटे-बहू भी ऑस्ट्रेलिया से घटना के दूसरे दिन ही आ गये थे। उनकी समस्याएं सबसे जुदा थी, मसलन जॉब कर रहे लड़के-बहू को १५ दिन की छुट्टी बच्चों के साथ गांव में बिताना बहुत कठिन लग रहा था। उन्हें यह गांव किसी जेल से कम नहीं लग रहा था। लेकिन वे बेचारे क्या करते। कुछ न कुछ मान-सम्मान रगों में बह रहे भारतीय लहू का तो करना ही था, यह सोचकर वे मन मसोस कर रह जाते थे।

ठाकुर देवेश प्रताप, ज्वाला ठाकुर की अकेली सन्तान हैं, वे पेशे से इंजीनियर है, जॉब को लेकर वे ऑस्ट्रेलिया गये हुए थे, वहीं पर भारतीय

मूल की लड़की से शादी करके वहीं के होकर रह गये। शादी के बाद से स्वदेश आना-जाना कम कर दिए थे। चूंकि माँ की असामयिक मौत हुई थी, इसलिए बाल-बच्चों को साथ लेकर आना जरूरी हो गया था। ज्वाला ठाकुर के लिए इतना ही बहुत था, न आते तो जितने मुँह उतनी बाते उठती। बच्चों के लिए गांव का माहौल अनदेखा-अनचीन्हा किसी अजूबे से कम नहीं था। दीन-दुनिया से बेखबर गांव के मरियल, बिना पेट-पीठ के आदमी-औरत, नाक सुड़कते अधनंगे बच्चे उनके मनोरंजन और कौतुक की वस्तु थे।

अस्थि कलश उठावना के दिन बहुत से लोगों का कोठी में भोजन हुआ था, जूठे पत्तल-प्लेट्स बाहर किये गये थे, कुछ देहाती कुत्ते जूठन की ललक से पत्तल-दोना चाटने का सुअवसर समझ कर इकट्ठे हुये थे। जब भी कोई जूठी पत्तल फेंकी जाती, सभी कुत्ते एक साथ झपट पड़ते थे, लेकिन पत्तल के जूठन पर जीभ लगाने का सौभाग्य केवल उसी कुत्ते को मिलता था, जो ताकतवर होता था, बाकी के मरियल सेहत के कुत्ते इधर-उधर दुम हिलाते हुये काऊं...कूँ...कूँ करके रह जाते थे। ज्वाला ठाकुर के चार वर्षीय नाती ट्रिवंकल के लिए यह दृश्य बहुत मजेदार था, वह खुशी के मारे ताली पीटने लगता था। वह ज्वाला ठाकुर के कुर्ते का छोर खींचते हुए तोतली बोली में बोल उठा था......

"ये टाइगल लोग बहुत भूखा है, ददद्......इछे पूलियाँ दूल से फिकबाओ न, खाने को दौलेगा, तो बहुत मजा आएगा।"

"ये टाइगर नहीं, डॉग हैं।"

"इतना कमजोल डॉग......वंडरफुल, वट...आछतेलिया में ऐसा डॉग नहीं होता।

ठकुराइन के मौत के पांच दिन गुजर गए थे, सौ-दो-सौ की तादाद में लोग शोक जताने के लिए ठाकुर की कोठी में रोज पहुँच रहे थे। वे सभी के बीच उठते-बैठते, बातचीत करते हुए सामान्य से दिखते थे। लेकिन वे भीतर-भीतर बहुत अशांत थे। उनके गेट कीपर्स की बात मानी जाए तो वे

रात में सोते नहीं थे, रात में अक्सर वे गार्डन में टहलते हुये दिख जाते थे। आज सुबह से ही उनकी निगाहें दूर सड़क तक किसी की तलाश में भटकती हुई सी लग रहीं थी। तभी एक टैक्सी गेट के बाहर आकर रुकी, उसमें एसपी गौरव सिंह आये हुये थे। ये आश्चर्य की बात थी कि वे पहली बार अपनी जगह से उठकर किसी के स्वागत में उठकर चार कदम बढ़ाए हों। दु:ख के समय में किसी के स्वागत-सत्कार का रिवाज भी नहीं है। वे गौरव को लेकर अंदर के कमरे में चले गये थे।

"बैठिए, एसपी साहब।" सोफे की ओर इशारा करते हुए ज्वाला ठाकुर बोले।

"आज मैं सारे औपचारिक सम्बोधन खारिज करते हुए आपसे दिल की कहूँगा, आप भी बेबाक बोलना।"

जी, ऐसा ही होगा। किंतु आप मुझे एसपी साहब न कहें। मैं अब एसपी नहीं रहा। मुझे गौरव कहकर सम्बोधित कीजिए, बहुत अच्छा लगेगा।

मुअत्तली विलोपित होने की सूचना सुबह मित्तल साहब से मिल चुकी थी। लेकिन ऑर्डर नहीं मिला था। वे फोन में बात होने के तुरंत बाद थाना से चले आये थे। वे होटल वापस जाकर आराम करना चाहते थे कि रास्ते में ही उन्हें ज्वाला ठाकुर का फोन मिल गया था। वे तुरंत एक टैक्सी बुक कर सूरजपुर चले आये थे।

"आप जो थे, वही रहेंगे। किसी में मजाल नहीं, जो आपका कद छोटा करे। मेरे नजरों में आपका कद ऊँचा हुआ, जब आपने मुझे जेल से बाइज्जत रिहा कराया। जब मुझे पता चला कि मुझे छोड़ने के गफलत पर आपको सस्पेंड किया गया है, तब मुझसे बर्दास्त नहीं हुआ। मैं डीआईजी के पास गया और पूरी बात उन्हें बताई। और आपका सस्पेंशन ऑर्डर वापस लेने की मांग उठाई। वे मान नहीं रहे थे तब मैंने मुख्यमंत्री को पूरी बात बताई, उन्होंने डीआईजी को निर्देशित किया। तब जाकर बात बनी और सस्पेंशन ऑर्डर वापस करने को राजी हुये।" ज्वाला सिंह एक साँस में सब बता गये।

"मैं कल ही खिरहनी आया हूँ, मुंशी जी ने मुझे दुःखद समाचार सुनाया। मैं खुद शाम तक यहाँ आता।" गौरव बोले।

ज्वाला ठाकुर की बेचैन तबियत का हाल गौरव से छिपा नहीं रह गया। वे कभी सोफे में बैठते, कभी कमरे का चक्कर लगाते हुये खिड़की से बाहर झाँकने लगते। गौरव ने टेबल में रखी बोतल से पानी निकालकर उन्हें पीने को दिया। पानी पीकर वे थोड़ा सहज हुये और स्वभाव के विपरीत धीमी और थकी हुयी आवाज में बोले......

"एसपी साहब......।"

ज्वाला ठाकुर के आगे बोलने से पहले ही गौरव सिंह ने उन्हें बोलने से यह कहकर रोक दिया...... "प्लीज! आप मुझे गौरव कहिए, मैं आपके बेटे की उम्र का हूँ। मुझे एसपी साहब कहना आपके मुँह से अच्छा नहीं लगता है।"

"ठीक है।"

"मुझे कोई परिंदा तक नजर नहीं आ रहा था, जिससे मैं अपनी बात कह सकूँ, बहुत सोच-विचार कर तुम्हें बुलाया हूँ।" ज्वाला सिंह दीनता के साथ बोले।

"जी खोल कर कहिये, ठाकुर साहब, आप मेरे पिता की उम्र के हैं, यकीन मानिए आपस की बातें सार्वजनिक नहीं होगी।" गौरव ने उन्हें आश्वस्त किया।

"गोपनीयता वाली कोई बात नहीं है....लेकिन मैं किसी से कह नहीं सकता। बहुत यकीन के साथ किसी से न कहने वाली बातों को आपके साथ शेयर करने के इरादे से आपको फोन किया है। सच में ठकुराइन के सुसाइड के समय से बहुत परेशान हूँ, जिस शरीर को सजाने-सँवारने और दुनिया के झंझावातों से बचाने में आदमी अपनी सारी ताकत झोंक देता है, उसी

शरीर को स्वयं के हाथों पल भर में खत्म कर देना मेरे लिये गहन पीड़ा का विषय है, उनकी मौत ने मुझे खोखला कर दिया है, शक्तिहीन कर दिया

है, मेरे अस्तित्व को नकार करके रख दिया है। तकरीबन कुछ महीनों से हमारे बीच संवादहीनता थी, मैं बहुत कुछ कहना-सुनना चाहता था लेकिन इतना अवसर उन्होंने मुझे नहीं दिया कि अपने मन की बात उनसे कह सकूँ। मेरी गिरफ्तारी के समय उनका जेल तक आना और आपके द्वारा छोड़े जाने के बाद साथ में घर तक ले आना आश्चर्य मिश्रित सुखद था। मुझे लगा था अब बातचीत के रास्ते खुलेंगे, मैंने तय कर लिया था, उनके सामने मैं अपने सारे गुनाह कुबूल कर लूँगा और स्वयं को कानून के हवाले कर दूँगा। ये देखो इस डायरी में मैंने सब कुछ लिख रखा है।"

गौरव सिंह के हाथों में डायरी देते हुए उन्होंने आगे कहा.... "ये पुख्ता इकरारनामा है, मेरी हैंडराइटिंग से। मुझे कानून से जरूर सजा मिल जाएगी, जिंदगी के शेष दिन आम कैदियों की तरह जेल में गुजारना चाहता हूँ। गौरव मुझे कानून के हवाले करने में मदद कीजिए।"

गौरव सिंह से कुछ कहते नहीं बन पा रहा था, उन्होंने इस तरह से हृदय परिवर्तन होने की बातें अफसानों और फिल्मों में देखी-सुनी थी, लेकिन यथार्थ में भी ऐसा देखने को मिलेगा सोचा भी नहीं था। भीतर भारी उथल-पुथल के बीच अल्प समय खामोशी में बीते, आपस में कोई सम्वाद नहीं।

"आपको क्या लगता है, जेल जाकर कैदियों के बीच समय बिताने से आपके अशांत मन को शांति मिल जाएगी??" खामोशी खत्म करते हुये गौरव सिंह बोले।

"मालूम नहीं।"

"आप बेटे के पास ऑस्ट्रेलिया क्यों नहीं चले जाते, स्थान तब्दील होने से कुछ अच्छा गुजरने की उम्मीद की जा सकती है?"

"मेरा बेटा भी यही कहता है....लेकिन मैं अब कहीं नहीं रह पाऊँगा, तुम्हे शायद यह नहीं मालूम आज महीने भर से जागा हुआ हूँ। रात्रि के एकांत में कई तरह की डरावनी शक्लें मुझे सोने नहीं देती, मुझसे

सवाल-जबाब करतीं है। मेरी जगह कोई और होता तो मौत का पथ चुन लिया होता, पर मैं ठकुराइन की तरह कायर नहीं हूँ, लुक-छिप कर एकांत में मरना मुझे पसन्द नहीं है।"

कोमा में चले गए जोश में तनिक हरकत हुई, ज्वाला ठाकुर सोफे से उठकर कमरे में टहलने लगे थे, खिड़कियों में नजरे टिकाकर बाहर देखने लगे थे। गौरव सिंह भी सोच में पड़ गए थे। जुर्म कबूल करने से कानून उन्हें भले सजा दे दे, लेकिन जो इनके जुल्मोसितम से बर्बाद हुये हैं, या बर्बादी के तीर में हैं उन्हें क्या हासिल होने वाला?? क्या किसी अपराधी के सजा भोग लेने से पीड़ित की पीड़ा कम हो जाती है?? शायद नहीं। अचानक एक तात्कालिक विचार उनके मन में आया, जिसे वे ज्वाला ठाकुर से कहना चाह रहे थे, चाहे उन्हें ठीक लगे या न लगे।

"एक बात बोलूं।"

"अवश्य कहो...तुम्हारी हर बात मानने को तैयार हूँ।"

"इतने बड़े यकीन का सबब??" गौरव सिंह से पूछा।

"दुनिया देखा हूँ। अच्छे-भले की पहचान मुझे भी है, मेरी पारखी आंखें तुम्हें पहचान चुकी हैं, तुम सत्य-पथ के मुसाफिर हो, फरिश्ता हो।"

"ठाकुर साहब सूरजपुर का इलाका आपका है, गांव की आबो-हवा भूमि पर आपका कब्जा है, यहाँ की जनता आपकी गुलाम है, सेवादार है, इन्हें इस काम से मुक्त कर दीजिए।" गौरव सिंह बोले।

"साफ-साफ बताओ क्या कहना चाहते हो।" ज्वाला ठाकुर तनिक विचलित होकर बोले।

"पृथक से कुछ नहीं करना है आपको, जिसकी जो अमानत है, उन्हें लौटा दीजिये, वो भी स्वयं को भू-स्वामी समझें, स्वयं की भूमि का मालिकाना हक पाकर वे बहुत खुश होंगे। आपके पास कई मालवाहक है, जिसे जो चला रहा था, देख-रेख कर रहा था, उसे मालिकाना हक दे दीजिए। गांव में अस्पताल के साथ अच्छे स्कूल का प्रबंध करवा दीजिए, जिससे शारीरिक

और मानसिक दोनो तरह के रोगों के इलाज के लिए किसी को गांव से दूर न जाना पड़े। चाटुकार और गलत लोगों की संगति से स्वयं को अलग कर लें। वक्त का हर लम्हा नेक कार्यों में गुजारने की कोशिश करें। मेरा दावा है, एक अभूतपूर्व परिवर्तन आपमें आएगा। पिछले कार्य जिन्हें आप गुनाह कहते हैं, जिनकी प्रतिछाया रातों की नींद ले उड़ी है, वे एक-एक करके स्वम दूर होते चले जाएंगे। एक नेकी के बदले दस गुनाह माफ हो जाते हैं।"

"आपके पास धन-दौलत की कमी नहीं है,...लगा दीजिए सारी दौलत जरूरतमंद लोगो के हित में, आपका नाम और कद बहुत बड़ा है, इस बड़प्पन का सच्चे कार्यों में इस्तेमाल करके देखिये, उनकी नजरों में आपका कद कई गुना बढ़ जाएगा। जो आपसे नफरत करते हैं, वे आपसे मुहब्बत करने लगेंगे, जो आपसे भय खाते हैं, वे बेखौफ होकर आपके हर निर्णय पर प्रेमपूर्वक कंधे से कंधा मिलाकर साथ चलेंगे। मेरी समझ मे ठकुराइन साहिबा के लिए यही एक सच्ची श्रद्धांजलि होगी। वे भी शायद ऐसा ही चाहती रहीं होंगी।" एसपी गौरव सिंह एक सांस में मन की बात कह गये।

"बिल्कुल यही चाहतीं थीं, अब तो कहना छोड़ दिया था, लेकिन पहले की बातें उनकी ऐसे ही होती थीं।"

ज्वाला सिंह जो उद्दिग्न मन से कभी सोफे में बैठते, कभी उठ खड़े होते, कभी खिड़की खोलकर बाहर झाँकते, कभी खिड़की बन्द करके पुनः सोफे में बैठते, वे वे शांत लग रहे थे, वे इस बार कमरे की खुली खिड़कियों को बंद नहीं किये थे। गौरव को उनके चेहरे के भावों को पढ़कर बड़ी राहत हुई, कही बातों के प्रभाव स्पष्टतया नयनों के झरोखे से बाहर झाँकने लगे थे। फौलादी तन में लचीलेपन का आभास हो रहा था। गौरव सिंह रुके नहीं, अल्प विश्राम के बाद बात जारी रखी......

"ठाकुर साहब!! कोठी के हर दरवाजे को आमजन के लिए खोल दीजिए, अभी खुली खिड़कियों से केवल बाहर की मूक हवायें प्रवेश पा रहीं हैं। आप तक हर आम-ओ-खास के पहुँचने के लिए दरवाजों को खुला होना निहायत जरूरी है।"

"मंजूर है, लेकिन तुम्हारी मदद चाहिए।" ज्वाला ठाकुर एयर कंडीशनर की चाल कम करते हुए बोले।

"जी! हुक्म कीजिये।"

"यह सब करने के बाद पास में बची रकम से ठकुराइन के नाम से एक ट्रस्ट बनाऊंगा, जो हर जरूरतमंद आदमी को बिना सूद की रकम देगा, उसे आसानी से पैसा लौटाने की आजादी होगी। न लौटा सकने वाले मजबूर लोगों को परिस्थितियों के साक्ष्य पर माफी की भी स्कीम होगी। ट्रस्ट की देख-रेख आप करेंगे। मैं सबसे रुखसत होकर किसी अज्ञात जगह में जाकर भगवत नाम संकीर्तन करूँगा। मुझमें अब कोई चाहत नहीं बची है, न धन की, न मान की, न शोहरत की।"

"मुआफी की कोई स्कीम मत रखिये ठाकुर साहब, मुफ्त खाने से निकम्मापन आता है, मुफ्त की खाने वाला खुद भी अपाहिज हो जाता है, साथ ही अगली पीढ़ी को भी अकर्मण्य बना देता है। मुआफी की लालच में आदमी बेईमान होकर जरूरत से ज्यादा रकम लेने की कोशिश करेगा। यह मेरी समझ में ठीक नहीं होगा।

ट्रस्ट के मुखिया आप स्वयं होंगे। आपको अपनी मिट्टी, अपना गांव छोड़कर कहीं अन्यत्र जाने की जरूरत नहीं है, ईश्वर ने जिसे जो कार्य सौंपा है, उसे ईमानदारी के साथ पूरा करना ही सच्ची पूजा है। आपको पूर्ण शांति अपनी जन्म भूमि की सेवा करने पर ही मिलेगी। यह जानकर आपको खुशी होगी के पुलिस महानिदेशक ने मेरी मुअत्तली विलोपित कर दी है, और खिरहनी में एसपी का नया पद सृजित कर मेरी नई पोस्टिंग कर दी है।"

ठाकुर ज्वाला सिंह बोले तो कुछ नहीं, लेकिन उनके हृदय की बातें आँखों की पुतलियों में उतर चुकी थी, गौरव सिंह जैसे पुलिस अफसर के लिए यह समझता कठिन नहीं था कि अब ज्वाला ठाकुर का हृदय परिवर्तन के लिए छटपटा रहा है। तभी कमरे में आकर रामधन ने बताया कि पण्डिताइन बेटे-बहू और नातिनों को लेकर बाहर बैठी हुईं हैं, मेरे बताने के बावजूद

कि आज आप किसी से नहीं मिलेंगे। वे मान नहीं रही हैं, कहती हैं...... "ठाकुर साहब से मिले बगैर नहीं जाऊँगी।"

★★★

(अट्ठाइस)

रामधन के मुँह से पंडिताइन का नाम सुनते ही ठाकुर ज्वाला सिंह एकबारगी चौंक उठे, उनकी शारीरिक भाषा गौरव सिंह से छिपी नहीं रही। वे एकटक रामधन की ओर देखते ही रह गए। फिर खुद को सम्हालते हुये रामधन से बोले......"उन्हें लेकर आओ।"

पण्डिताइन, रंजन, सुनीता और किरण-सुमन को कमरे के बाहर छोड़ कर रामधन चला गया था। वे लोग गौरव को ज्वाला सिंह के साथ देखकर सशंकित लग रहे थे। तरह-तरह से प्रश्न दिलोदिमाग में उथल-पुथल मचाने लगे थे।

"पायलागूँ पण्डिताइन काकी।" कभी न झुकने वाले ज्वाला ठाकुर, आगे बढ़कर पंडिताइन के चरण-स्पर्श करते हुए बोले।

कोई जबाब नहीं दिया पण्डिताइन ने......लेकिन ज्वाला ठाकुर अपनी रौ में बोलते गये......

"काकी हमने निर्णय लिया है कि जिसकी जो भी जायदाद मैंने खरीदी है, या बिना खरीदे अधिपत्य में ले ली है, सबकी लौटा दी जाए, सब की उधारी को माफ कर दिया जाए। मैं अभी दीवान जी को बुलाकर कहता हूँ, पूरे इलाके में मुनादी पिटवाकर मेरी मंशा जन-जन तक पहुँचा दें।

यह एसपी साहब का सुझाव और प्रभाव है, (गौरव की तरफ इशारा करते हुए) जिसके समक्ष मैं नतमस्तक हूँ। मैंने ही इन्हें विचार-विमर्श के प्रयोजन से घर बुलाया है।

काकी!! जो ज्वाला सिंह आपके सामने खड़ा है, वह वो नहीं है, जिसने आपकी जमीन छीनी, गांव छोड़ने को मजबूर किया, वह तो ठकुराइन की मौत के साथ ही मर गया है। इस नये ज्वाला को आपका आशीर्वाद चाहिए।" यह कहते हुए वे पण्डिताइन के कदमों में वे पुनः झुक गये।

पण्डिताइन दो कदम पीछे हट गईं और बोलीं...... “आपकी हर चाल समझत हूँ ठाकुर, लेकिन अब कौनो मतलब नाहीं। हम लोगन तो लड़कन के जनम भूमि अउर आपन ससुराल के अंतिम बेरा दर्शन को आये है। ये कागज रख लो, अब ई गांव में हम दोबारा से न अउबे।” ज्वाला ठाकुर के हाथ में जमीन के कागजात देती हुई पण्डिताइन बोली।

“मुझे माफी दो काकी!! सच कहता हूँ, यह कोई चाल नहीं है, कोई फरेब नहीं है। कागज अपने पास रखिये।”

ज्वाला ठाकुर अधिक बोल नहीं पाए, दुःखी मन से वे सोफे में आंखे बंद कर बैठ गए।

ज्वाला ठाकुर की अंतसपीर को भाँपकर गौरव सिंह पण्डिताइन को समझाने की गरज से बोले...... “दादी!! ठाकुर साहब सच कह रहे हैं, इन्हें बहुत बड़ी सजा ठकुराइन साहिबा दे गयीं हैं। हम भारतीय समाज के वाशिंदे हैं, किसी भी कर्म-स्वभाव का आदमी जब भी समाज की मुख्यधारा से जुड़ना चाहा है, हमने उसे स्वीकार किया है, इंसान बनाने में उसकी पूरी मदद की है। यदि ऐसा न हुआ होता तो बाल्मीक बधिक से महाकवि कभी न बनते और पूरा समाज भी उनके भीतर छिपे ज्ञान को कभी सुन-समझ नहीं पाता।” इसके साथ ही गौरव ने अपने और ज्वाला ठाकुर के दरम्यान हुई पूरी बातचीत का खुलासा भी कर दिए।

“मान जाओ दादी! ठाकुर साहब को माफ कर दो।” सुमन बोली।

“हाँ दादी! जीजू कह रहें हैं, तो सच ही होगा।” समर्थन में किरण भी बोली।

“ठीक है, तुम दोनों की यही इच्छा है, तो मुझे भी स्वीकार है।” दादी के ओठों में मुस्कुराहट की कई लकीरें एक साथ उभर आयीं थी, उनके समर्थन में सुनीता और रंजन भी सर को हिला चुके थे। ज्वाला ठाकुर भी पुनः सोफे से उठ गए थे, जैसे कुछ कहने को उठे हों, थोड़ी देर की चुप्पी के बाद अन्ततः वे रंजन और सुनीता की ओर मुखातिब होकर बोले...... “राजा ठाकुर

द्वारा पुण्य लेने की गरज से ब्राह्मणों को दान-दक्षिणा देने का रिवाज सनातन काल से चला आ रहा है। लेकिन मेरे पास अब जो भी है, मेरा नहीं है, इस गांव की जनता की अमानत है। पण्डिताइन काकी, मैं आपसे दो-एक बात का वचन मांगता हूँ, कृपया इंकार मत करिएगा।

"कहो।" पंडिताइन बोलीं।

"आप का जहाँ घर पहले था, उसी जगह पर नया घर बनवा कर, उससे लगी आपकी सारी जमीन वापिस करना चाहता हूँ। मुझे एक माह का समय चाहिए, नये सिरे से मकान तैयार हो जाएगा। दूसरी बात इसी घर से सुमन बिटिया अपनी ससुराल जाएगी, गौरव के साथ। विवाह के सारे इंतजाम की जिम्मेदारी मुझे दे दो काकी।"

पण्डिताइन कुछ बोल नहीं सकीं, रंजन और सुनीता भी चुप रहे, गौरव भी अवाक रह गए लेकिन किरण कैसे चुप रहती, उसने पूछ ही लिया... ठाकुर दादू! "आपको यह सब कैसे पता है?"

"मुझे सब मालूम है, सूरजपुर से लेकर राजनगर तक हर सांसों की आहट मेरे कानों तक आती है, फिर तुमने कुछ देर पहले गौरव को जीजू कहा है, समझ लो बात तस्दीक भी हो गई।" गौरव और सुमन की ओर देखकर प्रसन्न मन से ज्वाला ठाकुर बोले।

रंजन, सुनीता और पण्डिताइन काकी, सभी ने आपस में थोड़ी देर मन्त्रणा किये फिर 'हां' बोल दिए।

"अनुमति हो तो एक और बात पूछ लूँ, काकी।" ज्वाला ठाकुर बोले।

"पूछो।" "जमीन के कागजात कहाँ रखी थीं?"

"इसको रखन को दी थी।" किरण की ओर इशारे करते हुये वे बोलीं।

हाँ, मेरे पास थे, तकिए में भरकर दादी ने दिया था, दादा जी की कसम के साथ कि किसी को भी बताना नहीं। आँखे मटकाती हुई किरण बोली।

आश्चर्य मिश्रित मुस्कान के साथ सभी किरण को देखने लगे थे।

ज्वाला ठाकुर की बात कुछ ही समय मे गांव-गाँव तक फैला दी गयी।

हुक्म मिलते ही मुनीम जी मुनादी करवा दिए थे, मुनादी सुनकर समूचा गांव अपना काम-धाम छोड़कर ज्वाला ठाकुर की हवेली की तरफ निकल पड़ा था। ज्वाला ठाकुर जब गौरव और पंडिताइन के साथ कक्ष से बाहर आये, भीड़ जमा हो गयी थी, भीड़ से लोग चिल्ला रहे थे......

ज्वाला ठाकुर की जय......ज्वाला ठाकुर जिन्दाबाद। ज्वाला ठाकुर ने हाथ के इशारे से सबको शांत रहने को कहा। सबके शांत हो जाने पर वे गांव की अपनी बोली में गाँव वालों से मुखातिब होकर जोर से बोले...... "जोन काम बहुत पहिले होबे चाही, उआ आज किहेन, कौनो तारीफ के बात ई मा नाहीं आय, ठकुराइन, मोर आँखी खोल दिहिन और एसपी साहब गली बताइ दिहिन। अब सब कोऊ नेम प्रेम से रहा, सुख-दुःख मा साथ-साथ चला। आदमी होय के बहुत कर्ज होत है, कुछ त पटाय के चला जाय। मैं सब जनन से हाथ जोड़ के माफी मागित हैन, अपने ठाकुर का माफी देंय। अब बाकी के जीवन हम सबके बीच दिल से जुड़के गुजारे का पक्का बचन देइत हैं।"

भीड़ ने पुनः जयकारा लगाया, जयकारे के तेज स्वरों को हवाओं ने दूर-दूर तक विस्तारित कर दिया। जब कोई अच्छी सोच जन्मती है, नेचर भी अपने तरीके से खुशी का इजहार जरूर करती है, थोड़ी देर पहले बदलियों ने धरती माँ के आँचल को भिगोया था, अब मगरिब की यात्रा में जाते हुए सूर्य देव को अपनी ओट में ले लिया था, बदलियों के साथ लुका-छिपी के खेल के बीच पूर्वोत्तर कोने में सतरंगी 'धनक' रवि किरणों ने आकाश में बुन लिया था।

हो भी क्यों न? आज की शाम का सूरज, एक नये बिहान का संकल्प लेकर पश्छिम में विश्राम करने जा रहा था, एक प्रेमी युगल शीघ्र ही दो जिस्म एक जान हो जाने को तैयार खड़ा था। सूरजपुर की जनता धरती माता की तरफ बड़े अदब के साथ निगाहें नीची किये हुए खड़ी थी, आज सभी के सर किसी डर की वजह से नहीं झुके हुए थे, वल्कि किसी के सम्मान में अनायास झुक गये थे।

★ ★ ★

www.ingramcontent.com/pod-product-compliance
Ingram Content Group UK Ltd.
Pitfield, Milton Keynes, MK11 3LW, UK
UKHW021312160826
14477UKWH00023B/389